BASTEI LÜBBE

Von Mirjam Müntefering sind bei
BASTEI LÜBBE TASCHENBÜCHER bereits erschienen:

12878 Ada sucht Eva
14557 Die schönen Mütter anderer Töchter
14854 Das Gegenteil von Schokolade

Über die Autorin:

Mirjam Müntefering, 1969 im Sauerland geboren, lebt heute im Ruhrgebiet. Sie ist ausgebildete Fernsehjournalistin und arbeitet als Schriftstellerin – und sie ist Hundeerzieherin in der eigenen Hundeschule. *Emmas Story* ist ihr vierter Roman in der Verlagsgruppe Lübbe.

Mirjam
Müntefering

EMMAS STORY

Roman

BASTEI
LÜBBE

BASTEI LÜBBE TASCHENBUCH
Band 15480

1. Auflage: April 2006
2. Auflage: August 2006

Vollständige Taschenbuchausgabe

Originalausgabe

Umschlaggestaltung: Tanja Østlyngen
Titelbild: getty images/Daily & Newton
Satz: hanseatenSatz-bremen, Bremen
Druck und Verarbeitung: Ebner & Spiegel, Ulm
Printed in Germany
ISBN-13: 978-3-404-15480-0 (ab 01.01.2007)
ISBN-10: 3-404-15480-0

Sie finden uns im Internet unter
www.luebbe.de

Der Preis dieses Bandes versteht sich einschließlich
der gesetzlichen Mehrwertsteuer.

Wenn man sein Zuhause gefunden hat,
dann braucht es keine Worte.

1. Kapitel

»Gemütliche WHG in ruhigem Altbau direkt am Wald, 4 ½ m hoher Raum, sonnig, Wohnküche (keine Einbauk.), großer, eingezäunter Garten (Hunde erlaubt)«

Hunde?«, wiederholt Armin. »Wieso Hunde?«

»Was weiß ich«, seufze ich. »Vielleicht mögen die Vermieter einfach Hunde?«

Armin lässt ein schrilles Lachen hören. »Oder das Haus liegt für Diebe derart einladend in totaler Alleinlage am Waldrand, dass sich gar nicht genug Hunde dort aufhalten können.«

Jedes Wochenende das Gleiche!

Ich tue eine absolut perfekte Wohnung auf, und Armin meckert dran herum, bevor wir sie uns überhaupt angesehen haben.

»Kommst du trotzdem mit?«

»Sicher«, näselt er. Am Telefon fällt mir immer besonders auf, dass er nichts unversucht lässt, um seiner Stimme den betont schwulen Touch zu verleihen. »Aber dann kommst du auch mit zu meinem Zwei-Uhr-Termin, den ich gestern Abend vereinbart habe: Eine Männer-Dreier-WG im Zentrum, in diesen grünen Häusern gegenüber der Elisabethkirche, in die ich immer schon mal einen Blick werfen wollte.«

»Von der Fakultät?«, frage ich routiniert.

Was ich damit meine ist, ob die Männer in dieser WG schwul sind, und den Ausdruck liebe ich, weil ich die letzten Jahre als Dozentin an der Uni gearbeitet habe. Da ich gerade meine Doktorarbeit schreibe, muss ich im Moment zwar keine Kurse geben, aber an gewissen Begrifflichkeiten halte ich einfach fest.

»Fakten weiß ich keine. Gefühlt aber eher nicht. Deswegen wäre eine attraktive Freundin wie du bestimmt von Vorteil.«

»Ich hoffe nur, dass nicht gleich beide Kerle versuchen, mich dir auszuspannen.« Wir gackern.

»O. k., dann mach ich jetzt einen Termin mit der Wohnung im Grünen. Ich schick dir dann eine SMS mit Adresse und Uhrzeit. Bis später.«

Nachdem ich aufgelegt habe, starre ich noch eine Weile auf die Wohnungsanzeige. Ich kann es nicht erklären, aber ich weiß, dass es sich hier um etwas Besonderes handelt. Es ist nicht wie sonst. Es fühlt sich anders an, auch wenn sich dieser Morgen von außen betrachtet in nichts von all den anderen Samstagmorgen der letzten Monate unterscheidet. Auch heute sitze ich mit meinem Müsli und einem Becher Kaffee am Tisch und studiere genüsslich die Zeitung, wobei der Geruch der Druckerschwärze die Vorfreude auf die Unternehmungen des Tages noch steigert.

Ich schnuppere. Ja. Das riecht nach großem Hausflur mit Fliesen im Mosaikmuster. Holztüren mit eingesetzten Jugendstilfenstern. Nachbarn, die morgens Tschaikowski hören und abends Klavier oder Saxophon üben. Eine wunderschöne Wohnung, die nur darauf wartet, ein Zuhause zu werden.

Unter der angegebenen Nummer meldet sich eine dynamisch wirkende Frau, die ich auf Mitte vierzig schätze. Wir verabreden uns für zwölf Uhr. »Sie sind wirklich spontan!«, kommentiert sie meinen Vorschlag. »Das gefällt mir.«

Lächelnd lege ich die Zeitung zur Seite. Das sollte für dieses Wochenende reichen.

Während ich weiter mein Müsli löffele, lasse ich den Blick durch die Küche schweifen. Sie ist gemütlich eingerichtet, so wie der Rest der Wohnung auch. Ich dekoriere gern, lasse Dinge schön erscheinen. Was andere Kitsch oder Schnickschnack nennen, dient bei mir dem Wohlfühleffekt.

Seit nunmehr sieben Jahren wohne ich hier. Und bis vor einem halben Jahr auch Ramona, meine Freundin, jetzt Ex-Freundin. Sie wohnte nur an den Wochenenden in dieser Wohnung, weil sie in Köln arbeitete und nicht jeden Tag vom Ruhrgebiet aus dorthin pendeln wollte. Jetzt hat sie ein kleines Appartement in der Nähe ihrer Arbeitsstelle.

Und mir ist klar geworden, dass in einem halben Jahr viel geschehen kann.

Zum Beispiel kann sich eine einzige Frau in sechs Monaten 32 Wohnungen, 7 Appartements und 9 WG-Zimmer anschauen, mit ihrem schwulen Freund einen Tanzkurs besuchen, einen Tai-Chi-Workshop absolvieren, auf der Kino-Abo-Karte zwei Freifilme erglotzen und trotzdem noch die Zeit finden, jede Woche mindestens ein Buch zu lesen.

Sie kann sich außerdem ein halbes Jahr lang fragen, wieso sie, nachdem Ramona ausgezogen war, bei einer gewissen wunderbaren Frau nicht landen konnte, nur weil diese irgendeiner dahergelaufenen Tierarzthelferin den Vorzug gegeben hat.

Aber ich bin nicht nachtragend. Ich treffe mich trotzdem noch mit Frauke, dieser wunderbaren Frau, und habe gelernt, mit der gewissen Tierarzthelferin Antonie einen höflichen Umgang zu praktizieren. Aber nach wie vor zählen die Momente, in denen die beiden sich in meiner Gegenwart verliebte Blicke zuwerfen oder einen raschen Kuss tauschen, nicht zu den Höhepunkten in meinem Leben.

›*Du suchst doch das Drama ganz bewusst!*‹, hatte Armin das damals mitleidlos kommentiert. ›*Du bist nicht zufrieden, wenn es glücklich und harmonisch zugeht. Sonst hättest du zugegriffen, solange sie noch interessiert war. Aber nein! Du musstest ja warten, bis eine andere auftauchte. Und jetzt, wo alles zu spät ist, ist das Gejammer wie immer groß!*‹

Ich weiß die Ehrlichkeit eines guten Freundes sehr zu schätzen. Manchmal frage ich mich allerdings, wieso er diese schonungslose Offenheit für sich allein gepachtet hat. Schließlich ist er derjenige, der seit mittlerweile drei Jahren eine Affäre mit einem verheirateten Mann unterhält und immer noch hofft, der smarte Typ würde demnächst Frau und Kind verlassen.

Wie auch immer, ich schicke Armin die angekündigte SMS mit Uhrzeit und Adresse für unser Treffen und werfe einen Blick in meinen Kleiderschrank. Wohnungen besichtigen bedeutet, in punkto Kleidung genau den richtigen Griff zu tun. Es laufen Leute bei Besichtigungen auf, die sind ausstaffiert, als gingen sie auf einen Opernball. Neben diesen verwundert bestaunten Overdressten stehen die Leger-zerbeulte-Jeans-na-und-Typen recht armselig, aber nicht minder verlegen, in der Gegend herum. Auf ein WG-Zimmer hätten sie vielleicht eine Chance, aber sicher nicht bei gut situierten Vermietern.

Bei Wohnungsbesichtigungen musst du die Anzeige vorher intensiv studieren. An der Anzeige lässt sich häufig bereits erkennen, ob die Vermieter auf die gleichen Dinge Wert legen wie du.

Gemütlich. Sonnig. Ruhig. Wald. Altbau.

Sogar erlaubte Hunde sagen dir, was dich erwartet: Eine Form von urtümlicher Behaglichkeit.

Ich wähle meine braune Wildlederhose, durch deren Schlaufen ich einen handgemachten Stoffgürtel ziehe. Dazu die halbhohen Schuhe mit den weichen Sohlen. Oben reicht jetzt, Anfang Mai, ein Träger-Shirt mit leger fallender, aber erkennbar teurer Strickjacke. Und die Haare? Ich laufe barfuß ins Bad und betrachte mich kritisch im Spiegel.

Alle Welt behauptet, ich sei schön.

Ich finde, *schön* ist ein mächtiges Wort.

Hübsch zu sein stelle ich mir netter vor. *Hübsch.* Das klingt so leicht und angenehm wie ein bunter Schmetterling, wie eine im Sommerwind dahintrudelnde Feder. *Schön* zu sein ist in etwa so schwer und klebrig wie Buttercremetorte auf einen vollen Pizzamagen.

Es ist mächtig anstrengend, *schön* zu sein, weil du fortwährend angestarrt wirst, wenn du irgendwo auftauchst. Egal, ob du zum Tanzen in die Disco gehst oder an der Uni eine neue Gruppe Seminarteilnehmer begrüßt, überall glotzen die Menschen dich an. Als seiest du nur zur Welt gekommen, um der Allgemeinheit einen zusätzlichen Lustgewinn zu verschaffen.

Die erlaubten Hunde wohlweislich in meine Überlegungen einbeziehend, entscheide ich mich für eine Spange, die meine Haare im Nacken locker zusammenhält.

Frauke hat auch einen Hund.

Loulou. Ein wild getüpfelter Mischling.

Vielleicht möchte ich die Wohnung deswegen so gern ansehen. Weil ich weiß, dass Frauke dort auch gern leben würde. Obwohl nach allem, was zwischen uns geschehen ist, klar ist, dass sie dort nicht mit *mir* leben wollte. Beim Gedanken an ihre Freundin Antonie, die bestenfalls hübsch – auf keinen Fall schön – ist, aber trotzdem bei Frauke das Rennen gemacht hat, kann ich im Spiegel sehen, wie sich meine Brauen zusammenziehen.

Ich finde, die beiden passen nicht zueinander. Aber mit der Meinung stehe ich ziemlich allein da. Denn alle anderen sind von dem neuen Traumpaar total entzückt.

›*Du bist nur auf Kollisionskurs, weil du sie immer noch nicht aufgegeben hast!*‹, wusste Armin neulich mal zu analysieren, als ich in einem Nebensatz mit gerümpfter Nase Antonies Namen fallen ließ. Aber er braucht ja nicht zu wissen, dass die grundsätzlich erlaubten Hunde den Ausschlag gegeben haben, mich an diesem Wochenende für eben diese Wohnung zu entscheiden. Er würde darüber sowieso nur weise den Kopf schütteln. Um halb zwölf mache ich mich jedenfalls eher unauffällig, gerade deswegen aber wahrscheinlich genau passend gekleidet, auf den Weg.

Manche Menschen mögen meine Wochenend-Vergnügung merkwürdig finden.

Meine beste Freundin Hannelore, die mit ihren siebzig Jahren wirklich eine Menge Erfahrung gesammelt hat, sagt dazu jedoch nur: »Besser als fernsehen! Und fast so gut wie die *Gala*!«

Ich selbst habe mein neues Hobby vor etwa sechs Monaten eher zufällig entdeckt. Nach der Trennung von Ramona wollte ich einfach nur weg aus der Wohnung. Raus aus den gewohnten Räumen, fort, möglichst weit weg und möglichst anders. Irgendwo ganz neu beginnen.

Allerdings merkte ich nach ein paar Besichtigungsterminen, dass meine Begeisterung fürs Umziehen extrem schwächelte, mein Hang zu Wohnungsbesichtigungen jedoch stetig zunahm.

Ungefähr bei Besichtigung Nummer sieben oder acht stieg Armin mit ein.

Er meinte, er könne sich auf diesem Wege das Abo für *Schöner Wohnen* sparen.

Und so schlendern wir am Wochenende häufig durch die Wohnungen fremder Menschen. Wir betrachten ihre Bücherwände, ihre Couchgarnituren, ihre Sekretäre und Esszimmerstühle, ihre Ölgemälde oder BRAVO-Poster, ihre Fotosammlungen, Teppichreste und Stofftieraufgebote. Wir beglotzen Namenschilder, Vorhangstoffe, Deko-Blumen, Vasen, Nippes, minimalistische Stereotürme, Bauernschränke, Einbauküchen, elektrische Rollläden, Stehlampen, Schuhregale und Teelichthalterbäumchen.

Nebenbei halten wir ein Schwätzchen mit Vormietern, Vermietern und anderen Interessenten. Hannelore hat Recht: Viel mehr über das Privatleben anderer kann man selbst aus der *Gala* nicht erfahren.

Der Weg zu der ruhigen Altbauwohnung führt mich ziemlich weit aus der Stadt heraus, zwischen Pferdekoppeln hindurch direkt an den Waldrand.

In meinem Bauch zieht es, und ich weiß, dies hier ist etwas Besonderes!

Etwas in mir gerät in Schwingung.

Es pendelt sacht in mir hin und her. Sanft zwar, aber zugleich beunruhigend. Seltsam.

Ich sehe auf die Kilometeranzeige. So ein Ritt täglich zur Arbeit, nein, das käme nicht infrage. Aber wirklich hübsch hier. Sehr still. Sehr abgelegen. Schon von Weitem sehe ich Armin neben seinem geparkten Auto stehen. Kommt mir so vor, als hätte ich ihn schon mal genau an diesem Ort warten sehen – ganz offensichtlich ein Déjà-vue.

»Grad sind schon welche rein gegangen«, berichtet er, während wir uns zur Begrüßung umarmen. »Hübscher Klingelton. Man konnte ihn hier draußen hören.«

Wir treten einen Schritt zurück und lassen das Haus auf uns wirken.

Es ist von einem etwas verwittert wirkenden, weißen Holzzaun umgeben, der mal wieder einen neuen Anstrich gebrauchen könnte und über den sich ausladende Zweige beugen, die mit rosa und pinkfarbenen Blüten protzen. Das Törchen steht einladend auf. Das Haus selbst ist wahrscheinlich vor Jahren mal gelb gestrichen worden. Auf dem mittlerweile etwas schmuddelig wirkenden Farbton leuchten die weißen Schlagläden an den großen, mit einem Kreuz unterteilten Fenstern. Hinter den Fenstern im ersten Stock drängeln sich kostbar wirkende Orchideen um den besten Sonnenplatz. Sie hängen von oben herunter oder wachsen scheinbar von der Seite an das Glas heran und erzeugen so den Eindruck eines Tropenhauses.

Die Fenster der Parterrewohnung geben den Blick auf Grünpflanzen und Kerzenhalter frei, und an den Rändern erahnt man leichte Vorhänge.

»Sieht nett aus«, findet Armin und hakt sich bei mir ein. Er ist genauso groß wie ich. Nicht weil er ein besonders kleiner Mann ist, sondern weil ich eine relativ große Frau bin. »Findest du nicht? Ich kann mir vorstellen, dass hier noch der Milchmann kommt. Und wenn du dir freitags den Überraschungsgemüsekorb vom Bauern nebenan liefern lässt, kommt es dir ganz so vor, als hättest du das Grünzeugs im eigenen Garten gezogen. Apropos … ob der dazu gehört? War ja in der Anzeige erwähnt.«

Ich antworte nicht.

Ich schaue nur.

32 Wohnungen, 7 Appartements, 9 WG-Zimmer.

Aber noch nie hat in mir diese kleine silberhelle Glocke Alarm geschlagen.

Verwirrt schaue und schaue ich. Was ist das nur?

Es ist nicht das schönste Haus, das ich mir angesehen habe. Und wer will schon so weit draußen wohnen? Aber trotzdem erklingt in mir ein Ton, der bis in meinen Kopf hineinschrillt.

»Armin«, sage ich leise und klopfe auf seinen Unterarm. »Irgendwas ist hier. Ich spüre, dass hier irgendwas Spezielles abgeht. Es fühlt sich besonders an.«

Armin rückt ein kleines Stückchen von mir ab und reißt betont die Augen auf. »Soll das etwa heißen, du hast mal wieder eine deiner berühmten Ahnungen?«, raunt er. »Etwa eine Vision? Ähnlich wie du sie bei dem coolen Kellnerjob im *Na und* für mich hattest? Als ich nicht mal in die engere Wahl kam? Oder bei dem geilen Bademeister im Urlaub? Der am letzten Abend seine Verlobung mit diesem rehähnlichen Geschöpf namens Yvonne bekannt gab? Oder bei Frauke, die jetzt mit Antonie zusammen ist? Oder …«

Ich zische durch meine perfekte Zahnreihe.

»Unsinn! Nicht in der Art! Schließlich suchen wir nicht wirklich eine Wohnung. Und daher kann die Ahnung auch nicht bedeuten, dass dies unser neues Zuhause ist. Aber irgendwas muss sie doch bedeuten!«

»Dass in deinem Hintern ne Hummel quer sitzt, das bedeutet es«, wispert mein bester Freund. »Du solltest dir mal wieder was Nettes anlachen. Etwas, das ein bisschen mehr Entspannung bringt als eine unerreichbare Frau, mit der du nichts anderes anstellen kannst, als ihr hinterherzuhimmeln.«

»Komm, lass uns reingehen«, entscheide ich brüsk, und wir marschieren durch das Gartentörchen auf die Haustür zu. Die aus Holz ist, tatsächlich. Das eingesetzte Milchglas ist mit einem schmiedeeisernen Gitter geschützt. Aber so was Ähnliches hatte mir ja der Geruch der Druckerschwärze bereits versprochen.

Und trotzdem bin ich irritiert.

Das steigert sich noch, als die Tür geöffnet wird und im Hausflur eine Frau mit grauen Haaren und scharfen Gesichtszügen steht, die uns freundlich ihre wettergegerbte Hand entgegenstreckt.

»Beckmann, guten Tag. Kommen Sie rein! Wir haben vorhin telefoniert.«

Ich hatte sie jünger geschätzt, aber ihre Stimme erkenne ich wieder.

»Ich wohne oben. Die untere Wohnung wird demnächst frei, weil die derzeitigen Mieter ein Haus bauen. Wann wollen Sie einziehen?«

»Äh …«, mache ich und sehe Armin an.

Der legt den Arm um mich und näselt: »Da können wir uns ganz nach Ihnen richten. Wir haben es nicht eilig. Aber wenn es schnell gehen muss, dann können wir das auch einrichten.«

Genau die richtige Antwort!

Frau Beckmann strahlt und weist mit einer Geste auf die offen stehende Wohnungstür im Parterre.

Aus der Wohnung sind Stimmen zu hören. Der typische, leise Plauderton, das Floskeln und Plänkeln, das betont freundliche, aber leise Lachen. Der Umgangston bei Wohnungsbesichtigungen ist von derselben Art wie der in den Wartezimmern von Ärzten.

Ich nehme alles nur wie durch einen Schleier wahr.

Die hohen Räume, in denen das Licht die ausgelatschten Holzdielen des Bodens streichelt. Das Knarzen unter dem einen oder anderen meiner Schritte. Der Blick von der Küche durch den kreisrunden Flur hinüber ins Wohnzimmer und von dort durch das Fenster hinaus in den verwilderten Garten.

»Für den sind die Mieter zuständig«, erläutert uns Frau Beckmann und tauscht mit der derzeitigen Bewohnerin und deren Mann einen amüsierten Blick. »Orchideen kann man nicht draußen züchten, wissen Sie. Aber wir alle lieben es, da draußen das Wilde und Unbekannte lauern zu sehen.«

Ich trete einen Schritt zur Seite und wende mich, scheinbar interessiert an dem kleinen Vorratsraum, vom allgemeinen Gespräch ab.

Dieser Geruch.

Leicht herb, wie auf einem provenzalischen Markt, vermischt mit einem süßen, blumigen Duft.

Die alten Türen, die schwer in den Angeln hängen.

Die Anordnung der Räume in einem freundschaftlichen Kreis um den runden, geräumigen Flur herum.

Ich glaube, was mich so verwirrt, ist die Tatsache, dass mir all das so vertraut vorkommt. Wieder schüttele ich den Kopf. Total verrückt dieser Gedanke. Völlig irrsinnig.

Während Armin mit den anderen Interessenten in ein Gespräch über Kinderzimmer vertieft ist, tritt Frau Beckmann zu mir und sieht mit mir gemeinsam hinaus in den Garten.

»So nachdenklich?«, fragt sie.

Ich sehe auf und bilde mir ein, in ihren Augen ein wissendes Glitzern zu entdecken.

Wenn ich wirklich wollen würde, wenn ich wirklich auf der Suche wäre, dann würde ich jetzt sagen: *›Geben Sie mir die Wohnung! Ich glaube, hier gehöre ich hin! Genau hierhin!‹*

Aber ich will ja gar nicht umziehen. Und wenn schon Umziehen, dann ganz sicher nicht in eine so große Wohnung. Und wenn schon Umziehen und große Wohnung, dann bestimmt nicht so weit außerhalb der Stadt.

»Haben Sie noch Fragen?«

»Ja«, sage ich und lege die Hand an die Tür der Vorratskammer. Das alles hier verwirrt mich so sehr, dass ich mich an irgendwas festhalten muss. »Wieso stand in der Anzeige, dass Hunde erlaubt sind?«

Frau Beckmann schmunzelt und wundert sich bestimmt über diese merkwürdige, stille Frau in Wildlederhosen und Strickjacke.

»Ich habe früher Setter gezüchtet. Als mein Mann noch lebte. Wir hatten nur ein paar Würfe, sind bis zum Buchstaben E gekommen. Aber die Hunde fehlen mir sehr. Orchideen züchten ist ein schönes Hobby, wissen Sie. Aber die Blumen geben einem nichts zurück als ihre Schönheit.« Sie grinst.

»Warum halten Sie sich keinen Hund?«, will ich wissen.

Ihr Blick fällt hinunter auf ihr linkes Bein. Jetzt erst fällt mir auf, dass ihre weite Baumwollhose irgendetwas verbirgt. Auch ihr leichtes Humpeln war mir schon aufgefallen.

»Ich habe bei dem Unfall nicht nur meinen Mann verloren, sondern auch Fuß und Unterschenkel. Da sind lange Spaziergänge nicht drin. Manche Bekannten sagen, ich soll mir doch irgendeinen Schoßhund anschaffen, aber das kommt für mich nicht infrage. Jeder Hund braucht Bewegung. Egal wie klein er ist.«

Ich nicke beipflichtend, obwohl ich von Hunden ähnlich viel Ahnung habe wie von Orchideen. Nämlich null.

Während Armin mit unbestechlicher Kennermiene die Bodenbretter in der Diele auf Knarzgeräusche testet, mustert er mich fragend. Immerhin haben wir schon ein paar Dutzend Besichtigungen gemeinsam hinter uns gebracht. Und so ein merkwürdiges Gehabe kennt er nicht an mir.

Normalerweise gehe ich aufmerksam, mit weit offenen

Augen durch die Räume, betrachte alle Details, damit wir uns später, bei einem Milchkaffee, darüber unterhalten können. Aber hier stehe ich einfach nur herum und mir ist, als würde ich eher in mich hineinschauen als auf die hübsch eingerichteten Zimmer.

Und das ist so, weil ich dieses Gefühl habe.

Armin wirft mir mit gerunzelter Stirn einen auffordernden Blick zu, bevor er ins Bad schlendert, vermutlich, um dort die Wände auf frühere Wasserschäden zu untersuchen.

»Sie sind doch nicht verheiratet, oder?« Frau Beckmann hat Armins Blick auch bemerkt und sieht mich nun offen an. Ihre Augen spiegeln mir die Farbe meiner eigenen Augen. Es ist eine seltene Farbe. Klares Grau. Ein extremer Kontrast zu meinen dunklen Haaren.

Bei ihr sieht das Grau der Augen zur Farbe ihrer Haare sehr harmonisch aus. Eine Frau mit solchen Augen kann man nicht anlügen. Von diesem intensiven Blick würde jeder sofort durchschaut.

Daher schüttele ich den Kopf und lächele. »Nein. Um ehrlich zu sein, sind wir nicht einmal ein Paar, nur sehr gut befreundet.«

Sie nickt. »Dachte ich mir. Freundschaft zwischen Frauen und Männern kommt nicht so oft vor. Und nur selten kommt es in einer Partnerschaft vor. Mein Mann war mein bester Freund.«

Darauf weiß ich nichts zu sagen.

Ich weiß nicht, wie lange der Unfall schon zurückliegt. Weiß nicht, ob der Verlust noch ganz frisch ist.

In ihren Augen ist kein Schmerz zu entdecken. Sie lächelt.

»Ich glaube, wir müssen schon wieder los«, sage ich rasch und sehe auf die Uhr. »Danke, dass wir kommen durften. Es ist eine wirklich wunderschöne Wohnung.«

Frau Beckmann strahlt. »Schön, dass sie Ihnen gefällt. Ihr Freund hat mir bereits Ihre Telefonnummer gegeben. Ich melde mich dann also, wenn ein Auszugstermin feststeht.«

»Ja. Ja, gerne.« Ich gehe durch die Diele ins Bad und zupfe Armin, der gerade mit dem Kopf unterm Waschbecken hängt, am Ärmel. »Kommst du?«

Mein bester Freund deutet vage in Richtung Dusche und wispert: »Das Silikon muss dringend gemacht werden. Risiko von Wandschimmel.«

Ich schaue hin. Und sehe nur einen fröhlich bunten Duschvorhang, der die hellen, freundlich wirkenden Kacheln und eine saubere Keramikduschtasse zur Hälfte verbirgt. Von Schimmel echt keine Spur.

»Komm schon«, wiederhole ich und gehe vor.

Armin wirft noch einen sehnsüchtigen Blick in den einladend gestalteten Wohnraum, nickt dann aber zustimmend. Er kennt mich seit mehr als fünfzehn Jahren und weiß, wann ich es ernst meine.

»Die Böden knarren in jedem Raum. Aber am lautesten in der Diele. Da kannst du keinen Schritt tun, ohne dass man das im Schlafzimmer hört«, raunt er mir leise zu, als wir den schmalen Gartenweg zum Tor hinausgehen. »Und Holzfenster sehen zwar schick aus, aber wahrscheinlich ist es ziemlich zugig im Winter. Vor allem im Kinderzimmer, aus dem ich übrigens auf jeden Fall das Arbeitszimmer machen würde. Du auch?«

Wir sind bei unseren Autos angekommen, und jetzt sieht er mich wachsam an.

Ich kenne das.

Er ist eben nur zufrieden, wenn er etwas zu meckern findet. Er nörgelt gern und fühlt sich dabei wie der Fachmann, und natürlich ist ihm nie eine der besichtigten Wohnungen jemals gut genug, um dort einzuziehen.

Ich kann nur hoffen, dass er niemals in unserem gemeinsamen Leben auf die Idee kommt, sich tatsächlich eine neue Wohnung zu suchen. Denn unsere samstäglichen Ausflüge haben bewirkt, dass er sich zu einem wirklichen Spezialisten im Finden von Mängeln entwickelt hat.

»Emma? Was ist los?«

Ich blicke noch einmal zum Haus hinüber und schließe dann mit einem Seufzer mein Auto auf.

»Keine Ahnung, Armin. Weiß nicht. Wahrscheinlich habe ich schlecht geschlafen.«

Er mustert mich. »Du siehst aber gut aus.«

»Ich sehe immer gut aus.« Das ist nicht gelogen. Ich sehe gut aus, wenn ich eine Nacht durchgemacht habe, wenn ich mich in Liebeskummer ergehe, wenn ich unter einer tropfenden Nase oder höllischen Kopfschmerzen leide. Niemand glaubt mir, wenn ich mal unpässlich bin. Schönheit kann ein echter Fluch sein.

Armin kennt mich so gut, dass sein adlerhaftes Spähen schon nach wenigen Sekunden zu einer Erkenntnis führt: »Du denkst immer noch, dass diese Bruchbude irgendwas Besonderes ist und du hier eventuell der Liebe deines Lebens begegnen könntest oder so was Ähnliches, stimmt's?«

Ich hasse es, wenn er die Wahrheit in so unschöne Worte kleidet. Das hätte er doch auch anders sagen können. Freundlicher. Jedenfalls so, dass nicht der Eindruck entsteht, ich hätte nicht alle Latten am Zaun.

»Für einen schwulen Mann bist du unglaublich unsensibel«, brumme ich und sehe auf die Uhr. »Wir haben nicht mal mehr Zeit auf einen Kaffee. Also auf zu den Heteros!«

Während ich in meinen Wagen steige, wende, dabei auf Armin achten muss, der seinen Kombi stets kürzer einschätzt als er tatsächlich ist, spüre ich, dass das Haus meinen Blick magnetisch anzuziehen versucht.

Es ist, als würde ich gezwungen, noch mal genau hinzuschauen. Es noch einmal ganz ernsthaft von außen zu betrachten.

Aber Armin hat Recht, und mein merkwürdiges Gefühl ist wahrscheinlich reine Spinnerei. Daher wehre ich mich gegen den Zwang und starre stattdessen in die Wochenendausgabe des Cityanzeigers, der noch aufgeschlagen neben mir liegt.

Mein Blick wird gefangen genommen von der Wohnungsannonce, der wir gerade gefolgt sind.

Darunter befinden sich die Anzeigen, in denen Einsame oder Beziehungsfrustrierte oder Frisch-Zugezogene einen Ausgleich zu ihrem jeweiligen Defizit suchen. Es sind Menschen, die dort inserieren, denen etwas fehlt. Um auszudrücken, was genau ihnen fehlt, füllen sie die Zeilen mit unverfänglich wirkenden Freizeit-Schlagworten und Adjektiven, die sich, oberflächlich betrachtet, auf die von ihnen gesuchte Person beziehen, aber im Grunde ausdrücken, wie der Verfasser, die Verfasserin der Anzeige sich selbst einschätzt: *nett, sympathisch, aufgeschlossen, sportlich, humorvoll, vielseitig interessiert, einfühlsam, spontan, unabhängig, piratinnenabenteuerundsandstrandversessen …*

Ich stutze.

Piratinnenabenteuerundsandstrandversessen?

Rasch sehe ich auf. Armin holpert bereits in Zeitlupentempo den Schotterweg entlang zur Straße.

Ich schalte und folge ihm langsam.

Abenteuer. Sandstrand. Versessen.

Im Grunde nichts anderes als eine gut formulierte Wohnungsannonce. Eine Wohnung, für die jemand gesucht wird, der Sinn für das Ungewöhnliche hat, gern träumt, Träume gern lebt, gern Sand unter den nackten Zehen spürt und darauf so wild ist, dass er eine Anzeige in den spießigen Cityanzeiger setzt, um andere zu finden, denen es ähnlich geht.

Als wir am Ende des Weges – ich habe mich nicht nach dem gelben Haus umgeschaut! – kurz halten müssen, um ein paar Autos vorbeizulassen, überfliege ich die restlichen Zeilen der Annonce.

Piratinnenabenteuerundsandstrandversessene Sie (34) möchte mit Gleichgesinnten unter der Totenkopfflagge segeln und neues Land entdecken! Wer ist dabei?

Ich hebe den Kopf und blicke stumpf auf Armins Nummernschild.

Neues Land entdecken.

Wann habe ich das letzte Mal neues Land entdeckt?

Fraukes vertrautes Bild taucht vor meinen Augen auf.

Als sie durch meine Tage und meine Nächte geisterte, da war das völliges Neuland gewesen. Die intensiven Flirts. Das Geheimnisvolle und Rätselhafte. Ich hatte intensiv empfunden. Ich hatte intensiv gehofft und gewünscht.

Piratinnenabenteuer?

Das muss eine wortgewandte, erfindungsreiche Frau sein, die andere Menschen sucht, die auch so sind.

Ich wäre gern so. Deswegen lese ich viele Gedichte und kenne unendlich vielfältige Zitate. Und es wäre bestimmt schön, eine zu kennen, die in mir eine Gleichgesinnte sehen würde.

Nicht, dass ich an Affären interessiert wäre. Auch nicht an neuen, engen Freundschaften. Ich habe Armin, ich habe Hannelore. Im Grunde habe ich alles, was ich brauche.

Allerdings glaube ich, dass Piratinnenabenteuer und das Segeln unter der Totenkopfflagge einen gewissen ungewöhnlichen Charakter besitzen würden, der in meinem Leben bisher vielleicht ein wenig zu kurz gekommen ist.

Was für ein Unsinn. Das sind Gedanken, die allen Ernstes darum kreisen, auf eine Kontaktanzeige zu antworten. Das kann doch nicht wahr sein.

Ich habe genug Sozialkontakte. Ich habe Freundinnen und Freunde. Ich habe einen guten Job – auch wenn der momentan etwas unter meiner Doktorarbeit leidet. Mir fehlt wirklich nichts.

Armin beschleunigt und fährt vom Schotterweg auf die asphaltierte Straße.

Ich schalte in den ersten Gang, fahre an und … schaue noch einmal in den Rückspiegel. Zum gelben Haus.

2. Kapitel

»Großes Eckzimmer in Männer-Dreier-WG zum nächsten Ersten frei. Bitte nur Gourmetköche und Nichtraucher!«

Ich lasse die Finger von allen Chat-Rooms dieser Welt. Versprochen! Und mein Versprechen, das ich mir selbst gegeben habe, gedenke ich auch nicht zu brechen. Niemals mehr.

Ich würde ohnehin die ganze Zeit nur an Frauke denken. Denn in der kurzen Zeit, in der ich mich öfter im Lesbenchat herumgetrieben habe, traf ich sie.

Nicht, dass ich diese Zeit missen möchte. Das wirklich nicht. Ich verliebte mich Hals über Kopf und traute mich so lange nicht zu den verabredeten Treffen, bis diese umwerfende Frau jene dahergelaufene Tierarzthelferin traf und ich damit für sie abgeschrieben war.

Aus diesem Grund hege ich ein tiefes Misstrauen gegenüber Bekanntschaften, die im Internet geknüpft werden.

Eine Kontaktanzeige dagegen ist natürlich etwas ganz anderes.

Oder?

Ich habe jedenfalls noch nie auf eine geantwortet. Und zwar nicht, weil ich fürchte, dass schlechte Erfahrungen auf mich lauern oder schlimmste Verwicklungen drohen. Sondern eher, weil mich bisher noch nie eine Anzeige tatsächlich angesprochen hat.

Dass diese hier meine Aufmerksamkeit geweckt hat, muss also irgendetwas bedeuten.

»Emma, was grübelst du denn schon wieder? Denkst du etwa immer noch über das Haus nach?« Wir sind auf dem Bürgersteig vor den grünen Häusern gegenüber der Elisabethkirche unterwegs. In Armins Stimme schwingt ein drohender Unterton mit, der besagt, dass bei einem ›Ja‹ mit einem Schwall von aufklärerischen und wenig verständnisvollen Visionen-und-Ahnungen-sind-Mumpitz-Erklärungen zu rechnen ist.

»Ach was!«, antworte ich daher leichthin. »Ich habe nur vorhin direkt unter dieser Wohnungsanzeige etwas gelesen, das mir jetzt nicht mehr aus dem Kopf geht.« Die Hälfte der Zeit, die vergangen ist, seit wir das gelbe Haus verlassen haben, habe ich tatsächlich an diese Kontaktanzeige gedacht, die andere Hälfte aber denke ich an das Haus. Daher war das nur halb gelogen.

»Du hast die *Sie sucht Sie-Annoncen* studiert?«, hechelt Armin sofort. Nichts bringt ihn so sehr auf Trab wie eine sich anbahnende neue Liebschaft. Auch wenn es nicht seine eigene ist.

»Irrtum. Es ist einfach nur eine Kontaktanzeige. Eine Frau, die zur gemeinsamen Freizeitgestaltung …«

»Ach, hör doch auf!«, fällt Armin mir ins Worte, stoppt abrupt an einer Haustür und studiert die Klingelschilder. »Die wollen doch alle das gleiche. In den Kontaktanzeigen trauen sie sich nur nicht, es offen zu sagen.«

Mit Nachdruck betätigt er den entsprechenden Knopf.

Von innen wird aufgedrückt.

»Wenn man einfach nur jemanden für die Freizeitgestaltung sucht, sind die ersten Treffen nämlich wesentlich unverfänglicher. Man beäugt sich zwar, aber nicht so offensichtlich mit einem bestimmten Sinn und Zweck. Man kann alles getrost ein bisschen ausloten, bevor man dann auf Tuchfühlung geht und überrascht seufzt: ›Hach, eigentlich wollte ich ja nur ein paar nette Leute kennen lernen. Aber dann kamst du und alles bekam eine neue Dimension!‹«

Er plinkert mit den Wimpern und steigt vor mir die Treppe hinauf.

»Ganz oben!«, ruft von dort eine sonore Männerstimme, die bis zu uns herunterreicht.

Armin und ich sehen uns an.

»Ganz sicher nicht von der Fakultät!«, flüstert Armin mir zu.

Als wir im vierten Stock ankommen, ist die Tür nur angelehnt, und ich klopfe vorsichtig an, bevor wir eintreten.

»Komm rein, es gibt grad frischen Kaffee«, ertönt es von irgendwo aus dem langen Flur, und dann erscheint ein Paar langer Männerbeine in Jeans und unmittelbar darauf auch das dazugehörige Oberteil in einem knallblauen Sweatshirt.

»Hi, ich bin Daniel!«, werden wir begrüßt, und während der gut aussehende Mitzwanziger mir die Hand entgegenstreckt, stöhne ich innerlich auf.

Daniel ist nicht nur knackig und für einen Mann ungewöhnlich gut aussehend. Er riecht auch nach frischer Dusche und spricht mit einer auffallend tiefen Stimme, die dem armen Armin neben mir wahrscheinlich in diesem Augenblick bereits die Gänsehaut auf Arme und Beine jagt.

Daniel glotzt mich für einen Moment mit diesem gewissen Blitzen in den blauen Augen an und wendet sich dann an Armin. »Hast wohl Verstärkung mitgebracht.« Dazu schüttelt er Armins Hand.

»So ähnlich«, bringt mein lieber Freund heraus.

Armin ist mit seinen 36 Jahren immer noch so schüchtern wie ein Teenager. Ich glaube, es liegt daran, dass er eine Nase wie Barbra Streisand hat. Leider kann ihn die Ähnlichkeit mit seinem Idol nicht trösten. Hat ihn doch seine gesamte Jugendzeit ein gewisser Spruch begleitet, der maßgeblich Einfluss auf sein Selbstwertgefühl genommen zu haben scheint: *An der Nase eines Mannes erkennt man seinen Johannes.*

»Bestimmt willst du als Erstes das Zimmer sehen. Gregor kommt gleich dazu. Er hat grad einen Anruf bekommen.«

Also sehen wir uns zu dritt das angebotene Eckzimmer an.

Wirklich hübsch das Ganze.

Auch die Küche, in der wir uns zusammen mit Gregor zu einem Kaffee niederlassen, macht einen gemütlichen, sauberen und aufgeräumten Eindruck.

Ich kann Armin ansehen, dass er beeindruckt ist. Denn offenbar handelt es sich bei Daniel und Gregor um Heteros. Gregor erzählt nämlich von seiner Freundin, mit der er gerade telefoniert hat. Bisher vertrat Armin immer die Meinung, Hetero-Männer seien nicht in der Lage, einen Haushalt ungezieferfrei zu halten.

Die drei sind sich sympathisch und vereinbaren, nach einem »Drüber-Schlafen«, morgen zu telefonieren.

Als wir unter fröhlichen Verabschiedungsfloskeln die Wohnung verlassen, komme ich mir plötzlich ziemlich scheußlich vor.

Das ist mir noch nie passiert.

Ich meine, es ist eine Art Geschäft, was wir betreiben. Wir schauen uns Wohnungen an. Dazu gehört natürlich auch eine gewisse Verbindlichkeit, die man kurzfristig eingeht. Da ist gar nichts dabei, wenn wir so tun als ob und die anderen sich Telefonnummern notieren, Hände schütteln, lächeln, sich an einer sympathischen Begegnung freuen.

Dass wir gar nicht wirklich in all diese Wohnungen ziehen wollen, wissen die anderen ja nicht. Sie werden es nie erfahren.

Bei unseren Absagen sind wir stets freundlich, höflich und sehr bedauernd. Meist haben wir die ideale Wohnung just am gleichen Tag noch gefunden. Eine Wohnung, bei der irgendetwas noch perfekter ist. Die Vermieter wahrscheinlich nicht, nein, die wohl nicht, aber die Wohnung liegt eben näher zur Arbeit, ist kleiner, größer, mit Terrasse oder Garten oder Balkon oder einem Zimmer mehr oder weniger, mit Parkett oder Laminat oder Teppich … es muss nur glaubwürdig klingen.

Und schon beendet man diese kurze Verbindlichkeit mit ein paar freundlichen Sätzen, wünscht wunderbare neue Mieter und alles Gute für die Zukunft und legt auf.

Das gehört zum Geschäft dazu. Zu unserem Hobby. Und ich habe es noch nie infrage gestellt.

Trotzdem fühle ich mich zum ersten Mal in meiner Besichtigungslaufbahn mulmig, als Daniel und Gregor noch einmal kurz winken, bevor sich die Wohnungstür schließt.

Armin räuspert sich vernehmlich und steigt vor mir die Treppe hinab.

»Hübsches Zimmer«, sagt er und kratzt sich am Kinn.

Das kenn ich. Armin kratzt sich nur am Kinn, wenn ihm etwas unangenehm oder peinlich ist.

Ich will ihm gerade zuwispern, ob er sich auch mit einem Mal so scheußlich fühlt, als auf dem zweiten Absatz eine junge Frau aus der Tür tritt. Sie stolpert über die Fußmatte und fällt fast hin. Und ich fast auf sie drauf, denn irgendwie ist da plötzlich eine Stufe mehr als erwartet.

Wir fangen uns beide, entschuldigen uns stammelnd, blicken auf, sehen uns an, verstummen.

»Emma?«, sagt die Frau und starrt ungläubig.

»Lu?«, erwidere ich und starre genauso.

»Lu«, wiederholt sie langsam und verklärt, als sei das Wort ein noch nicht gekanntes, soeben zum ersten Mal gekostetes Bonbon. Dabei ist es doch nur ihr Name.

Armin blickt fasziniert von mir zu ihr und zurück.

»Was machst du denn hier? Wohnst du etwa hier?«, will ich rigoros wissen, was normalerweise nicht meine Art ist. Aber diese Begegnung wirft mich völlig aus dem Gleichgewicht. Oben ist unten. Links ist rechts. Vorn hinten. Wie kommt sie hierher? Ich hab doch schon so lange nicht mehr an sie gedacht.

»Ja, ich …« Lu deutet hinter sich zur Wohnungstür und lacht.

Es ist das gleiche Lachen wie früher, als wir gemeinsam auf den Schaukeln des nahen Spielplatzes um die Wette flogen. Ein breites, sonniges Lachen.

»Echt? Wir leben in der gleichen Stadt, ohne es zu wissen? Das ist ja verrückt!«

Wir glotzen uns an.

Sie trägt eine dunkelgrüne, ausgeleierte Cordhose, die so aussieht, als hätte sie zigmal ihre mit-was-auch-immer-verschmierten Hände an den Oberschenkeln abgewischt. Dazu ein formloses, verblasstes T-Shirt und ausgelatschte Turnschuhe.

Nicht nur für eine Wohnungsbesichtigung ist das ein denkbar ungeeigneter Aufzug. Aber war das nicht schon immer so? War sie nicht schon immer auf eine Weise lässig gekleidet, die ins Schmuddelige übergeht? Hunderte von Bildern brechen von irgendwo durch vehement verschlossene Türen in mir, überschwemmen das Treppenhaus mit Dreizehn-, Vierzehn-, Sechzehnjährigen im Achtziger-Jahre-Look. Mit diesen Bildern strömt greifbare Atmosphäre wie ein aufwirbelnder Nebel durch mich hindurch. Gerüche. Musik. Klamme Gefühle. Eifersucht und Neid. Ich muss fast nach Luft schnappen, so sehr bricht über mich herein, wie es war. Damals.

Lu starrt mich ebenso an wie ich sie. Fängt sich als Erste wieder. »Und du? Du wohnst doch nicht etwa …?« Sie deutet hinauf.

»Nein, nein, wir haben nur … Armin hat nur … Oh, das hier ist Armin, ein guter Freund von mir. Er hat sich ein WG-Zimmer angesehen.« Ich deute nach oben.

»Bei Daniel und Gregor? Cool! Die sind klasse. Das Zimmer auch. Aber vor allem die beiden.«

»Armin, das ist Lu. Erinnerst du dich? Ich hab dir mal von ihr erzählt. Wir haben früher in den zwei Hälften eines Doppelhauses gewohnt …«

Armins Augen leuchten auf.

Sicher kennt er meine Erzählungen von Lu. Dem rotzfrechen und selbstbewussten Außenseiter-Balg von nebenan, das ich auf den Tod nicht ausstehen konnte, mit dem ich es hasste zu spielen, das ich immer besiegen wollte, dem ich irgendwie immer eine Nasenlänge voraus war, dem das jedoch nichts ausmachte, sondern das einfach so fröhlich war, dass alles Konkurrenzgehabe, das ich schon mit der Muttermilch aufgesogen hatte, an ihr abperlte wie Wasser von einem Lotusblatt.

»Du hast ja …«, Lu deutet auf mich, meinen Kopf und macht eine Geste mit der Hand, »wahnsinnig lange Haare bekommen.«

Ich greife nach der Spange an meinem Hinterkopf, mit der ich vorhin meine langen Locken möglichst lässig zusammengefasst hatte. »Und du … immer noch der gleiche Bubikopf wie früher, witzig!«

Sie lacht wieder. Armin lacht mit. Ich werfe ihm einen verblüfften Blick zu. Er ist kein Typ, der bei jedem gleich mitlacht. Aber jetzt kleben seine Augen an Lu, und beim Anblick der olivfarbenen Haut und des breiten Mundes zeigt er seine weißen Zähne.

Lu winkt ab. »Ich bin durch alle Höhen und Tiefen … ach, ich meine Längen und Kürzen. Aber letzte Woche habe ich mich die Haare wieder so schneiden lassen wie damals. Verrückt, dass wir uns ausgerechnet jetzt über den Weg laufen! Vielleicht liegt es an der Frisur?« Armin und sie lachen laut.

Ich lächele nur.

Höhen und Tiefen. Längen und Kürzen. Habe ich mich die Haare schneiden lassen. Wie niedlich damals meine Eltern und alle anderen ihre kleinen sprachlichen Ausrutscher fanden. Ich dagegen hatte immer gefunden, dass sie es einfach mal lernen sollte. Schließlich war sie schon mit zehn Jahren aus Brasilien adoptiert worden.

Und mit zwölf, als ihre Adoptiveltern und sie in die Doppelhaushälfte neben unserer zogen, war ich bereits so eloquent, dass ich meine Deutschlehrerin mühelos an die Wand reden konnte. Lu aber hatte noch immer mit Formulierungen Schwierigkeiten, die doch jedes Baby beherrschte, selbst wenn es zuerst in Russland, dann in Schweden und am Ende in Kanada gelebt hatte. Ihre Herkunft war für mich noch nie eine ausreichende Begründung für sprachliche Fettnäpfchen gewesen.

»Aber … Emma, sag mal … was machst du denn jetzt so? Du wolltest doch immer Anwältin für Menschenrechte oder so was werden. Hat das geklappt? Bist du verheiratet? Hast du Kinder? Bestimmt, oder?«

Innerlich pralle ich zurück.

»Hoppla!«, lächele ich etwas hölzern. »Das waren jetzt zu viele Fragen auf einmal!«

Armin kichert linkisch. Ich möchte ihm gern auf seine Vorher-Barbra-Streisand-aber-danach-mit-Sicherheit-Klitschko-Nase boxen.

Lu lacht wieder aufgedreht. »Es ist aber auch so viel Zeit vergangen. Meine Güte, was alles passiert ist!« Ihre ganze Gestalt scheint in kleine, discolichtfarbene Flammen aufzugehen vor Begeisterung über unser zufälliges Treffen.

Man könnte meinen, es hätte ihr am heutigen Tag nichts Besseres passieren können, als mich nach unendlich vielen Jahren wieder zu treffen.

Anwältin für Menschenrechte.

Wie lange ist das her?

Hochtrabende Pläne für eine Dreizehn- oder Vierzehnjährige.

»Na, ich bin jedenfalls nicht verheiratet«, sage ich betont munter.

Lu lässt sich von meiner Einsilbigkeit nicht verprellen, sondern legt freundlich eine Hand an meine Schulter. Ich muss den Impuls unterdrücken, mich abzuwenden. »Wenn Achim …« Sie stutzt kurz und sieht ihn fragend an. Und mein sonst so pingeliger Freund verzeiht ihr den kleinen Fauxpas sofort. »Armin«, korrigiert er sie freundlich lächelnd, und sie leuchtet ihn zum Dank an, als ginge hier im Treppenhaus die Sonne auf. »Also, wenn du bei Gregor und Daniel einziehst, dann werden wir uns sicher öfter treffen, Emma. Klingel doch einfach mal. Dann nehmen wir uns etwas Zeit und erzählen, was in der Zwischenzeit gelaufen ist, ja?«

Armin öffnet den Mund. Vermutlich, um zu sagen, dass es so weit nicht kommen wird. Dass bereits jetzt schon feststeht, dass er in diesem Haus nicht wohnen wird. Dass also keine weitere Begegnung zwischen Lu und mir vorprogrammiert ist und wir uns genauso gut wieder zwanzig Jahre nicht über den Weg laufen könnten. Doch bevor er eines dieser entlarvenden Worte herausbekommt, simuliere ich einen kleinen Hustanfall und sehe ihn dabei warnend an.

Also lächelt Armin nur dünn und murmelt: »Gute Idee …«

Und ich nicke dazu.

Lu kann ihre Freude kaum unterdrücken. Vielleicht sollte ich besser sagen: Sie will sie nicht unterdrücken. Siebzehn Jahre sind es, fällt mir da schlagartig ein. Siebzehn Jahre genau haben wir uns nicht gesehen. Aber die vergangene Zeit fällt von mir ab wie Staub, den man aus den Kleidern schlägt. Meine Güte, sie hat sich ja überhaupt nicht verändert. Genauso distanzlos wie früher strahlt sie wie ein ganzer Kronleuchter.

»Super! Mann, das wird ein toller Tag! Ich wusste es vorhin schon, als ich auf dem Weg zum Bäcker in einen Hundehaufen getreten bin. Soll ja Glück bringen. Aber jetzt muss ich echt los. Geil, dass wir uns getroffen haben, Emma!« Sie umarmt mich und drückt mich fest an sich. Ihr Geruch fällt über mich her. Heftiges Kribbeln breitet sich, beginnend in meiner Nase, über meinen ganzen Körper aus. Es brennt wie Feuer und scheint zugleich kalt wie Eis zu sein.

Ich schaudere.

Aber noch bevor ich für mein Zusammenzucken eine Erklärung erfinden muss, plappert bereits weiter: »Ich freu mich schon riesig auf unser Treffen! Lass nicht zu viel Zeit vergehen, hörst du?! Bis bald dann also! Tschüß, Achim!«

»Tschö!«, grins Armin breit.

Ich bleibe stumm. Das ›bis bald!‹ bleibt mir im Hals stecken, da Lu bereits, je zwei, drei Stufen auf einmal nehmend, die Treppe hinunterspringt.

Geil, dass wir uns getroffen haben.

Wir bleiben noch einen Moment im Treppenhaus stehen, als hätte man uns dort vergessen, und Armin blickt am Geländer vorbei hinunter, bis unten die Haustür ins Schloss fällt.

›Das kann nicht sein! Das kann nicht sein! Das ist nicht wirklich passiert!‹, echot es fassungslos in mir, trotz des Versuchs, ganz fest daran zu glauben, dass es keine Katastrophe ist, wenn ich eine Nachbarin und Klassenkameradin aus meiner Teenagerzeit wiedertreffe. Es ist nichts Schlimmes passiert, nicht wahr? Meine Haare sind nicht plötzlich grau geworden. Meine Nase sitzt noch an der richtigen Stelle. Es ist wirklich nichts Schlimmes geschehen!

»Das ist ja 'n Dingen!«, lässt sich Armin vernehmen. »Die Lu!« Dazu wirft er mir einen scheelen Blick von der Seite zu. »Die hat sich bestimmt total verändert seit eurer letzten Begegnung, oder?«

Ich kann meinen Herzschlag im ganzen Brustkorb spüren. Ruhig! Ganz ruhig!

»Wie kommst du darauf?« Wir setzen uns wieder in Bewegung und steigen nebeneinander die Stufen runter.

»Na, so wie du sie beschrieben hast, habe ich mir immer eine vorlaute, freche Rotzgöre vorgestellt, die total unbeliebt ist, weil sie nicht weiß, wie man einen kompletten Satz auf die Reihe bekommt, dazu dumm wie ein Toastbrot ist und außerdem auch noch hässlich wie die Nacht.«

»Sie hatte eine Zahnspange und blöde Haare«, sage ich und höre selbst wie kindisch das klingt.

Armin lacht vergnügt. »Dafür hat sie Glutaugen, eine Haut wie in Eselsmilch gebadet, einen Mund zum Knutschen und eine Nase, für den unsereins ein komplettes Himmelreich geben würde. Übrigens finde ich ihre Frisur total klasse. Was hast du gegen einen Bubikopf?«

»Nichts. Es ist nur … sie sah früher auch schon so aus, weißt du«, versuche ich ihn argumentativ recht lahm zu überzeugen. »Sie hat sich offenbar nicht viel weiterentwickelt.«

Mein Freund rollt mit den Augen, während er mir die Tür aufhält. »Du hast doch gehört: Sie hat in der Zwischenzeit diverse andere Haarlängen ausprobiert. Vielleicht ist sie jetzt einfach wieder zu ihrem Kern zurückgekehrt. Das spricht doch für sie.«

»Zu dem Kern, den man mit dreizehn hat?«, kommentiere ich lakonisch.

»Wenn du sie wieder siehst, wirst du wahrscheinlich feststellen, dass sie ein ganz toller Typ ist«, weissagt Armin. »Was ist jetzt? Gehen wir ins *Coco* und trinken unseren Milchkaffee?«

Ich nicke, und wir steuern nebeneinander die Straße hinunter. »Wenn du jetzt wirklich auf der Suche wärst«, wechsele ich das Thema, damit er nicht noch länger über Lu spricht. »Würdest du das Zimmer dann nehmen?«

Es funktioniert. Armin fachsimpelt sogleich über die Vor- und Nachteile des eben besichtigten Zimmers und vergisst darüber die zufällige Begegnung mit meiner ehemaligen Teenagerfeindin.

Denn das war sie damals tatsächlich.

Obwohl ich wetten könnte, dass Lu es gar nicht weiß. Sie weiß gar nicht, dass sie damals meine schärfste Konkurrentin, mein Maßstab und im Extremfall auch mein Hassobjekt war.

Sie war stets ein solcher Sonnenschein, dass ihr meine düsteren Anteile in unserer merkwürdigen Mädchen-die-im-gleichen-Haus-wohnen-Notgemeinschaft gar nicht auffielen.

Zu Armins Worten nicke ich hin und wieder oder mache mal ein skeptisches Gesicht, was ihn zu weiteren Ausführungen veranlasst. Aber im Grunde bin ich gar nicht bei der Sache.

Ich habe Lu getroffen. Ich habe für einen kurzen Augenblick ihre Arme um mich gespürt.

Armin hat keine Ahnung! Diese kurze Begegnung hat mir klar gemacht: Lu hat sich nicht einen winzigen, kleinsten Deut verändert!

Und Tatsache ist: Ich werde sie ganz sicher nicht wiedersehen!

3. Kapitel

»Piratinnenabenteuerundsandstrandversessene Sie (34) möchte mit Gleichgesinnten unter der Totenkopfflagge segeln und neues Land entdecken! Wer ist dabei?«

Eine Kontaktanzeige ist eine Kontaktanzeige, denke ich mir. Es handelt sich hierbei ganz sicher um keinen Chat. Das ist wichtig.

Weiterhin wichtig ist dabei auch, dass ich weiß, was ich will. Und dass ich weiß, was ich nicht will.

Zum Beispiel will ich auf keinen Fall eine neue Busenfreundin. Da reicht Armin mir völlig aus. Hannelore würde sich bestimmt auch beschweren, wenn eine Neue sich auf ihren Platz drängen wollte.

Ich will auf keinen Fall eine Frau, die glaubt, sie könne andere mit einer schicken neuen Wortschöpfung entzücken und gleich bei der ersten Verabredung ins Bett locken. Da gehört ja wohl doch mehr dazu.

Ich will ganz sicher keine Frau, die auf kindische Spielereien aus ist. Dazu bin ich inzwischen einfach zu alt.

Oder eine, die es gleich bierernst angeht. Da bekomme ich Atemnot.

Oder gar eine, die sich bei ihren lustig hüpfenden Worten im Grunde gar nichts gedacht hat …

Ich sehe von meinem Sonntagmorgenmüsli auf und starre auf den Küchenschrank.

Ja. Ich glaube, Letztere wäre die schlimmste. So eine Frau, die sich gedacht hat: ›Hach, gebe ich doch mal eine Anzeige auf, denn ich hab grad nichts anderes zu tun, und vielleicht wird es ja ganz witzig bei diesen ersten Treffen. Nichts muss, alles kann.‹

So ein Springinsfeld, die sich keine Bohne darum schert, dass Frauen mit tiefgehenden Gefühlen ihre womöglich locker hingeschmierten Worte aufsaugen könnten wie ein ausgetrockneter Schwamm, in der Hoffnung, eine zu finden, die versteht …

Ich tauche den Löffel wieder ins Müsli.

Mit vollem Mund kauend, ziehe ich den Notizblock an mich ran und kritzele darauf herum. Doch es stellt sich in den nächsten Minuten heraus, dass mit dem Entschluss, auf eine Kontaktanzeige zu antworten, noch nicht alles getan ist.

Was schreib ich denn nun?

Ihren saloppen und zugleich poetischen Stil zu kopieren kommt gar nicht infrage. Das würde aussehen, als hätte ich selbst keine Ideen.

So profane Sätze wie: ›Liebe Unbekannte, deine Anzeige hat mich angesprochen, geradezu aufgewühlt, und ich möchte dich gern kennen lernen!‹ würde sie wahrscheinlich gar nicht beantworten.

Ich schreibe die Worte probehalber trotzdem mal hin und betrachte sie eine Weile.

Dann schüttele ich den Kopf.

Mein Problem ist, dass ich nicht wirklich locker sein kann.

Ich kann mir Gedichte von Rilke bis Günderode aus dem linken Ärmel schütteln, habe ein gutes Allgemeinwissen und sehr viel spezielles im Hinblick auf meinen Beruf. Ich kenne mich bestens in den üblichen Umgangsformen aus, tappe nie in Fettnäpfchen und drücke mich gewählt aus. Ich kann sogar in eine ganz normale Unterhaltung Nebensätze so einbauen und aussprechen, dass sie grammatikalisch korrekt sind.

Aber locker sein, das kann ich irgendwie nicht.

Im Gegensatz zu mir war Lu darin immer Spitze.

Übrigens das Einzige, in dem sie mich jemals übertroffen hat. Das reichte jedoch aus, um sie bei meinen Eltern unglaublich beliebt zu machen.

So beliebt, dass ich mich manchmal fragte, ob meine Mutter und mein Vater all die anderen Mängel an ihr einfach nicht bemerkten oder ob Lus verblüffende Lässigkeit so viel mehr wog als mein Stil.

Was mich nur tröstete war, dass Lu zwar bei Mama und Papa gut ankam, aber in der Schule keinen festen Freundinnenkreis fand.

Sie war einfach zu exotisch, ungewöhnlich und hatte noch bis zum Abitur immer wieder Schwierigkeiten mit unserem deutschen Werte- und Normensystem.

Es schien so, als mache Lu sich ihre eigenen Gesetze. Die wahrscheinlich noch nicht einmal brasilianische Gesetze waren, sondern eher willkürlich festgelegte Regeln, die meistens darin bestanden, dass es keine Regeln gab. Damit eckte sie bei den meisten unserer Mitschülerinnen an. Nur diejenigen, die selbst am Rand der Gemeinschaft standen, ließen sich auf Lu ein. Und das trug nicht unbedingt dazu bei, dass sie in die Kreise, auf die es wirklich ankam, aufgenommen wurde.

Doch das schien Lu nicht zu stören. Sie war stets vergnügt und gut gelaunt und hatte für meine leicht verwirrten Nachfragen zu diesem Thema nur ein Lachen übrig.

Es machte ihr nichts aus, anders zu sein.

Ich selbst war während unserer gemeinsamen Schulzeit genau so, wie ein Teenager in dieser Zeit sein will: beliebt! Ich hatte ausreichend Freundinnen, quasi eine für jedes Hobby, eine meist hysterisch kichernde Clique in der Klasse, und die Jungs … ach, die Jungs, auch wenn sie nicht wirklich zählten, aber sie rannten mir natürlich in Scharen hinterher.

Trotzdem wunderte es mich als Kind maßlos, dass Lu es ohne große Umwege in die Herzen meiner Eltern geschafft hatte und dort so viel Anerkennung erhielt. Wahrscheinlich, so reimte ich es mir damals zusammen, rührte das von ihrer Vergangenheit, dem schrecklichen Los des Adoptivkindes.

Das ärgerte mich. Wie mich so vieles ärgerte, was Lu mühelos mit einem ihrer offenen, arglosen Strahlelächeln erreichte, ohne sich an die gängigen Regeln zu halten.

Dass Lu und ich trotz meiner Aversion oft Dinge gemeinsam unternahmen, lag einfach an der räumlichen Nähe. Wenn ich jemand zum Pauken der englischen Vokabeln brauchte, dann war sie nur eine Tür weit entfernt. Wenn sie spontan Lust hatte, in den nahe gelegenen Baugruben nach Froschlaich zu fischen, dann klingelte sie bei mir. Manchmal fragte ich sie, ob sie hierhin oder dorthin mitkommen wolle, weil sie mir kurz vorher einen Gefallen erwiesen hatte und ich verdammt noch mal auch mit vierzehn schon wusste, was sich gehört.

Ich betrachte das kleine Galgenmännchen, dass ich soeben unter den misslungenen, steifen Kontaktanzeigen-Antwort-Text auf meinen Block gestrichelt habe.

Im Grunde ist es auch jetzt super ärgerlich, dass ich diese zufällige Begegnung von gestern nicht einfach abstreifen kann. Stattdessen fällt mir bei der nächsten Gelegenheit, zu der Coolness gefragt wäre, nach all den Jahren sofort wieder Lu ein.

Das war lange nicht so.

Nach dem Abi waren wir beide in unterschiedliche Richtungen ausgeschwärmt, weg aus unserer winzigen Stadt. Ich hatte den Kontakt zu ihr einfach abgebrochen, hatte mich endlich frei gestrampelt aus unserem merkwürdigen nachbarschaftlichen Verhältnis, dass sie Freundschaft und ich Feindschaft nannte.

Lus Briefe ließ ich unbeantwortet. Kein einziger Spruch auf meinem AB wurde mit einem Rückruf belohnt. Die ersten Jahre erhielt ich zu Anlässen wie Weihnachten oder Geburtstagen unverdrossen eine Karte von ihr, doch dann hörte auch das auf.

Ich war das ständige Ärgernis meiner Teenagerzeit losgeworden.

Endlich legte ich meine alte Gewohnheit ab, mich fortwährend mit ihr zu vergleichen und mich in allen Situationen zu fragen, was Lu wohl sagen, wie sie wohl handeln würde.

Ich fühlte mich erleichtert.

Doch kaum falle ich in einem fremden Treppenhaus – in das ich nie wieder einen Fuß setzen werde, das schwöre ich! – über meine Vergangenheit, ist alles wie vorher.

Brummend lege ich den Kuli beiseite und rühre meinen kalt gewordenen Milchkaffee um. Vielleicht sollte ich es einfach später noch mal versuchen.

Als ich meine Frühstückssachen auf die Spüle räume, läutet es an der Tür.

Mein Herz macht sofort einen kleinen Sprung. Ich sehe auf die große Uhr an der Wand. Sonntagmorgen um kurz nach zehn. Es gibt nur eine, die um diese Uhrzeit an meiner Tür schellt.

Ohne die Gegensprechanlage zu betätigen, drücke ich auf und höre tatsächlich nach dem Aufspringen der Haustür das vertraute Geräusch auf den Flurfliesen: Hundepfoten und Klickerklacker-Absätze!

Ich kann nichts dagegen machen. Mein Magen schaukelt hin und her, und meine Handflächen werden heiß.

Als Erste ist wie immer Loulou oben.

Sie schiebt ihre Schnauze in meine hingehaltenen Hände und wedelt so doll mit dem Schwanz, dass ihr ganzes Hinterteil hin und her schwankt.

Ihre Freude rührt mich. Immer wieder. Obwohl ich genau weiß, dass sie sich über jede Freundin von Frauke derart freut.

»Hi!«, lächelt Loulous Frauchen mir entgegen, als sie auf dem letzten Treppenabsatz angekommen ist. Sie trägt einen langen Rock, der ihre hohe schlanke Gestalt noch größer erscheinen lässt. Auch das noch. Ich liebe lange Röcke an attraktiven Frauen.

Frauke tritt in meinen Wohnungsflur. Und dann kommt das, was zu Beginn eines Treffens mit ihr jedes Mal einem Spießrutenlauf gleicht: Die Begrüßungsumarmung!

Wir umarmen uns kurz. Immer nur kurz. Um uns mal länger und intensiver im Arm zu halten, fehlt uns noch der Mut und das Gefühl für die richtige Zeitspanne.

Obwohl es nie ausgesprochen wird, ist eines klar: Frauke will mir nicht das Gefühl geben, dass sie mehr für mich empfindet als für eine gute Freundin. Und ich will ihr das Gefühl auch nicht geben. Allerdings ist nur sie bei dieser Geschichte erhrlich.

Und weil wir eben beide wissen, wie es um diese Gefühle bestellt ist, ist die Sache mit der Umarmung immer so schwierig.

Aber wir werden es jedes Mal etwas versierter hinbekommen. Hoffe ich.

»Hier, das Buch.« Sie reicht mir einen Roman, den ich

ihr geliehen habe. »Fand ich prima. Bis auf die Stelle, wo die Exfreundin ins Zimmer platzt und sagt: ›Das habe ich mir schon lange gedacht!‹«

»Wieso fandest du das doof?«, will ich neugierig wissen und lege das Buch zur Seite.

»Weil es viel zu oft wirklich so ist«, kontert Frauke wie selbstverständlich. »Bekomm ich einen kleinen Saft? Loulou und ich waren schon auf dem Berg, und jetzt bin ich völlig unterzuckert.«

Ich gehe zum Kühlschrank, nehme den Bananensaft raus und ein Glas aus dem Schrank.

Frauke liebt Bananensaft. Und Frauke gießt sich gern selbst ein. Deswegen stelle ich ihr immer Flasche und Glas hin. Deswegen habe ich immer Bananensaft im Haus, obwohl ich selbst mir nicht viel daraus mache.

Frauke gießt sich ein und wirft mir einen Seitenblick zu.

»Was machen denn diese dunklen Wolken auf deiner Stirn?«, will sie wissen.

Ich fasse an meinen Kopf, als könnte ich fühlen, was sie meint.

»Ach, nichts Besonderes. Ich dachte gerade an meine Teenagerzeit, als du geschellt hast.«

Frauke schnalzt mit der Zunge und schüttelt mitleidig den Kopf. »Oh weh! Das kann kein guter Tag werden, wenn du schon morgens mit so was anfängst. War deine Teenagerzeit ähnlich schrecklich wie meine?«

»Schrecklicher!«, versichere ich ihr.

»Das kann aufgrund eines ganz einleuchtenden Naturgesetzes gar nicht sein«, erklärt Frauke. »Oder hattest du auch Matthias Grumm in deiner Klasse?«

Ich grinse. »Nein, aber ich hatte Lu Streubel als Nachbarin. Und somit wäre dein Naturgesetz außer Kraft gesetzt.«

Frauke hält ihr halb geleertes Saftglas direkt vor ihrem

Gesicht in der Hand und sieht mich nachdenklich an. Dann setzt sie sich an den Tisch und fragt: »Wer war Lu Streubel?«

»Vielleicht solltest du besser fragen: Wer IST Lu Streubel«, seufze ich und lasse mich auch nieder.

Dann erzähle ich ihr von der zufälligen Begegnung gestern sowie von etlichen erniedrigenden oder peinlichen oder entwürdigenden Momenten meiner Jugendzeit, bei denen Lu maßgeblich eine Rolle spielte.

Frauke hört sich alles mit Kennerinnenmiene an. Sie sieht mich an, während ich ihr erzähle, was mich als Vierzehnjährige nicht schlafen ließ. Ich kann erkennen, wie ihr Blick immer mal wieder von meinen Augen hinunterwandert zu meinem Mund oder hinüber zu meinem Haaransatz oder auch zu meinem Hals.

Fraukes Blick streichelt mich, während ich ihr von Lu erzähle. Deswegen höre ich lange nicht auf damit.

Ich erzähle ihr, wie Lu und ich uns kennen lernten und von dem Wettschaukeln als Zwölfjährige auf dem Spielplatz nebenan. Als Lu mich derart anfeuerte, dass ich leider eine winzige Kleinigkeit zu hoch schwang, die Schaukel sich überschlug und ich mit einem gebrochenen Schlüsselbein den Sieg davontrug.

Ich erzähle von unserem Zeltlager in der sechsten Klasse, bei dem ich mit ein paar Freundinnen Lu allerlei grauenerregendes Getier in den Schlafsack steckte, das wir daheim in unseren Kellern und Schuppen gesammelt und in alten Marmeladengläsern mitgeschmuggelt hatten. Uns selbst waren bereits Ekelpickel gewachsen. Doch als Lu am Abend feststellte, wer sie in ihrem Schlafsack besuchte, war sie so liebevoll und fürsorglich mit den Spinnen, Tausendfüßlern und Kellerasseln, dass Frau Hillebrand, unsere Biolehrerin, sie für den »vorbildlichen

Umgang mit den Mitgeschöpfen« mit einem Snickers auszeichnete.

Ich erzähle, wie Lu sich als Sechzehnjährige auf einer Party ausnahmsweise auch einmal für einen Jungen interessierte und ich ihn ihr sofort ausspannte. Als er mir dann zu nah auf die Pelle rückte, eilte Lu mir leider etwas zu massiv zur Hilfe, sodass ihr ehemaliger Angebeteter ein schillernd blaues Auge und wir zwei einen gemeinsamen Termin beim Rektor davontrugen.

Ich erzähle von unserer Abi-Englisch-Prüfung, für die ich wie eine Bekloppte gebüffelt hatte, während Lu sich wie immer durch die Tage treiben ließ. In der Prüfung selbst war mir vor Versagensangst so übel, dass ich mehrmals hinausmusste, um mich zu übergeben. Neben dem grässlichen Lampenfieber plagte mich bald die Panik, dass ich durch meine unfreiwilligen Aufenthalte auf den Schultoiletten mit den gestellten Aufgaben nicht schnell genug fertig werden würde. Als ich nach dem dritten Auswärtsspiel, bereits grün im Gesicht und besorgt von der Aufsicht beobachtet, zurückkehrte, lag unter meinem Aufgabenbogen ein Zettel mit allen Hinweisen, die ich für die beiden letzten Aufgaben brauchte. Später sprach der ganze Kurs nur von Lus Heldentat, den Bogen dorthin geschmuggelt zu haben. Das allgemeine Mitleid für mich wurde überlagert von der grenzenlosen Bewunderung, die unsere Mitschüler plötzlich der einstigen Außenseiterin Lu für ihren selbstlosen Einsatz entgegenbrachten. Meine anfängliche Erleichterung wich. Ich hätte liebend gern auf meine gute Note verzichtet und stattdessen meiner Retterin für ihren Großmut den Kopf abgerissen.

»Langer Rede kurzer Sinn«, fasse ich schließlich zusammen. »Lu und ich waren immer … na ja, wie Feuer und Wasser. Wir waren so unterschiedlich wie es unterschiedlicher gar nicht geht. Und daher waren wir nicht unbedingt rasend gut befreundet. Jedenfalls aus meiner Sicht.«

»Uuuuh!«, macht Frauke und nippt am zweiten Bananensaft. »Das hört sich ja nach einer scheußlich perfekten Dame an …«

Ich wusste es! Ich wusste, dass sie mich verstehen würde!

»Ja!«, stimme ich ihr zu. »Ja, dabei ist sie Meilen davon entfernt. Sie kann bis heute *mir* und *mich* nicht unterscheiden.«

Frauke nickt. »Für eine Jugendliche ist das bestimmt der Horror: Die Art, wie sie dir immer eine Nasenlänge voraus gewesen ist, einfach durch ihre nette Art … brrr!« Sie schüttelt sich.

Sie versteht mich.

Sie ist nicht nur zufällig die attraktivste Frau auf Gottes Erdboden, sondern sie versteht mich auch noch.

Antonie möge zur Hölle fahren!

Und Frauke möge niemals erraten, dass ich diesen Gedanken hatte!

»Andererseits«, fährt Frauke nachdenklich fort, wirft einen Blick auf die Küchenuhr und erhebt sich dann von ihrem Stuhl. »Andererseits scheint sie sich sehr über euer Wiedersehen gefreut zu haben.«

Ich schaue verdutzt.

»Ich meine ja nur«, setzt sie rasch hinzu. »Mir kommt es so vor. Vielleicht ist es sogar noch mehr als nur Freude. Sie scheint dir überhaupt gar nicht nachzutragen, dass du sie trotz aller gemeinsamen Erlebnisse nach der Schule so sang- und klanglos hast fallen lassen.«

Ich weiß nicht, irgendwie gefällt mir die Richtung nicht, in die sich Fraukes Gedanken plötzlich entwickeln.

»Das zeigt doch, dass du ihr sehr viel bedeutet haben

musst. Jedenfalls wesentlich mehr als nur das Mädchen von nebenan, mit dem man fortwährend in einem sonderbaren Wettstreit steht. Vielleicht warst du wirklich für sie ihre *beste Freundin,* was meinst du?«

Ich räuspere mich.

»Wenn das so sein sollte, dann kann ich nur sagen, dass sie da eine völlig falsche Wahrnehmung gehabt haben muss. Unsere Geschichte war nicht eine von diesen gewissen Geschichten, weißt du. Diese Geschichten wahrer, großer Freundschaft, die damit beginnen, dass eines der Mädchen wenigstens ein Elternteil bei einem Autounfall verliert, während wenigstens ein Elternteil des anderen Mädchens schwerer Alkoholiker ist. Die Kinder sind verwahrlost und ohne Wurzeln und Halt. Sie stromern gemeinsam durch die Gegend, werden zu Hause eh nicht vermisst und stellen miteinander jede Menge illegaler Dinge an, wie Kaugummiautomaten demolieren und ausräumen, Autos aufbrechen, Handtaschen klauen und so weiter. Natürlich sind immer recht früh Zigaretten, Alkohol und Drogen im Spiel. Niemand kümmert sich wirklich um diese Mädchen, außer vielleicht eine einzige engagierte Lehrerin, die vom restlichen Kollegium deswegen schon mitleidig belächelt wird. Denn selbstverständlich sind alle der Meinung, dass bei den beiden sowieso Hopfen und Malz verloren ist. Aber schließlich und endlich ziehen sich eben diese Kinder, als sie älter und reifer werden, quasi am eigenen Schopf aus dem Sumpf ihrer Herkunftsfamilien und werden erfolgreich, glücklich, auf alle Fälle aber bleiben sie sich gegenseitig immer treu ergeben. Nein, so eine Geschichte haben wir nicht zu bieten. Wir hatten beide völlig normale Familien. Unsere Eltern waren nicht von der Art, mit der man später – wenn man selbst längst erwachsen ist – so gut wie jeden Schwachsinn rechtfertigen kann, den man so anstellt. Verstehst du, wir waren ganz normal. Und sie ging mir einfach auf die Nerven!«

Den letzten Satz habe ich bestimmt ein kleines bisschen zu laut gesagt.

Ich weiß gar nicht, wieso ich mich so aufrege.

Es ist Sonntagmorgen. Ich habe ausgeschlafen, ein schönes Frühstück zu mir genommen, habe Besuch von einer reizenden Frau bekommen und ein bisschen mit ihr geplaudert.

Es besteht kein Grund, laut zu werden.

Frauke scheint meinen kleinen Ausrutscher gar nicht wahrgenommen zu haben.

Sie sieht auf den Tisch und spielt dabei mit der Hundeleine, die sie in der Hand hält.

»Das ist deine Vorstellung von großer, wahrer Freundschaft?«, sagt sie mit einer winzigen Spur Verwunderung in ihrer Stimme.

Ich hole tief Luft, um der Frau, die mir wirklich am Herzen liegt, zu erläutern, was genau Freundschaft für mich bedeutet.

Ich komme nicht mal bis zum ersten Wort, da Frauke sich plötzlich mit höchst interessiertem Blick über den Tisch beugt.

»Hey, wow! Du antwortest auf eine Kontaktanzeige?«

Leider kann ich nicht rasch genug zur Zeitung greifen. Frauke hat bereits die angestrichenen Zeilen überflogen.

Vielleicht sollte ich froh sein, dass wir vom leidigen Thema Lu und wahre Freundschaft abgelenkt werden.

Jetzt, wo eh nichts mehr zu retten ist, ist es wohl das Beste, selbstbewusst dazu zu stehen.

»Ist doch was anderes als Chatten, oder?«, sage ich möglichst keck.

Frauke lacht laut auf, und ich stimme mit ein.

Zwischen uns ist es ganz wichtig, laut und fröhlich zu lachen, wann immer eine von uns einen Witz übers Chatten macht.

»Wenn das eine von der Fakultät ist, dann würde sie bestimmt gut zu dir passen. Dass sie ihre Anzeige in die Zeitung setzt und nicht ins Netz, bedeutet, dass sie quasi von der alten Schule ist. Sie legt bestimmt Wert auf den richtigen Umgangston und Tischmanieren und so. Da gehst du auf Nummer Sicher, dass sie kein Hippischicki ist.«

»Wie kommst du darauf?«, will ich wissen und beschließe, lieber nicht nachzufragen, was ein Hippischicki ist.

»Das hat Michelin gesagt«, erklärt Frauke und damit ist jeder möglichen Diskussion zu dieser Frage die Grundlage entzogen.

Denn Michelin, die – wenn man es an ihrem aufdringlich offen zur Schau getragenen Wissen über die Szene beurteilt – bereits über eine etwas mehr als 300 Jahre umfassende lesbische Erfahrung verfügt, ist für Frauke nun einmal die absolute Nummer eins, was das Know-how des Lesbenlebens angeht. Ich mag Fraukes Arbeitskollegin, aber in diesem Punkt ist sie leider etwas anstrengend.

»Na, dann kann ich ja gespannt sein«, murmele ich ohne jegliche Gegenwehr.

»Bestimmt ist es gut, wenn du kurz und knapp auf die Anzeige antwortest. Ich wette, die Verfasserin möchte lieber persönlich etwas über dich erfahren. Ich würde dir also raten, keinen langen Brief zu schreiben, sondern lieber direkt ein Treffen vorzuschlagen. Aber das ist natürlich nur meine ganz persönliche Meinung.« Frauke grinst.

Loulou steht gähnend auf, reckt sich und trabt auf ihren langen Beinen zur Tür.

Sie ist, wie Michelin einmal behauptet hat, tatsächlich ein Indikator dafür, ob Frauke aufbrechen will oder nicht. Loulou würde sich nicht erheben, wenn es nicht wirklich notwendig wäre.

Also begleite ich Frauke zur Tür.

Ich verkneife mir die Frage, was sie heute vorhat und wo sie jetzt hingeht.

Ich weiß, dass sie morgens nur bei mir vorbeikommt, wenn sie vorhat, die Langschläferin Antonie mit einem Frühstück zu überraschen. Aber daran denke ich nicht gern.

Zur Verabschiedung müssen wir uns wieder umarmen. Das ist so, wenn zwei befreundet sind.

Frauke streckt ihre Arme aus, und ich lege meine kurz um ihren schlanken Körper.

Wir drücken uns nicht wirklich. Wir halten uns auch nicht wirklich fest. Es ist wie immer die schlechte Imitation einer Umarmung zwischen Freundinnen.

Doch wir genügen damit dem Schein und der Beteuerung, dass wir füreinander nichts anderes mehr empfinden als ausschließlich freundschaftliche Gefühle.

Jedes Mal klopft mein Herz noch Minuten danach einen wilden, hektischen Takt, der mich ein bisschen atemlos macht.

Obwohl sie schon längst gegangen ist, stehe ich noch an der Wohnungstür und starre auf die Klinke.

Das Leben hat für mich ein paar ziemlich miese Gigs parat. Gut, dass es so viele schöne, geschmackvoll eingerichtete oder einfach interessant gestaltete Wohnungen zu besichtigen gibt. Das macht alles erträglicher.

Ich schlendere in die Küche zurück und stelle mir

vor, ich hätte auch einen Hund. Dann könnte ich ihm jetzt erzählen, was mir durch den Kopf purzelt. Dass ich Frauke zum ersten Mal von meiner Jugendzeit erzählt habe. Dass sie wunderschön aussah, viel schöner als ich je aussehen könnte – egal wie perfekt mein Gesicht auch sein mag. Dass ich Antonie auf den Mond wünsche, obwohl ich selbst dann nicht sicher wäre, ob Frauke mich wählen würde. Dass ich nicht gern an das Telefonat denke, das ich morgen führen muss: bei Frau Beckmann die Wohnung im gelben Haus mit dem großen Garten absagen.

An dieser Stelle würde mein Hund mich entrüstet anschauen und mir mit einer Pfote einen Vogel zeigen – falls ich es ihm beigebracht hätte. Denn ein großer eingezäunter Garten muss doch der Hundetraum schlechthin sein. Natürlich wüsste mein Hund auch von diesem Gefühl, das mich gestern plötzlich beschlichen hat. Diesem Gefühl, dass ich einen Betrug begehe, indem ich mich von Menschen in ihre Wohnungen einladen lasse, darin herumspaziere, alles in Augenschein nehme, ohne wirklich einen Grund dafür zu haben. Außer dass ich es einfach gern mache.

Armin würde aufheulen, wenn ich ihm das sagen würde, aber ich werde den Eindruck nicht los, dass das gelbe Haus etwas mit diesen neuen, sonderbaren Gedanken zu tun hat. Als hätte unser Besuch dort mich verändert. Oder als hätte er mir etwas gezeigt, dass ich bisher aus blankem Egoismus bei meinem schönen Hobby nicht wahrgenommen habe. Nicht wahrnehmen wollte.

Weil ich keinen Hund habe, werde ich davon besser niemandem erzählen.

Nachdenklich betrachte ich den Notizblock auf dem Küchentisch.

Dann nehme ich den Kuli zur Hand und schreibe: ›Bin dabei! Am kommenden Freitag. Neun Uhr abends. Im *Yellow,* Uhlandstraße, Cappuccinomaschine.‹

Das sollte reichen.

4. Kapitel

»Wohnst du noch? Oder lebst du schon? Individuell ausgebautes Appartement über Garagenhof (frei schwebende Treppe, verrückte Einbauregale, Empore fürs Bett) freut sich auf Nachmieter/in.«

Zieh was Blaues an!«, hatte Armin gesagt. »Das bringt deine Augenfarbe so gut raus. Damit hast du schon die halbe Miete im Kasten!«

Männer! Für die ist die *halbe Miete* die Gewissheit, dass sie mindestens bei der zweiten Verabredung mit dem zu erobernden Objekt in der Kiste landen.

Das ist der große Unterschied zu uns Frauen. Wir neigen ja eher dazu, wochenlang umeinander herumzuschleichen und besagte Kiste bestenfalls am Telefon zu diskutieren.

Da es mir aber nicht um irgendwelche Kisten geht, brauche ich mir im Grunde keine Gedanken um die halbe oder ganze Miete, den ersten Eindruck oder meine herausragende Augenfarbe zu machen.

Ich kann sowieso anziehen was ich will und sehe immer toll aus. Sogar in dem schlichten weißen T-Shirt, das ich gerade – in Kombination mit sehr viel Reue – zu der khakifarbenen ¾-Hose trage.

Besagte Reue schleppe ich schon seit ein paar Tagen mit mir herum. Genauer gesagt seit dem Augenblick, in dem mein Kontaktanzeigen-Antwort-Brief im Briefkasten der Hauptpost mit einem leisen Geräusch den Boden berührte – von da an unerreichbar für mich.

Mal im Ernst: Was mache ich hier eigentlich?

Ich bin auf dem Weg zu einer Verabredung, die keine ist. Denn vielleicht kommt sie ja gar nicht.

Ich habe keinen Absender auf den Umschlag geschrieben. Sie hatte also keine Chance, mir zu- oder abzusagen.

Was weiß ich, ob sie freitagabends grundsätzlich ihre Großmutter im Altenheim besucht oder an einer Gruppe bei den Anonymen Alkoholikern teilnimmt oder Aqua-Aerobic-Kurse gibt.

Das alles könnte sein. Zumindest theoretisch.

Und diese theoretischen Möglichkeiten geben meinem Freitagabend noch eine zusätzliche absurde Komponente.

Dabei ist schon allein die Tatsache, auf eine Kontaktanzeige zu antworten, irgendwie peinlich. Es weckt den Eindruck, dass ich es nötig habe, die Zeitung auf der Suche nach oberflächlichen Bekanntschaften zu durchstöbern.

Ich bin 36 Jahre alt und gerade dabei, meine Doktorarbeit über Moral und Ethik zu schreiben. Sollte ich da nicht anderes zu tun haben, als in Kneipen auf eine unbekannte Frau zu warten, die wahrscheinlich grottenhässlich, gähnlangweilig und aus den vorangegangenen zwei Gründen höchstwahrscheinlich pechanhänglich sein wird?

Warum sind mir all diese Gedanken eigentlich erst gekommen, als das Kind schon in den Brunnen – sprich der Brief in den Kasten – gefallen war?

Hannelore habe ich vorsichtshalber erst gar nichts von

dieser Sache erzählt. Ich kann mir gut vorstellen, wie sie mich mit hochgezogener rechter Augenbraue einen Moment lang verwundert gemustert hätte.

Die Gute liest zwar regelmäßig die *Gala.* Aber Kontaktanzeigen sind ganz gewiss unter ihrer siebzigjährigen Würde.

Und wenn schon Blind Date, warum dann ausgerechnet im *Yellow?* Mich muss wirklich der Teufel geritten haben. Das *Yellow* ist die einzige Schwulen- und Lesbenkneipe im Umkreis von 100 Kilometern.

Hier treffen sich nicht nur Massen von fantastisch aussehenden Schwulen, sondern auch solche wie Armin, sowie Lesben, Feministinnen oder Ultracoole-die-Heteromänner-für-mindestens-einen-Abend-satt-haben.

Du findest immer jemanden zum Quatschen, Flirten, Zeit vertreiben. Sprich: Es ist eine super Alternative für Abende, an denen du als Single normalerweise allein zu Hause hocken würdest. Aber eine sehr schlechte Wahl für ein erstes Kontaktanzeigen-Kennen-Lern-Treffen. Denn schließlich ist nirgends die Wahrscheinlichkeit, Bekannte und FreundInnen zu treffen, so hoch wie hier.

Außerdem habe ich keine Ahnung, wie die Sandstrandpiratin auf dieses Ambiente reagieren wird.

Schließlich weiß ich nichts über sie.

Eine völlig fremde Frau wartet auf mich!

Doch als ich die Tür des *Yellow* öffne, sehe ich gleich, dass momentan niemand auf mich wartet.

Für einen Freitagabend ist es noch recht leer, und während ich den Eingangsbereich durchquere, kann ich gut erkennen, dass vorn an der Theke, direkt neben der Cappuccinomaschine noch alles frei ist.

Und dort sollte der Treffpunkt sein. Andernfalls hätten die unbekannte Piratin und ich uns einen Wolf suchen müssen inmitten der FreitagabendausflüglerInnen. Sie weiß ja noch nicht einmal, dass ich eine Frau bin.

»Pikant, pikant!«, hatte Armin dazu gemeint. »Was ist, wenn sie auf Typen fliegt, schwer mit einem attraktiven Model rechnet und stinksauer wird, wenn sie dich sieht?«

»Dann ruf ich dich schnell per Handy an, du kommst dazu, sie verknallt sich in dich, erfährt, dass du schwul bist und wird stinksauer?«, hatte ich vorgeschlagen.

Ernsthaft: Ich habe heute mehrmals mit dem Gedanken gespielt, gar nicht zu dieser albernen Verabredung zu gehen.

Was verspreche ich mir von dieser Aktion?

Andererseits ist es nicht fair und regelrecht gemein, derart direktive Aufforderungen zu verschicken und dann nicht zu erscheinen.

Jedenfalls werde ich die Anzeigennummer nie wieder probieren! Versprochen, Emma!

Weil ich also weiß, was sich gehört, stehe ich hier an der Cappuccinomaschine, vertieft in die Speisekarte, die ich so gut kenne wie mein Klingelschild, und meine Laune verschlechtert sich beinahe im Sekundentakt.

So blöd bin ich mir in meinem ganzen Leben noch nicht vorgekommen.

Ganz kurz blitzt ein Gedanke auf.

Heiß durchfährt mich die Erinnerung an die erste geplante Verabredung mit Frauke. Wir kannten uns aus dem Chat, und ich fand ihre Art, über den Bildschirm zu kommunizieren, einfach bezaubernd. Aus lauter Nervosität war ich zu früh am Treffpunkt, setzte mich in ein Café nebenan. Dort konnte ich zusehen, wie sie – nur etwas später als ich selbst, also auch viel zu früh – zum Treffpunkt kam. Und da war es plötzlich zu spät, und zwar viel zu spät. Vom ersten Moment an.

Die aufziehenden Bilder schüttele ich mit einer Kopfbewegung fort. Das kann ich jetzt gerade nun wirklich nicht gebrauchen. Bloß an etwas anderes denken!

Aber das Erste, das mir in den Sinn kommt, ist auch nicht geeignet, meine Stimmung zu heben: Ich habe die ganze Woche über nicht bei Frau Beckmann angerufen.

Natürlich hätte ich das tun sollen.

Ich hätte anrufen sollen, um ihr freundlich und höflich zu sagen, dass Armin und ich es uns überlegt und doch kein Interesse an der Wohnung im gelben Haus mit dem großen, wilden Garten haben.

Hab ich nicht getan.

Einen Grund dafür kann ich nicht einmal sagen. Ich weiß nur, dass ich den Gedanken unangenehm finde, dass sie auf diesen Anruf hin eine andere Nummer wählen wird und dem Menschen, der sich meldet, mitteilt, dass er in zwei Monaten in genau diese Wohnung in genau diesem Haus mit genau diesem Garten einziehen kann.

Armin war jedenfalls pflichtbewusster. Er hat seine Absage bei der Männer-WG längst hinter sich gebracht. Allerdings war er sehr kurz angebunden, als er von dem Telefonat mit Daniel erzählte. Vielleicht sind ihm auch Zweifel an diesem Teil unseres gemeinsamen Hobbys gekommen?

»N' Abend, Emma, kann ich dir was bringen?«

Ich fahre zusammen und schaue auf.

Hinter der Theke steht Natascha und sieht mich neugierig an.

Na, toll! Ausgerechnet heute muss die Chefin persönlich hinterm Tresen stehen.

Ich knicke in der Hüfte ein und lege den Kopf schief. So sehe ich aus, als könnte ich kein Wässerchen trüben, und wirke bestimmt nicht, als würde ich auf ein Blind Date warten.

»Wie wäre es mit einem Cocktail. Irgendwas mit klebrigem Fruchtsaft, einem winzigen Schuss Alkohol, Sahne und Sonnenschirmchen?«, fantasiere ich.

»Darf es vielleicht ein Orgasmus sein?«, schlägt Natascha mit einem kurzen Blinzeln vor.

Mein Mundwinkel zuckt.

Ich werde mich an die Namen der Mix-Getränke in diesem Laden nie gewöhnen.

»Meinetwegen. Solange er keine Nebenwirkungen zeigt.«

Sie lacht und schiebt ab.

Von einem Tisch in der Nähe starren drei kurzhaarige Frauen feindselig herüber.

Vermutlich ist mindestens eine von ihnen in Natascha verknallt. Das kommt alle naselang vor. Die Neuzugänge hier erliegen regelmäßig Nataschas charismatischem Auftreten in Kombination mit angenehmem Äußeren und ihrem Bekanntheitsgrad in der Szene. Letzterer ist enorm groß und hat mich eigentlich nie sonderlich interessiert. Jetzt, in diesem Augenblick, beginnt jedoch genau das, mir spontan Sorgen zu bereiten.

Denn eins ist ja wohl klar: Sollte Natascha mitbekommen, dass ich hier nicht einfach blöd rumstehe, sondern auf eine unbekannte Piratin warte, wird die Szene in beängstigend kurzer Zeit einiges zu beratschen haben.

Schön zu sein bedeutet nämlich leider auch bekannt zu sein.

Bei dem Gedanken an Gerüchte, die über gewisse, attraktive, Sie-sucht-sie-Anzeigen-beantwortende Doktorandinnen in Umlauf geraten könnten, bekomme ich reflexartig feuchte Handflächen. Die Speisekarte entgleitet mir und segelt auf den gefliesten Boden. Ich gehe in die Knie, um sie aufzuheben. Doch das blöde Ding rutscht über ein paar Meter Fliesen und bleibt erst im Gang zur Eingangstür endlich liegen.

Als ich die Karte in gebückter Haltung erreiche und nach ihr fingern will, stelle ich fest, dass direkt neben der Karte ein Paar helle Turnschuhe stehen.

In den Schuhen stecken zwei schlanke, braune Fesseln, die sich nach oben etwas verbreitern und in einer Jeans verschwinden. Ich sehe an den beiden Jeansbeinen hinauf und mitten in ein Gesicht, das ich hier im *Yellow* am allerwenigsten erwartet hätte.

»Emma?«, grunzt Lu verblüfft und stiert mich an.

Fassungslos starre ich aus der Froschperspektive zu ihr hinauf und kann förmlich spüren, wie mein Unterkiefer sich langsam vom Oberkiefer löst und herabsinkt. Die Speisekarte entgleitet mir ein zweites Mal.

Das kann nicht sein.

Bitte lass das nicht wahr sein! Bestimmt träume ich nur.

»Hi«, erwidere ich so langsam, wie man *hi* nur langsam sagen kann.

Dazu greife ich nach der Karte und erhebe mich in Zeitlupentempo.

Wir stehen ein paar Sekunden voreinander, als handele es sich bei uns um das Standbild eines wirren Künstlers mit groteskem Humor.

»Was für ein Zufall …«, beginne ich schließlich. »Ich meine, dass wir uns nach so kurzer Zeit schon wieder über den Weg laufen.«

»Unglaublich!«, bestätigt Lu und lacht kopfschüttelnd.

Ich kann nicht lachen. Mir ist nicht zum Lachen. Was um Himmels Willen macht Lu Streubel hier? Hier mitten in meinem Leben, das gerade mal wenigstens den Ansatz von Aufregung zu zeigen begann. »Offenbar sollen wir uns wohl unbedingt wiedersehen«, sage ich lahm und möchte mich dafür am liebsten selbst schlagen. Natürlich gibt es so was wie Schicksal. Natürlich gibt es eine Vorsehung. Natürlich gibt es Dinge, die einfach so geschehen sollen, müssen, gar nicht anders können ... aber doch nicht bei Lu und mir! Das ist doch lächerlich!

Das hier ist einfach nur ein grässlicher Zufall. Und zudem auch noch ein grässlicher Zufall zu einem unübertrefflich unpassenden Zeitpunkt. Jeden Moment kann eine unbekannte Piratin auftauchen und neben der Cappuccinomaschine Position beziehen.

Wie stehe ich dann da?

Lu hat schon als Pubertierende nie viel Wert auf Bekanntschaften gelegt. Jedenfalls nicht so sehr, dass sie sich in irgendeiner Weise darum bemüht hätte. Sie lebte ihr Leben, ihre Hobbys, ihre spinnerten Ideen, und wer immer sich ihr anschließen wollte, war ihr willkommen. Auf eine Kontaktanzeige zu antworten, käme ihr bestimmt niemals in den Sinn. Weil sie noch nie um jeden Preis jemand kennen lernen wollte. Weil sie, weil Lu, es einfach nicht nötig hat.

Genau in der Sekunde, in der ich glaube, es kann schlimmer gar nicht kommen, ruft Natascha von der Theke her: »Emma? Dein Drink!« Ich drehe mich um. Natascha nickt neugierig in unsere Richtung und lächelt: »Hi, Lu!«

Und vor meinen Augen tut sich ein sehr tiefes, sehr schwarzes Loch auf.

Lu winkt grinsend zum Tresen hinüber und wendet sich dann wieder mir zu.

»Bist du öfter hier?«

Komisch. Genau das wollte ich auch gerade fragen.

Das gibt's doch nicht! Lu und ich wohnen nicht nur in der gleichen Stadt! Wir verkehren offenbar auch – und das nicht gerade selten – in der gleichen Kneipe. Die Besitzerin kennt Lu mit Namen! Sie sagt einfach so ›Hi, Lu!‹, als hätten die beiden schon mindestens eine Nacht an der Theke gemeinsam verbracht.

Und trotzdem haben Lu und ich uns noch nie getroffen. Nicht auf den Straßen der Stadt, nicht im Aldi, nicht im Kino, und nicht hier.

Ich winke ab. »Ach, mittlerweile nicht mehr so oft. Und du?«

Sie lacht. »Immer öfter in der letzten Zeit.«

Die drei Frauen am Tisch zeigen mittlerweile erhöhtes Interesse. Sie beobachten uns, das kann ich deutlich spüren. Wahrscheinlich vermuten sie, dass sich zwischen Lu und mir etwas anbahnt und dass damit Natascha aus dem Rennen ist.

»Tja«, mache ich und sehe auf die Uhr. Es ist bereits fünf nach neun. Meine Verabredung ist entweder nicht pünktlich oder kommt gar nicht.

Vielleicht sitzt sie auch an einem der Tische und wartet darauf, dass endlich irgendeine Frau am Treffpunkt deutlich in Wartestellung geht.

»Tja …«, macht auch Lu. Ihre Augen blitzen.

Sie sieht vergnügt aus.

Wahrscheinlich hat sie selbst keine Verabredung und freut sich, mich hier zu treffen, auch wenn wir jetzt nur dumm rumstehen und nicht wissen, was wir sagen sollen.

Wenigstens trägt sie diesmal saubere, nette Klamotten.

»Was trinkst du da?«, will sie wissen und nickt zu meinem Glas.

»Einen Orgasmus«, antworte ich mit Genugtuung.

»Oh, klingt toll. So einen hätte ich auch gern«, ruft Lu zu Natascha hinüber. Die eilt sofort los, um zu mixen.

»Tja«, sage ich noch einmal. »Und da hast du dir also

an einem Freitagabend gedacht: Ich geh doch mal ins *Yellow* und gucke, wen ich so treffe?!«

Ich weiß, es ist eine Larifari-Frage, und im Grunde könnte sie darauf auch eine Larifari-Antwort geben.

Doch Lu wiegt den Kopf, als müsse sie sich ihre Erwiderung schwer überlegen.

»Nicht ganz«, grinst sie und gibt meinem Orgasmus-Sonnenschirmchen einen kleinen Stups mit dem Finger. »Ich hab ein Date.«

Der Begriff Date allein hätte bei mir vielleicht keine Beunruhigung ausgelöst. Verrückterweise kombiniert sie das Wort aber mit einem sehr raschen, kaum wahrnehmbaren Seitenblick in Richtung Theke. Genauer gesagt in Richtung Cappuccinomaschine.

Meine Fingerspitzen kribbeln.

Im Grunde ist der Gedanke so absurd, dass es nicht lohnt, ihn überhaupt zu denken.

Vorsichtshalber beschließe ich, alle Zweifel auszuräumen. »Echt? Eine Freundin von dir?«

Wir befinden uns im luftleeren Raum. Wohl eher im Gender-leeren Raum. Allein die Tatsache, dass sie in letzter Zeit immer öfter im *Yellow* verkehrt, heißt noch lange nicht, dass sie was mit Frauen hat.

Ehrlich gesagt, kann ich mir nicht vorstellen, dass sie was mit Frauen hat.

Früher war sie zwei, dreimal in Jungs verschossen – auch wenn sie keinen Freund hatte, was bei uns auf dem Dorf aber ziemlich normal war. Ich lief auch irgendwelchen tollen Typen hinterher, ohne je eine feste Beziehung daraus zu machen. Ja, was das anging, hielten wir es ganz ähnlich.

Also? Was tut sie ausgerechnet hier? Nun, das Theater liegt nicht weit entfernt. Vielleicht ist sie tatsächlich Schauspielerin geworden, wie sie es früher immer gewollt hatte. Vielleicht schneit sie deshalb hin und wieder hier herein. Das Ambiente ist sehr nett. Du musst nicht schwul oder lesbisch sein, um dich hier wohl zu fühlen. Es hängen oft Leute von der Bühne hier herum.

»Nein, keine Freundin«, erwidert Lu und schweigt dann, geheimnisvoll lächelnd.

Absurd!

Vollkommen verrückt dieser Gedanke.

Wie kann ich auch nur eine Sekunde lang annehmen …

Ich hätte sie erkannt. Ich hätte ihren Stil erkannt. Außerdem hätte sie niemals diese Worte benutzt. Lu konnte nie richtig gut mit Sprache umgehen. Jedenfalls nicht mit der deutschen. Wie sollte sie es also schaffen, mit wenigen Zeilen eine Liebhaberin der Wörter – nämlich mich – in ihren Bann zu ziehen?

»Und du?«, kontert Lu mit einer Gegenfrage. »Bist *du* mit einer Freundin verabredet? Oder bist du nur mal so auf einen kleinen …« Sie sieht auf mein Getränk. »… Höhepunkt … vorbeigekommen?«

Ich schüttele den Kopf. »Ich bin zwar verabredet, aber …«

Und da kann ich plötzlich nicht mehr anders. Es ist, als würden meine Augen sich selbstständig machen und sich von meinem lesbenklaren Verstand lösen. Denn auch mein Blick huscht rasch hinüber zum vereinbarten Treffpunkt.

Das ist der Moment, in dem Lu begreift.

Ich kann es spüren.

Viel zu lange haben wir in der Schule nebeneinander gesessen und Nachmittage miteinander verbracht. Egal, wie viele Jahre inzwischen vergangen sind, wir kennen einander noch. Wir können uns noch genauso gut lesen wie damals. Oh Gott! Dieser Gedanke treibt mir Gänsehaut über die Arme bis hinauf auf die Schultern.

Sie weiß es.

Sie weiß es genauso wie ich es weiß: Lu ist die Sandstrandpiratin, die eine Kontaktanzeige aufgegeben hat, und ich bin diejenige, die darauf geantwortet hat.

Au shit!

»Das gibt's ja nicht!«, flüstert Lu und starrt mich fasziniert an.

Ich will gerade angenehm überrascht und erleichtert sein, weil sie nicht laut und überschäumend reagiert, als sie den Mund öffnet und ihm ein Quieker entfährt, der alle Gäste verblüfft in unsere Richtung schauen lässt.

»Emma! Das ist doch irre! So was gibt's doch sonst nur in Filmen oder Büchern oder … Ist das nicht einfach grannios?«, kreischt sie und strahlt übers ganze Gesicht.

»Grandios«, korrigiere ich leise und sehe mich unauffällig um. Von überall sind Augenpaare auf uns gerichtet. Und ganz sicher auch Ohrmuscheln. »Ja, ist es.«

»Du hast die beste Antwort von allen geschrieben!«, erläutert sie, was ich eigentlich gar nicht wissen will, alle um uns herum aber sicherlich brennend interessiert. »Die war so mutig. So waghalsig, risikobereit und … einfach cool.«

›Einfach cool‹? Na, toll.

Ich habe eine *einfach coole* Antwort auf die Kontaktanzeige meiner ehemalig ärgsten Feindin geschrieben!

»Schön, dass sie dir gefallen hat«, brumme ich verhalten und deute auf einen kleinen freien Tisch am Ende des Raumes. »Wie wäre es, wenn wir uns setzen und uns *in Ruhe* unterhalten?«

Lu hebt die Brauen, schaut sich um, im Umfeld werden hektisch Blicke gesenkt, es wird in Kaffees und Mixgetränken gerührt und unterbrochene Gespräche werden wieder aufgenommen. »Klar«, sagt Lu dann und nimmt im Vorbeigehen ihr Getränk mit, das Natascha gerade auf die Theke stellt. »Den brauch ich jetzt!«, kommentiert Lu an sie gewandt. Gott sei Dank sagt sie aber nicht mehr.

Während ich ihr die wenigen Meter zum Tisch folge, wird mir klar, dass es sicher nicht immer von Vorteil ist, wenn du gut erzogen bist und dich an die Regeln der Fairness hältst.

Hätte ich vorhin beschlossen, nicht zu diesem dämlichen Date zu gehen, würde ich jetzt mit einem klitzekleinen schlechten Gewissen, aber einem intakten seelischen Gleichgewicht daheim sitzen.

Letzteres ist nämlich ziemlich in Gefahr, wie ich soeben feststelle.

Denn während wir Platz nehmen, spricht Lu ununterbrochen davon, was für ein wahnsinniger Zufall das alles ist und dass sie nie im Leben gedacht hätte, dass ich – ich, Emma! – auf eine Kontaktanzeige antworten würde.

Ich kann sie gut verstehen, denn die schlichte Tatsache an sich ist sogar für mich verwunderlich. Wieso muss es aber auch ausgerechnet *sie* sein?

Und wieso muss sie sich so derart laut und exzentrisch zum Thema Kontaktanzeigen verbreiten?

»Und wie kommst du dazu, eine Anzeige aufzugeben?«, unterbreche ich ihren beständigen Redefluss in leisem Tonfall, in der Hoffnung, dass sie ihn aufnimmt.

Zumindest bei dieser Frage hätte ich doch erwartet, dass sie ein bisschen verlegen wird – mindestens so verlegen wie ich bin, weil ich auf eine Anzeige geantwortet habe – aber nein, Lu grinst nur breit und hebt die Hand.

»Irgendwie kam mir plötzlich die Idee. Ich hatte grad nichts anderes zu tun und dachte, vielleicht wird es ja ganz witzig bei diesen ersten Treffen. Du verstehst schon: Nichts muss, alles kann.« Sie zwinkert mir zu und lacht laut.

Mir bleibt alles im Halse stecken.

Der schlimmste Fall ist eingetreten!

Und das nicht etwa mit einer wildfremden Person, die ich für diesen einen Abend, für eineinhalb Stunden belächeln und dann mit Vehemenz wieder aus meinem Leben verbannen könnte.

Nein, der schlimmste Fall ist eingetreten mit meinem personifizierten Albtraum, meiner schärfsten Konkurrentin, meinem Teenagerhorror, mit Lu!

»Glaubst du immer noch so ans Schicksal wie früher?«, fragt der Schlimmste-Fall mir gegenüber.

Ein Nicken wird wohl ausreichen. Zu etwas anderem bin ich gerade nicht in der Lage.

Nie wieder Kontaktanzeigen! Versprochen, Emma!

»Dann wirst du zugeben müssen, dass es für uns offenbar vorgesehen ist, dass wir einander noch einmal begegnen und uns erzählen, wie es uns in den letzten … wie viele Jahre sind es überhaupt? … ach, egal! Jedenfalls wie es uns ergangen ist«, setzt Lu ihre Argumentation schlüssig fort.

»Na gut«, lächele ich gequält. »Ich gebe es zu.« Das ist nicht mal gelogen. Offenbar scheint es wirklich notwendig zu sein, dass ich mich dem hier stelle. Ich weiß nicht wieso, und wo der Sinn liegen soll. Aber wenn wir uns innerhalb kürzester Zeit gleich zwei Mal über den Weg laufen, muss dahinter eine gewisse Fügung stecken. Alles andere wäre grausam.

»Na, dann fang doch mal an!«, fordert sie mich auf und sieht mich gespannt an. Ihre Augen, kohlenschwarz und sonst immer in Bewegung, fixieren mich neugierig.

»Anfangen? Dir mein Leben zu erzählen? Ich wüsste gar

nicht, wo ich beginnen soll …« Diese Vorstellung gruselt mich derart, dass ich nur mit Mühe ein Schaudern unterdrücken kann.

»Hast du Jura studiert?«, fragt sie zielgerichtet.

»Ja.«

»Bist du Anwältin geworden?«

»Nein.«

»Was machst du dann?«

»Ich habe ein paar Jahre als Dozentin an der Uni gearbeitet. Jetzt schreibe ich gerade meine Doktorarbeit.«

»Wow!« Sie ist beeindruckt. Ich kenne das Gesicht. Die beiden Buchstaben, die ich demnächst hoffentlich vor meinem Namen tragen darf, erzeugen bei meinen Gegenübern regelmäßig Respekt und Achtung.

Dabei ist eine Dissertation eigentlich ein Klacks, wenn man es gewöhnt ist, wissenschaftlich zu arbeiten.

Man muss nur das richtige Thema finden, ein bisschen pfiffig im Kopf sein und keine Angst davor haben, viele Bücher zu lesen und viele Seiten zu schreiben. Das ist alles.

Trotzdem beruhigt es mich irgendwie, dass Lu nun so anerkennend schaut. Es erfüllt mich mit einem warmen, sanften Gefühl des heimlichen Triumphes.

»Einen Doktor wie dich hat die Uni bestimmt noch nie gesehen«, meint Lu keck.

»Wie mich?«, frage ich.

Sie senkt den Kopf und sieht mich von unten herauf mit ihren schwarzen Augen an, als wüsste ich genau, was sie meint und würde mit meiner Frage nur kokettieren.

»Du bist wunderschön! Das hörst du wahrscheinlich ständig. Also weißt du es ziemlich gut. Und einen wunderschönen Doktor gibt's nicht so oft, oder?«

Ich hatte ganz vergessen, wie sehr ich Lus Direktheit gehasst habe.

Sie hat immer noch nicht gelernt, die Worte richtig einzusetzen. Niemand sagt zu einer Frau, dass sie *wunderschön* ist. Du kannst einer Frau sagen, dass sie *klasse aussieht* oder *attraktiv* ist. Aber *wunderschön* … nein, das geht einfach nicht!

Wunderschön sagst du vielleicht in einer intimen Situation – nach dem Sex zum Beispiel. Aber nicht einfach so, in einer Kneipe, an einem Tisch, über zwei bunte Faltsonnenschirmchen hinweg, die in unseren Orgasmen stecken.

»Obwohl ich finde, Blau würde dir noch besser stehen«, setzt Lu hinzu und sucht mit den Lippen ihren Strohhalm. Ich schaue ihr dabei zu. Sehe, wie das samtige helle Rot zwei, drei Sekunden in der Luft herumtastet, um sich dann um die kleine bunte Plastikröhre zu schließen und kurz daran zu saugen.

»Armin sagt das auch«, antworte ich da zu meinem eigenen Entsetzen. Wie kann ich nur auf so eine oberflächliche Bemerkung antworten?

»Ist er schwul?«, will Lu wissen.

Als ich nicke, nickt sie auch, selbstzufrieden.

»Was machst du sonst so, wenn du nicht an deiner Doktorarbeit schreibst? Machst du irgendeinen höllischen Sport? Du siehst verdammt danach aus.«

Sie benutzt immer noch Schimpfwörter.

Natürlich, ich lasse es mir auch nicht nehmen, in entsprechenden Situationen zu fluchen. Aber Lu tut es einfach so, ganz nebenbei, mitten in ihrem normalen Redefluss. Seit sie damals mit diesem Rotzlöffel Frank Irgendwer auf dessen Geländemaschine die Gegend unsicher gemacht hat. Die beiden waren eine Weile befreundet. Und sie hatte sich angewöhnt, genauso unflätig zu sprechen wie er. Offenbar wirkt das bis heute nach.

»Nein, kein Sport. Es ist eher … ich lese viel und gehe ins Kino, treffe Freunde, all so langweilige Sachen.«

»Klingt himmlisch! So … ruhig. Früher bist du immer so gern in Einrichtungshäuser gegangen, weißt du noch? Du konntest eine ganze Stunde in der Teppichabteilung zubringen und diese riesigen Rollen rauf und runter fahren lassen.«

Bilder vor meinem geistigen Auge. Lu und ich auf Polstermöbeln und vor Schreibtischen, in Betten und Hängematten, unter Küchenzeilen. Das ist so lange her, dass ich nie wieder daran gedacht hätte, hätte sie es jetzt nicht erwähnt. Das war beinahe ein anderes Leben.

Ich überlege einen kleinen Augenblick. Der Blick auf die große Uhr überm Tresen sagt: nicht mal zwanzig nach neun.

Also ist noch viel Zeit. Und das Schicksal hat offensichtlich tatsächlich geplant, Lu und mich noch einmal zusammenzuführen. Ich sollte meine Zurückhaltung vielleicht ein wenig fahren lassen, sonst ist Lus Vorrat an höflichen Fragen gleich zu Ende.

»In gewisser Hinsicht mach ich das immer noch«, sage ich, und es gelingt mir sogar, dabei verschmitzt zu lächeln. »Nur in etwas abgewandelter Form: Ich besichtige Wohnungen.«

Lu stutzt und lacht dann auf. »Aus Spaß? Das ist ja cool!«

Auf manche Dinge kann ich mich offenbar auch heute noch verlassen. Nämlich, dass sie kein Urteil über andere Menschen fällt. Die anderen können noch so verrückt, abgehalftert oder verbohrt sein, Lu lässt immer alle so sein, wie sie sind. Das war früher schon so. Und es hat mich zur Weißglut getrieben. Denn jeder Sonderling konnte sich problemlos an sie ranhängen. Lu kannte schon als Teenager eine Menge merkwürdiger Leute. Und mich.

Was in meinem Bekanntenkreis kaum jemand weiß – außer Armin und Hannelore natürlich –, dass ich an den Wochenenden durch fremder Leute Wohnungen spaziere, habe ich ihr gegenüber mal gerade einfach so ausgeplaudert.

»Ja, aus Spaß. Du glaubst gar nicht, was du alles zu sehen bekommst. Nicht nur die Einrichtungen. Die Menschen erzählen dir auch ihre halbe Lebensgeschichte. Heute war ich zum Beispiel in einem kleinen Appartement, das über einem Garagenhof gebaut worden ist. Du musst es so eine Wackeltreppe raufschaffen, bevor du dir überhaupt was ansehen kannst. Weißt du, diese frei schwebenden Dinger, die bei jedem Schritt vibrieren und bei denen du auch noch durch die Stufen runtergucken kannst …«

»Uuuuhhh!«, macht Lu und hält sich ihre rechte Hand vor den Mund. Die Hand ist schlank und braun gebrannt. Oder vielleicht ist es auch einfach Lus Hautfarbe, an die ich mich womöglich doch nicht mehr so gut erinnere wie an einige andere Dinge. Auf alle Fälle sieht die Hand praktisch und stark aus. Die Nägel sind kurz und unter einigen finden sich winzige dunkle Ränder. Die sind es aber nicht, die meinen Blick magnetisch anziehen. Nein, manikürte Nägel hätten wirklich nicht zu Lu gepasst, und so bin ich von den kleinen Dreckrändern nicht irritiert. Aber ich starre dennoch auf ihre Hand. Ich starre auf den Ring, den sie dort am Ringfinger trägt.

»Und innen?«, fragt sie.

»Wie?«, stammele ich.

»Das Appartement. Wie sah es innen aus?« Lu schmunzelt.

»Hübsch«, erwidere ich. Mein Blick huscht immer wieder zu ihrer Hand. »Sehr individuell. Mit einer Empore, auf die du das Bett stellen kannst und dann einen tollen Ausblick über den Güterbahnhof hast.«

»Geil«, sagt Lu, und ich kann Gott sei Dank ein Zusammenzucken verhindern. *Geil!* Also wirklich! Sie drückt sich aus wie ein Erstsemester.

»Das ist ja vielleicht mal ein cooles Hobby. Da möchte ich am liebsten gleich mitmachen.«

Oh, nein! So war das früher auch. Lu wollte immer bei allem mitmachen. So aufgeschlossen und vielseitig interessiert wie sie war, konnte keine noch so verrückte Freizeitgestaltung sie abschrecken. Sie war die perfekte Nachmittagsfreundin für alles, was mir zu tun einfiel. Es gab kein *langweilig* oder *ausgeflippt* und auch kein *zu gefährlich* für sie.

»Ja, es scheint ansteckend zu sein«, bemerke ich, wohlweislich ohne eine Einladung zum Mit-Besichtigen auszusprechen. »Armin fand meine neue Beschäftigung anfangs etwas seltsam. Aber inzwischen zieht er voll mit. Zum Beispiel auch in eurem Haus.«

Lu dreht ihr Glas. »Wirklich? Der Termin bei Daniel und Gregor war auch so was? Seht ihr euch die Wohnungen denn immer zweimal an?«

»Nein, nie.«

Lu runzelt die Stirn. »Achim war aber irgendwann die Woche noch mal da. Bin ihm wieder im Hausflur begegnet. Ich dachte, dass er den Vertrag unterschreibt.«

»Armin«, korrigiere ich.

Er war persönlich dort, um das Zimmer abzusagen? Seltsam. Hat er nicht erzählt, dass er mit Daniel telefoniert hat?

Wir sitzen eine Weile stumm voreinander.

Siebzehn Jahre haben wir uns nicht gesehen, nachdem

wir lange Zeit jeden Tag nebeneinander in der Schule gesessen, Nachmittage gemeinsam verbracht, erste Partys und Konzerte besucht, Zigaretten ausprobiert und Alkohol getestet haben.

Siebzehn Jahre Leben.

Und hier sitzen wir nun und schweigen.

Bis mir irgendwann auffällt, dass ich schon ein bisschen über mich erzählt habe, aber noch gar nichts über die letzten eineinhalb Jahrzehnte in Lus Leben weiß.

Im gleichen Augenblick, in dem mir dieser Gedanke kommt, spüre ich eine Aversion dagegen, sie nach all dem zu fragen.

Weil ich weiß, dass sie lachend und strahlend erzählen wird, wie sie an einer Schauspielschule angenommen wurde und dort ihre Ausbildung machte. Wie ihr Talent gefördert und schließlich aus einem puren Glücksfall von irgendjemand Wichtigem entdeckt wurde. Wie sie nun hier am Schauspielhaus spielt und dort auch ihre große Liebe kennen lernte, die sie wahrscheinlich im letzten Jahr auch geheiratet hat.

Denn das ist es: Sie trägt einen Ehering am Ringfinger ihrer linken Hand.

Und ehrlich gesagt, will ich über die Geschichte rund um diesen Ring am allerwenigsten wissen.

Allerdings wird es mit jeder Minute, die in Stille zwischen uns verstreicht, schwieriger, nichts zu sagen.

Wir saugen beide an unseren Strohhalmen.

Unsere Orgasmen nähern sich der Neige. Bei meinem schwimmt nur noch ein bisschen Sahneschaum auf dem Glasboden.

Schließlich hebe ich die Hand Richtung Theke und rufe Natascha zu: »Bringst du uns bitte noch mal dasselbe?«, und zu Lu sage ich: »Ich lad dich auf einen ein.«

Sie lächelt mich an. Doch in ihre offene Miene hat sich etwas wie Unsicherheit geschlichen.

Schlagartig überfällt mich ein schlechtes Gewissen. Ich bin einfach furchtbar unhöflich. Das kann ich nicht machen!

»Und was hast du so erlebt in der Zwischenzeit?«, erkundige ich mich munter, als hätte ich die ganze Zeit darauf gebrannt, endlich diese Frage stellen zu können. »Womit verbringst du deine Zeit, während ich mir die Wohnungen fremder Menschen ansehe?«

Auf Lus Gesicht zeigt sich genau das Leuchten, das ich befürchtet habe.

Fast möchte ich mir die Finger in die Ohren stecken.

Aber da öffnet sie schon den Mund.

»Ich hab Hunde«, sagt Lu und grinst dabei wie Julia Roberts. Ihr Mund ist fast genauso groß, stelle ich gerade fest. Meine Güte, war der früher auch schon so groß?

Rasch sehe ich fort.

Und da sträuben sich mir plötzlich die Nackenhaare.

Ach du Schande! Hannelore!

Meine beste Freundin ist gerade im Anmarsch.

Soeben hat sich die Eingangstür hinter ihr geschlossen, und sie sortiert den langen Seidenschal, den sie zum Siebzigsten von ihrer Tochter geschenkt bekommen hat, sorgfältig um ihr freies Dekolleté.

Wie kann das sein? Heute ist Freitag! Freitags hat sie immer ihre Rommé-Runde.

Sie taucht freitags nie hier im *Yellow* auf. Wieso ausgerechnet heute?

Noch hat sie mich nicht gesehen. Wenn ich Glück habe, hat das eitle Huhn nur die schicke neue Lesebrille auf und wird mich deswegen gar nicht ausmachen. Vorausgesetzt, ich hocke hier nicht derart auf dem Präsentierteller.

»Lu?«, zische ich meiner Gegenüber über den kleinen Tisch und unsere leeren Gläser hinweg zu. »Würde es dir etwas ausmachen, wenn wir uns an einen anderen Tisch setzen?«

Lu sieht mich einen Moment verwundert an, hebt dann sofort den Kopf, um das Gelände zu sondieren.

»Da drüben um die Ecke wäre es am besten«, schlage ich vor und deute unauffällig hinüber.

Das *Yellow* ist ein hufeisenförmiger Raum, um dessen innere Biegung sich die Theke mit den deckenhohen Regalen und den darin aufgereihten Flaschen schmiegt.

Die Eingangstür liegt am rechten der beiden oberen Enden.

Wenn Lu und ich uns ganz schnell um die Ecke herum ans linke Ende verdrücken, besteht eine Chance, von Hannelore nicht entdeckt zu werden.

Leider scheint Lu jedoch die Dringlichkeit meiner Bitte nicht wirklich erfasst zu haben. Während ich, den Rücken zum Eingang gedreht, bereits unauffällig vom Tisch wegrutsche, steht sie noch da und glotzt in die Gegend.

»Du brauchst nach keinem freien Tisch zu gucken«, raune ich ihr zu und versuche, sie mit mir zu ziehen. »Um die Ecke ist immer was frei. Na komm schon!«

Lu kichert und folgt mir langsam, während sie sich immer noch umsieht.

»Ich suche doch nicht nach einem freien Tisch«, schmunzelt sie. »Ich suche nach deinem Ex.«

Ich stolpere über meine eigenen Füße.

»Meinem was?« Mit einem raschen Blick an den Tischen entlang, wo Hannelore gerade mit einem reizenden ›Hallo!‹ bei zwei älteren Frauen stehen geblieben ist, bugsiere ich Lu endlich erfolgreich um die Ecke.

»Na, wenn du so einen Aufstand machst, nachdem du

einen kurzen Blick zur Tür geworfen hast, dann ist doch wahrscheinlich gerade dein Ex reingekommen.«

»Irrtum!«, brumme ich. »Es ist nur meine beste Freundin.« Ich höre selbst wie absurd das klingt.

»Aha«, macht Lu laut und grinst wie eine Comicfigur.

»Du kennst sie nicht!«, beschwöre ich sie. »Sie ist wirklich meine beste Freundin, und sie hat unglaubliches Verständnis für alle dramatischen Verwicklungen dieser Welt. Schließlich hat sie selbst schon so einige erlebt. Aber sie hat auch bestimmte Grundsätze, an denen niemand kratzen darf. Niemand, verstehst du?! Ich auch nicht. Wenn sie erfährt, dass ich auf eine Kontaktanzeige geantwortet habe, wird sie mir ein dreitägiges Plädoyer über feministische Ehre und moralischen Verfall halten. Das ist zufällig ihr Spezialgebiet.«

»Aber es war doch die Anzeige von einer Frau«, erwidert Lu.

Wir schauen uns an.

Es ist der gleiche Augenblick. Das gleiche Zögern. Der kleine, heftig aufkommende Zweifel, den ich immer in dieser Situation spüre.

Dann sage ich möglichst fest: »Das ist es ja. Ich lebe mit Frauen.«

Ich lebe mit Frauen.

Habe ich das wirklich gesagt?

Oh je, mir tun sich Abgründe auf!

Lu starrt mich an, als wäre mir kurzfristig auf der Stirn ein drittes Auge gewachsen.

Ehrlich gesagt, würde ich mich jetzt wesentlich besser fühlen, wenn sie das nicht tun würde, nicht so gucken würde.

»Was?«, haucht sie.

Es ist nicht nur dieses hingeraunte Wort. Es ist ihre ganze Körperhaltung, die in mir den plötzlichen Wunsch nach Abstand zwischen uns wachsen lässt. Der Wunsch wächst sehr, sehr schnell. Und der Abstand sollte möglichst groß sein. Eventuell würde Holland ausreichen. Lu kann nicht wissen, dass ihre Reaktion genau die ist, die ich immer fürchte, wenn ich meine Gegenüber darüber aufkläre, wie ich lebe. Trotzdem nehme ich ihr dieses ungläubige Starren irgendwie übel.

»Lu«, murmele ich leise und beuge mich vor. »Du hast doch gesagt, dass du öfter hierher kommst. Du wirst doch nicht erschrecken, nur weil ich … lesbisch bin?!«

Gott sei Dank habe ich es gesagt! Das Wort. Da war ein kleines Zögern, nur ein winziger Moment, vielleicht hat sie es gar nicht gemerkt, aber dann habe ich es gesagt.

Lu kann vorübergehend offenbar nicht antworten. Sie glotzt mich weiterhin mit riesigen, dunkel glimmenden Augen fassungslos an.

Von der Bar her kommt Natascha mit zwei neuen bunt gemixten Gläsern angeschwenkt.

»Hier seid ihr also plötzlich. Hab euch schon vermisst da vorne. Hannelore ist grad gekommen. Sie hätte dich bestimmt nicht gesehen, wenn ich ihr nicht gezeigt hätte, wo ihr euch versteckt …«

Natascha deutet zur Theke, wo Hannelore jetzt bei einem jungen Mann mit enormem Schnauzbart stehen geblieben ist, um ein paar Worte zu wechseln.

Ihre stechend hellen Augen huschen jedoch schon zu uns herüber und mustern gerade ausführlich und interessiert meine Tischnachbarin.

»Oh, wie nett. Danke«, sage ich zu Natascha, und es klingt tatsächlich ein bisschen so, als würde ich es auch meinen.

Was immer ich an schlimmen Vorahnungen bezüglich dieses Abends gehabt haben mag, sie sind zu diesem Zeitpunkt bereits weit übertroffen.

Natascha lächelt Lu mit halb gesenkten Lidern an und verdrückt sich wieder.

Die drei Frauen am Tisch neben der Theke nehmen jetzt kurz entschlossen Lu ins Visier. Die bekommt das aber gar nicht mit.

Überhaupt verhält sie sich sehr merkwürdig.

Gerade hatte sie noch mich mit weit aufgerissenen Augen und halb geöffneten Lippen angestarrt, jetzt sieht sie Hannelore auf die gleiche Weise an.

Sie kann zwischendurch nur kurz und offenbar mühsam ihren Blick von meiner besten Freundin abwenden, um mich kopfschüttelnd anzusehen.

Ihre Lippen bewegen sich tonlos.

Ungläubig murmelt sie schließlich, kaum hörbar: »Das gibt's doch nicht!«

Was es laut Lu unmöglich geben kann, erfahre ich leider nicht mehr, denn da stößt Hannelore sich von dem jungen Mann ab wie eine Lagenschwimmerin vom Beckenrand und kommt ebenso rasch und doch behände zu uns herüber geglitten.

Sie zelebriert immer noch den leicht schwebenden Gang einer Diva – auch wenn ihre Jahre auf der Bühne schon lang zurück liegen.

»Hallo, mein Schätzchen«, begrüßt sie mich, und ich stehe auf, um sie zu umarmen und auf die Wange zu küssen, die sie mir hinhält.

»Was treibt dich hierher an einem Freitagabend? Keine Karten heute?«, säusele ich und wünschte, sie würde aufhören, Lu so eindeutig zu mustern.

Hannelore habe ich vor mehr als zehn Jahren kennen gelernt, als ich mich bei ihr zu einem Schreib-Workshop angemeldet hatte.

Kaum waren die ersten kleinen Texte verfasst, nahm

Hannelore mich zur Seite und riet mir dringlich, von dem Wunsch, Theatertexte schreiben zu wollen, Abstand zu nehmen.

›Du hast wirkliches Talent zur Interpretation!‹, lobte sie mich damals. ›Aber lass die Finger vom Schreiben. Du bist zu theatralisch.‹ So lautete ihr einfaches, aber deutliches Urteil.

Seitdem habe ich sie immer wieder dafür bewundern müssen, wie zielsicher und entlarvend sie jeden Menschen zu durchschauen vermag, der ihr vorgestellt wird. Sie erkennt Talente und Mängel, weiß Blender und Herzensmenschen auf einen Blick auseinander zu halten. Egal wie mein eigener erster Eindruck einer neuen Bekanntschaft auch immer sein mochte: Hannelores Einschätzung – oft geradezu gegensätzlich zu meiner eigenen – stellte sich später stets als richtig heraus.

Deswegen beunruhigt mich extrem, mit welchem Augenaufschlag sie nun die ahnungslose Lu bedenkt. Denn offenbar gefällt Hannelore, was sie sieht. Sie lächelt wohlwollend.

»Besuch der zukünftigen Enkelschwiegertochter«, erklärt sie knapp auf meine Frage hin. »Irmgard war stocksauer, dass die sich ausgerechnet heute angekündigt hat. Aber was soll man machen? Manchmal geht die Familie doch noch vor. Da können wir so alt sein, wie wir wollen.«

Während sie den letzten Satz charmant hinwirft, hebt sie ihre rechte Augenbraue, was sie fantastisch beherrscht, und wirft einen kurzen Blick von mir zu Lu und wieder zurück.

Ich schätze, jetzt muss es raus.

»Ach, so. Mensch, jetzt hätte ich fast vergessen, dass ihr euch noch gar nicht kennt. Das hier ist Lu. Du erinnerst dich vielleicht an meine Erzählungen von ihr? Wir haben als Jugendliche nebeneinander gewohnt. Lu, das hier ist …«

»Hannelore Krevier!«, unterbricht Lu mich rasch und steht auf. Sie gibt Hannelore die Hand und deutet allen Ernstes so etwas wie eine Verbeugung an.

Hannelore wirft mir einen amüsierten Blick zu.

Ich selbst kann nur staunen.

»Ich bin ein großer Fan von Ihnen!«, beteuert Lu mit einer Stimme wie Honig auf schmelzender Butter.

Hannelore ist sofort derart geschmeichelt, dass ihr der Seidenschal von der Schulter rutscht.

Lu hat nichts Eiligeres zu tun, als sich unter den Tisch zu werfen, um ihn zu retten. Sie reicht ihn galant an Hannelore zurück mit einer Miene, die besagt, dass sie bereit wäre, noch einiges mehr für die große Schauspielerin zu tun.

»Lu?«, überlegt Hannelore und sieht nachdenklich auf den Schal, den sie aus der olivfarbenen Hand entgegennimmt. Ich hoffe, dass sie sich unter Kontrolle hat, sollte ihr tatsächlich einfallen, in welch düsteren Zusammenhängen ich diesen Namen hin und wieder mal erwähnt habe.

»Wir waren Freundinnen, seit wir zwölf waren«, versucht Lu ihr nachzuhelfen. Ich wette, nichts könnte Hannelore jetzt mehr verwirren als diese Aussage. Denn das war gewiss nicht das, was sie von mir zum Thema Lu stets zu hören bekommen hat.

Aber plötzlich blitzt es in ihren Augen, und kleine elektrostatische Pfeile scheinen daraus abgefeuert zu werden.

»Ah, ja … mir dämmert es«, murmelt sie und hüstelt in ihre hohle Hand.

»Ja, stell dir vor«, plappere ich rasch los. »Wir haben uns zufällig letzte Woche in einem Hausflur getroffen, als Armin und ich auf Tour waren. In den grünen Häusern bei der Elisabethkirche. Wir hatten beide keine Ahnung, dass wir jetzt in der gleichen Stadt leben. Da haben wir ganz schön gestaunt, was?«

Lu nickt und wirkt immer noch ein bisschen wie hypnotisiert.

»Und jetzt habt ihr euch hier verabredet, um ein bisschen über die alten Zeiten zu plaudern? Das ist ja eine nette Idee!«, bemerkt Hannelore mit Adlerblick. Ich hoffe, dass nur mir ihr spitzzüngiger Unterton auffällt.

Ich werfe Lu einen raschen Blick zu.

Jetzt werde ich mich wohl outen müssen. Ich werde zugeben müssen, dass ich mir nicht zu schade war, Kontaktanzeigen zu lesen und – was natürlich ungleich schlimmer ist – auf eine zu antworten.

»Na ja, also, eigentlich haben wir uns nach unserer zufälligen Begegnung nicht verabredet«, beginne ich stockend. »Um ehrlich zu sein …«

Aber Lu fällt mir ins Wort. »Um ehrlich zu sein, sind wir noch gar nicht richtig ins Plaudern gekommen. Offenbar haben wir beide einen kleinen Schock, weil wir uns nach dieser langen Zeit wiedergetroffen haben.«

Ich sehe sie verwundert an.

Aber sie lächelt nur unverwandt in Hannelores Richtung.

Deren Antennen sind so weit ausgefahren, dass ich sie förmlich hin und her schwenken sehen kann. Offenbar kann sie aber nicht genau orten, was zwischen Lu und mir gerade abgeht. Etliche ihrer Falten, die sie alle mit Würde trägt, sind in ihrem Gesicht für die Mimik *Neugierde* reserviert. Und die sind gerade extrem aktiv.

Das war sehr anständig von Lu, muss ich zugeben.

Sie hat mich regelrecht davor gerettet, mich selbst zu entblößen.

Wirklich hoch anständig.

»Na, dann will ich euch nicht länger stören und mir jetzt lieber ein eigenes Eckchen suchen«, meint Hannelore und wendet sich ausschließlich an mich, »Heute Morgen habe ich übrigens zufällig Frauke in der Stadt getroffen. Ich soll dir einen schönen Gruß ausrichten und dir bestellen, dass sie morgen Abend auf der Party im Bahnhof ist und sich freuen würde, dich zu sehen.«

Hannelores Stimme klingt völlig neutral.

Trotzdem schießt mir das Blut ins Gesicht, und ich weiß einen Moment nicht, was ich antworten soll.

Als mir dann endlich ein paar belanglose Worte einfallen, ist es natürlich schon längst geschehen. Lu mustert mich nachdenklich.

Wenn sie mich jetzt fragt, wer Frauke ist …

Aber sie fragt nicht.

»Du kommst doch auch bestimmt mit, jetzt wo ihr euch wiederentdeckt habt, oder?«, bemerkt Hannelore an Lu gewandt mit einem reizenden Lächeln.

Siebzig Jahre weises Lebensalter und Respekt vor dem Alter hin oder her. Ich würde meiner besten Freundin in diesem Augenblick gern den Hals rumdrehen.

»Komme ich mit?«, erwidert Lu etwas zögerlich. Ihre impulsive Art scheint seit Hannelores Auftritt wie weggeblasen. Sie sieht mich ratlos an.

»Ja klar kommst du mit!«, lächele ich.

Nachdem Lu mich gerade vor der gefürchteten Blamage gerettet hat, kann ich ihr das doch unmöglich abschlagen.

»Ich würde mich freuen«, setze ich noch hinzu und komme mir schrecklich verlogen vor.

5. Kapitel

»4 Zimmer, exklusives Dachgeschoss, große Dachterrasse, Parkett, Küche mit Terrakotta-Fliesen, Dachbalken freischwebend im Giebel sichtbar, Kaminofen, großes Bad, keine Kleinkinder, keine Haustiere.«

Keine Ahnung, wie es dazu gekommen ist. Wir haben über so vieles gesprochen.

Zugegebenermaßen habe ich mich streckenweise auch amüsiert. Hin und wieder schaffte Lu es nämlich tatsächlich, über mehrere Minuten grammatikalisch fehlerfrei zu erzählen. Dann konnte ich ihren Geschichten ohne inneres Zusammenzucken lauschen und unsere Unterhaltung phasenweise wirklich genießen. Dann machte es Spaß, mit ihr zu plaudern.

Ich erfuhr, dass ihr Leben ganz und gar nicht so verlaufen war, wie sie es damals zu unserer Zeit geplant und ich es gerade noch berechnet hatte. Sie war an allen Schauspielschulen durch die Aufnahmeprüfung gerasselt. Dann hatte sie in mehreren Theaterprojekten gejobbt, bis sie feststellen musste, dass dies eine recht brotlose Kunst ist.

Mit ihrem guten Abitur in der Tasche und den hohen Erwartungen der Familie in Richtung Studium, bewarb sie sich bei *Töpfers & Co.*, einer alternativen Gärtnerei hier in der Stadt.

Dort arbeitet sie heute noch, ist für Gewächshäuser,

Zierpflanzen, Baumschulen zuständig, hat täglich mit Regenwürmern und biologisch abbaubaren Blattlausvernichtungsmitteln (Marienkäfer) zu tun und stellt außerdem Keramiken und neue Kreationen von Übertöpfen in der dazugehörigen Brennerei her. Etwas verlegen hielt sie mir ihre Finger entgegen, die manchmal nach einem langen Arbeitstag mit Erde und Ton einfach nicht mehr restlos sauber zu kriegen sind.

In der Wohnung, vor deren Tür wir übereinander gestolpert waren, lebt sie jetzt mit drei Hunden zusammen, von denen sie sehr liebevoll erzählte.

Ich muss zugeben, dass ich ihr gern zuhörte, dass ich es witzig fand, zu erfahren, was aus dem einen oder anderen Klassenkameraden geworden ist, wie es ihren Eltern geht, was unsere alten Lehrer treiben. Sie hat den Kontakt zu unserem Heimatdorf viel inniger gehalten als ich es je gekonnt hätte. Schließlich war ich doch so froh gewesen, endlich dort wegzukönnen. Aber ich gebe zu, dass es schön war, von all dem Vertrauten mal wieder etwas zu hören.

Was ich nicht erfuhr und wonach ich auch nicht fragte war, wer zu dem Ehering an ihrer linken Hand gehört.

Vielleicht saß der Schock über mein Coming-Out derartig tief, dass sie es peinlich fand, über ihren Mann zu sprechen.

Als wir uns verabschiedeten, nach einer viel längeren Zeit, als ich es anfangs für möglich gehalten hätte, standen wir einen Moment ratlos voreinander.

Sie sagte: ›Na, dann sehen wir uns ja morgen Abend schon wieder!‹

Ich sagte: ›Ich freu mich drauf!‹ und hatte diesmal nicht das Gefühl zu lügen.

Und wir umarmten uns.

Als seien wir tatsächlich Freundinnen, die sich wiedergefunden haben, hoben wir beide fast gleichzeitig die Arme und legten sie um die andere.

Doch dann passierte es.

Es war ein seltsames Gefühl, und gleich darauf wusste ich schon nicht mehr, ob es tatsächlich so gewesen war oder ob ich es mir nur eingebildet hatte.

Unsere Umarmung war nämlich so ganz und gar nicht die von zwei Freundinnen, die sich wiedergefunden haben.

Es war eigentlich überhaupt keine Freundinnenumarmung. Sie war viel zu kurz, viel zu sacht, viel zu vorsichtig.

Natürlich war das nur verständlich nach all den Jahren, in denen wir nichts von einander gehört hatten, versuchte ich es mir zu erklären. Warum nur tauchte direkt danach vor meinem inneren Auge Fraukes Gesicht auf?

Am nächsten Morgen sitze ich beim Frühstück und in die Wohnungsanzeigen vertieft am Küchentisch und kann nichts dagegen unternehmen, dass hin und wieder in meinem Kopf Bilder des gestrigen Abends aufflackern.

Ich wette, Hannelore wird mich gleich anrufen und dann jedes Detail der ominösen Wiederbegegnung zwischen meiner Teenagerfeindin und mir wissen wollen.

Sie hatte gestern noch eine ganze Weile an ihrem Königinnentisch mitten im Raum residiert, Besuch aus allen Richtungen empfangen und offenbar einen vergnüglichen Abend verlebt. Hin und wieder war ich ihrem hellen, amüsierten Blick begegnet und hatte darin die Neugier blitzen sehen.

Kaum habe ich diesen Gedanken zu Ende gedacht, klingelt das Telefon.

Grinsend gehe ich in den Flur, nehme den Hörer von der

Gabel und melde mich, während ich in die Küche zurückgehe.

Zuerst höre ich gar nichts.

Dann höre ich etwas, das wie ein Nasehochziehen klingt.

»Hallo?«, wiederhole ich.

»Hi«, schnieft es am anderen Ende der elektronischen Leitung. »Ich wollt mal hören, ob du heute ne Wohnung hast und mich mitnimmst.«

»Armin? Was ist los mit dir? Hast du dir eine fette Frühlingsgrippe gefangen? Falls ja, solltest du besser im Bett bleiben, statt durch fremde Reviere zu ziehen und alle armen Menschen auf deinem Weg dem gleichen Schicksal zu weihen.«

Armin hustet einmal kurz, aber es klingt nicht wie eine Erkältung. Es klingt, als hätte er sich an einer ganzen Menge Rotz verschluckt.

»Armin? Alles o. k.?«

»Ne!«, heult mein bester Freund in den Apparat. »Nix ist o. k. Der Blödmann macht mich noch total fertig!«

Herrje. Ist es schon wieder so weit?!

»Hat er wieder ein Treffen abgesagt?«, rate ich.

»Und das, wo wir doch unseren dritten Jahrestag haben!«, weint Armin.

Ich seufze.

»War das letztes Jahr nicht auch so?«

Als Antwort bekomme ich nur ein Schluchzen.

Es ist ein echtes Kreuz mit der Liebe.

Wenn sie dich in der falschen Kombination erwischt, hast du nichts als Scherereien mit ihr.

Als Armin sich vor drei Jahren auf einen One-Night-Stand mit dem verheirateten Rolf einließ, hatte ich gleich so eine dunkle Ahnung.

Aber er hat nicht auf mich gehört.

Wie denn auch, wenn das eigene Herz sagt: ›Triff dich noch einmal mit ihm! Nur noch einmal!‹ und dann wieder und wieder. Immer angefacht von den Versprechen, die da lauten: ›Wenn die Kleine ihren Kindergartenplatz hat, dann trenn ich mich von meiner Frau!‹ oder ›Wenn meine Frau diese Weiterbildung gemacht und wieder beruflich Fuß gefasst hat, dann …‹ oder ›Wenn fest steht, in welche Schule die Kleine gehen wird, dann …‹ oder, oder, oder.

Drei Jahre. Nur Scherereien, ich sag es ja.

»Ich hatte uns einen Tisch im *Versailles* reserviert. Blumen am Tisch. Hab eine neue Uhr für ihn. Das wäre nicht mal aufgefallen, weil er sich selbst schon länger eine kaufen wollte. Sogar neue Bettwäsche hab ich besorgt, in Dunkelrot, seiner Lieblingsfarbe. Und dann schickt er eine SMS, dass er nicht kommen kann, weil sie ihre Eltern übers Wochenende eingeladen hat und …«

Armin bricht ab und schluchzt hilflos.

Ich wäre gern bei ihm, um ihn in den Arm zu nehmen. Weil wir fast gleich groß sind, geht das gut. Ich kann meinen besten Freund prima trösten. Weil er das auch zulässt. Und weil es dann viel leichter ist, zu sagen, was ich sagen muss.

»Und das hat er heute Morgen erst erfahren?«, frage ich. Rein rhetorisch natürlich.

»Sie hat es ihm wahrscheinlich gerade erst gesagt. Du weißt doch, dass sie ständig solche Aktionen macht, wo sie selbst was plant und ihm erst in letzter Sekunde davon erzählt«, erklärt Armin mir zum ungezählten Male.

»Ich weiß, dass Rolf immer behauptet, dass Karin das tut.« Ich spreche absichtlich ihren Namen aus.

Für Armin ist sie immer nur *sie*. Eine unbekannte Größe,

ihm nur durch ein paar Fotos bekannt, die im Leben seines Geliebten eine – immer noch viel zu große – Rolle spielt, auch wenn die beiden im Grunde gar keine funktionierende Beziehung mehr leben und erst recht keinen Sex mehr miteinander haben. Nun ja, auch wenn Rolf *behauptet,* dass sie keinen Sex mehr haben.

Letzteres darf ich vor Armin nicht mehr laut aussprechen. Denn wann immer ich das in der Vergangenheit getan habe, kam es zu den wenigen Situationen zwischen uns, in denen wir an einem freundschaftsgefährdenden Streit nur um Haaresbreite vorbeigeschrappt sind.

»Jedenfalls kann er jetzt nicht weg«, resümiert Armin mit kratzigem Hals. »Ich habe ein wunderbares freies Wochenende zur Verfügung und kann mit dir auf Tour gehen. Hast du schon was ausgemacht? Ich hätte Lust auf was richtig Verschrobenes, ein renoviertes Fachwerkhaus mit angrenzendem Atelier oder so was. Außerdem dachte ich, könnten wir doch heute Abend zusammen rausgehen. Wie wäre es mal wieder mit dem *Mirage?* Da waren wir schon Ewigkeiten nicht. Die sollen da jetzt so Käfige stehen haben, in denen Gogos tanzen. Für mich ist das ja verschenkt, aber vielleicht wär' das ja was für dich? Oder wir überreden Hannelore, dass sie für uns mal ihr blödes Rommé aufgibt und wir ein paar andere Spiele machen können. Ich könnt noch schnell in die Bücherei flitzen und uns welche ausleihen …«

Auch das kenne ich schon.

Jedes Mal, wenn Armin von seinem Geliebten sitzen gelassen wird, verfällt er in zweckgebundenen, alarmierend optimistischen Aktionismus.

Ich glaube, er ist dann einfach so verzweifelt, dass er nicht in der Lage ist, den Tag allein mit sich zu verbringen. Vermutlich würde er jede Sekunde an die verlorenen Momente denken, sich schrecklich sehnen und innerlich keine Ruhe finden.

»Armin?«, unterbreche ich ihn in seiner Aufzählung von Ideen, die ihm helfen würden, diesen furchtbaren Tag rasch vorbeigehen zu lassen, ohne einen einzigen klaren Gedanken fassen zu müssen. »Wie wäre es, wenn wir uns gleich treffen. Wir besichtigen zusammen eine Dachgeschosswohnung auf der Königsallee, und danach machen wir einen langen, gemütlichen Spaziergang um den See. Dafür brauchen wir bestimmt drei Stunden. Und danach stärken wir uns bei einem leckeren Essen. Was hältst du davon?«

Armin schweigt einen Augenblick. Er wägt ab. Die Wohnung lockt ihn. Aber der Gedanke an den Spaziergang, drei Stunden lang die Gelegenheit zu haben, mit mir über seinen Schmerz und die Trauer zu sprechen, versetzt ihn bestimmt in Panik. Andererseits weiß er genau, dass ich seine hektische Betriebsamkeit durchschaue und auf keinen Fall mitmachen werde.

»O. k.«, sagt er schließlich. »Holst du mich ab?«

* * *

Wir wandern leise und ohne viel zu sprechen durch die leeren Räume.

Der Vermieter lässt uns in Ruhe. Er preist nichts an. Er will nichts wissen. Gelassen steht er an einem der runden Fenster, aus denen man über die Stadt sehen kann wie aus einem Nest mit Bullaugen.

Er weiß, dass seine Wohnung überzeugend ist.

Der Holzboden, der unter den Schritten in den Zimmern hallt. Der Ausblick ins helle Frühlingsblau mit den grünen Sprenkeln der Platanenkronen. Das Licht wie über den Wolken.

Ebenso leise wie wir durch die Räume gegangen sind, verabschieden wir uns nach unserem Rundgang.

Der Mann weiß, dass wir die Wohnung nicht nehmen werden und fragt nicht nach.

Armin und ich lassen kein Wort mehr über dieses schöne Zuhause fallen. Aber es schwingt noch eine ganze Weile in uns, dieses Leere mit dem weiten Blick.

Es wird ein schöner Tag zwischen uns.

Nicht nur, weil die Maisonne aus vollen Kräften lacht und wir uns beim Umrunden des Sees beide einen kleinen Sonnenbrand auf der Nase holen. Nicht nur, weil die Wärme und das Licht uns beiden die Dunkelheit aus den Knochen treibt.

Sondern auch, weil wir über uns reden.

Auch unter Freunden ist das nicht an der Tagesordnung.

Wirklich über sich zu reden, das ist etwas Besonderes. Zu sagen, was hinter allem Schein und manchmal auch hinter einem Lachen steckt, lässt uns sehr nah zueinander rücken.

Natürlich sprechen wir viel über Rolf und ob Armin mit ihm eine Zukunft haben kann.

Als wir darüber lange genug gesprochen haben, sodass es für meinen Freund gerade nicht mehr auszuhalten ist, reden wir auch über anderes.

Über Frauke zum Beispiel.

Und da bekomme nun ich schwitzige Hände.

Ihre morgendlichen spontanen Besuche, unsere wahnwitzig krampfigen Umarmungen, ihre über Hannelore ausgerichteten Grüße und der Wunsch, mich am Abend zu sehen.

Was nur soll ich damit machen?

Ich weiß ja, dass sie mit Antonie glücklich ist. Mir ist

vollkommen klar, dass all diese Dinge zwar bedeuten, dass ihr etwas an mir liegt, aber nicht dass ihre Gefühle in die gleiche Richtung streben wie meine.

Da die Richtung, in die meine Gefühle rennen, unser Gespräch derart vereinnahmt, vergesse ich ganz, von Lu zu erzählen.

Und so setze ich Armin am späten Nachmittag bei Hannelore ab, ohne auch nur erwähnt zu haben, dass ich auf eine Kontaktanzeige geantwortet habe, dass Lu dahinter steckte und dass ich gestern mit ihr einen streckenweise wirklich amüsanten Abend verbracht habe.

Als mir mein Versäumnis auffällt, und das tut es quasi schlagartig, als Armin winkend in Hannelores Haus verschwunden ist, wundere ich mich zugegebenermaßen schon einen Augenblick.

Schließlich können wir doch sonst kaum unsere Klatschader bremsen und erzählen uns sofort, wenn es interessante Neuigkeiten gibt.

Nur als ich damals Frauke kennen lernte, habe ich das nicht getan.

Diese Entwicklung habe ich für mich behalten und zu niemandem darüber gesprochen, weil es einfach zu … intim war. Ich wollte nicht, dass Armin sich mit großen Augen darauf stürzt oder dass Hannelore eine ganz ähnliche Geschichte vor kurzem noch in der *Gala* gelesen hat.

Ach, Frauke. Wahrscheinlich hatte mich das Reden über sie wieder so aus der Fassung gebracht, dass ich an gar nichts anderes denken konnte.

Und, mal ehrlich, so wichtig ist Lu nun wirklich nicht.

* * *

Eigentlich will ich bis zum Abend noch ein bisschen an meiner Doktorarbeit schreiben.

Ich habe die letzten Tage viel vorgearbeitet und könnte jetzt, mit etwas Schmiss, ein paar Seiten flüssig runtertippen.

Leider klappt es aber nicht so, wie ich es mir vorgestellt habe.

Meine Gedanken schweifen ständig ab.

Armin sollte seinem Rolf endlich den Laufpass geben.

Ich sollte mir endlich Frauke aus dem Herzen reißen.

Und wieso weiß Lu, mit ihrem deutlich zu erkennenden Ehering am richtigen Finger, wo die Frauenparty stattfindet?

Sie hat nur kurz die Hand gehoben, als ich es ihr erklären wollte, und gemurmelt: ›War schon mal da.‹

Das war kurz nach unserer merkwürdigen Verabschiedung, und ich glaube, wir waren beide davon etwas betäubt.

Ich war schon lange nicht mehr auf dem Schwoof.

Das letzte Mal war es gemeinsam mit Frauke. Besser gesagt: Wir waren beide gleichzeitig dort. Ich bin unerkannt um sie herum geschlichen und habe mich verborgen gehalten. Und sie hat … mit Antonie geflirtet.

Daher ist mein Bauchgefühl nicht gerade von positivster Natur, als es endlich Zeit ist, sich fertig zu machen.

Ich habe ein flaues Gefühl im Magen.

Bevor ich das Licht lösche, sehe ich mich noch einmal um. Das schöne Ledersofa mit dem antiken Couchtisch, die vielen Bücher in den hellen Holzregalen, der Landhaustisch mit den dazu passenden Stühlen in der Küche. Ich habe wirklich eine geschmackvoll eingerichtete Wohnung. Was brauche ich einen weißen Gartenzaun, der mal wieder einen Anstrich vertragen könnte?

Auch die Tür zum Schlafzimmer steht weit offen, und mein Blick fällt auf das ordentlich gemachte Bett.

Rasch wende ich mich um, lösche das Licht und mache mich auf den Weg.

6. Kapitel

»Du willst endlich deine Traumfrau finden? Komm doch auf die Party im Kulturbahnhof! Jeden zweiten Samstag im Monat von Standard bis House auf zwei Dancefloors. Im Cafébereich Büchertisch und Diskussionsrunde mit monatlich wechselnden Themen. Trau dich!«

Bestimmt wird Antonie auch da sein.

Ich sollte nicht den dummen Wunsch hegen, dass die springlebendige, blonde angehende Tierärztin vielleicht eine Fortbildung in Froschsezieren macht und daher das Wochenende nicht in der Stadt ist.

›Ich sollte sowieso aufhören, sie mir wegzuwünschen‹, denke ich, als ich an der Kasse der Discohalle stehe.

Ich zahle meinen Eintritt und will gerade hineingehen, als eine muntere Stimme hinter mir sagt: »Nimm doch bitte eine von den Speckmäusen. Wenn du sie selbst nicht isst, kannst du sie gern mir geben.«

Ich wende mich um.

Lu.

»Hi«, lächelt sie.

»Hi«, antworte ich und lächele auch.

Ihrer Aufforderung folgend, greife ich in den Metro-Topf mit Süßkram, fische eine Maus aus ekligem chemisch hergestellten Schaumstoff heraus und reiche sie Lu.

Die Frau hinter der Kasse grinst, während Lu der Maus genüsslich den Kopf abbeißt.

Mich schaudert's.

»Bist du schon länger hier?«, erkundige ich mich und mustere unauffällig ihren Aufzug. Sie trägt tief sitzende weiße Jeans und ein bauchfreies, eng anliegendes orangefarbenes T-Shirt, auf dem steht: *Any questions? No comment!* Ein bisschen zu girlyhaft, finde ich. Aber auch nicht unbedingt unattraktiv.

Auf alle Fälle ist es nicht das Gärtnerinnen-Styling, und ich muss mich nicht schämen, mit ihr in den Tanzsaal hineinzugehen.

»Nö. Grad gekommen«, beantwortet sie meine Frage, »wie wäre es, wenn wir uns da drüben hinstellen? Da hat man einen guten Überblick über die Tanzfläche. Das ist doch immer am witzigsten, findest du nicht?«

Sie hat Recht. Aber ich wäre nie im Leben darauf gekommen, es so auszusprechen.

Also schlendern wir zu der Stelle hinüber, auf die sie gedeutet hat, und mogeln uns zwischen die dort bereits aufgereihten Tanzflächenglotzerinnen.

»Ist das nicht verrückt?«, ruft Lu gegen die laute Musik an. »Hunderte von Menschen putzen sich zu Hause fein raus, schminken sich, schmeißen sich in sexy Klamotten, um sich dann hier in zwei Gruppe aufzuteilen: Die, die sich auf der Tanzfläche bewegen und sagen: ›Such mich aus!‹ und die, die hier stehen und denken: ›Hach, welche nehm ich denn? Ich kann mich nicht entscheiden.‹« Lu lacht laut. Offenbar amüsiert sie dieser Gedanke sehr. Ich selbst fühle mich durch so eine Sicht auf die Dinge eher frustriert.

Sie nimmt mir die Illusion, dass sich hier Frauen treffen, die einfach mal für einen Abend Freude am Leben und Spaß am Zusammensein feiern möchten.

»Genauso verrückt ist, dass wir uns nach fünfzehn Jahren wieder treffen und jetzt hier gemeinsam in der Disco stehen«, gebe ich zurück. »Du hättest mir auch vors Schienbein treten und sagen können, dass du mit mir nichts mehr zu tun haben willst, nachdem ich mich nicht mehr gemeldet habe.«

Als ich es ausgesprochen habe, durchfährt mich ein eisiger Schreck. Bin ich von allen guten Geistern verlassen? Wie kann ich dieses heikle Thema ausgerechnet jetzt und hier anschneiden?

Wahrscheinlich hat sie mich durch ihre Bemerkung einfach provoziert.

Lu lächelt geheimnisvoll, zuckt die Achseln und sagt: »Ich hol uns mal was zu trinken. Was möchtest du?«

»Cola«, antworte ich perplex.

Sie reagiert gar nicht! Sie sagt nichts. Sie guckt nicht grimmig. Sie tut so, als sei meine siebzehnjährige Abfuhr ein Kavaliersdelikt.

»Übrigens toll, dass du auf mir gehört hast!«, brüllt Lu, und ihre Augen glühen wie zwei Kohlebecken.

»Mich«, korrigiere ich automatisch.

»Meinetwegen«, erwidert sie gutmütig.

»Was genau meinst du denn? Wobei habe ich auf dich gehört?«

»Du trägst Blau. Ich hab dir doch gesagt, dass dir das super steht, oder?« Sie wendet sich um, grinst noch einmal frech über die Schulter und schiebt sich durch die Menge davon.

Unverschämt.

Etwas anderes fällt mir dazu nicht ein.

Wie kann eine nur derart von sich eingenommen sein?!

Als ob ich nach fünfzehn Jahren totalem Linksliegenlassen plötzlich eine derartig hohe Meinung davon hätte, was Lu an mir schön oder nicht schön findet, dass sie mich tatsächlich in meiner Kleiderwahl beeinflussen könnte!

›Ich weiß schon lange, dass Blau mir gut steht!‹, will ich ihr hinterher schreien. ›Armin hat das nämlich auch gesagt. Abgesehen davon steht mir alles gut, weil ich nämlich schön bin! Und außerdem hab ich das nur angezogen, damit Frauke mich die ganze Zeit bewundernd anstarren muss!‹

Natürlich rufe ich nichts davon über die Köpfe von etlichen Frauen hinweg, sondern klappe meinen vor Empörung aufgesperrten Mund lieber wieder zu.

Genau im richtigen Augenblick, denn eine Sekunde später erscheint ein Gesicht in meinem Blickfeld, dem ich nicht gern mit aufgesperrtem Kiefer begegnen möchte.

»Hi, Emma.« Ich lese Fraukes Worte eher von ihren Lippen ab, als dass ich sie verstehen würde. Sie ist ein stiller Typ, genau wie ich. Und genau wie ich neigt sie nicht dazu, in der Gegend herumzubrüllen.

Wir veranstalten unseren üblichen Umarmungstanz und stehen dann mit der üblichen Das-wäre-überstanden-Erleichterung nebeneinander an der Tanzfläche.

»Wo ist denn Antonie?«, kann ich nicht lassen, mich höflich interessiert zu erkundigen.

Normalerweise tauchen die beiden immer eng aneinander geschmiegt auf. Wo Frauke ist, da ist auch ihre Freundin. Wahrscheinlich auch umgekehrt. Und so durchflutet mich für einen Augenblick die ausgesprochen egoistische Hoffnung, Antonie könne womöglich nach Kuba verzogen oder doch zumindest mit einem leichten Bandscheibenvorfall daheim im Bett liegen.

Doch Frauke deutet mit einer Handbewegung hinter sich und grinst, was wohl heißen soll, dass ihre Freundin auf dem Weg hierher irgendwo bei Bekannten hängen geblieben ist.

»Hat Hannelore dir meinen Gruß also ausgerichtet?«, will sie wissen und nickt grüßend einer Frau mit hüftlangen weinroten Haaren zu, die von der Tanzfläche herüberwinkt.

›Ja‹, denke ich. ›Ja, hat sie. Und ich habe natürlich nichts Eiligeres zu tun, als hierher zu rennen und auch noch zu hoffen, dass du allein hier bist.‹

»Ja«, sage ich und spähe durch die Menge, als würde sich irgendwo da drüben eine Szene abspielen, die mich interessiert. »Und es passte mir ganz wunderbar. Ich wollte sowieso mit Lu herkommen.«

Moment mal!

Was habe ich da gerade gesagt?

Auch Frauke zieht verblüfft ihre Augenbrauen hoch. »Lu?«, brüllt sie mir ins Ohr. »Du hast dich doch nicht etwa doch nochmal mit ihr getroffen? Du wolltest dich doch nie wieder bei ihr melden.«

»Nein, echt nicht!«, schreie ich zurück, und Frauke zuckt zusammen. Etwas gemäßigter fahre ich fort: »Es ist was passiert, was man wirklich nur als Wiederfinden-einer-Nadel-im-Heuhaufen bezeichnen kann. Erinnerst du dich an die Kontaktanzeige, die du bei mir auf dem Küchentisch hast liegen sehen?«

Frauke nickt. Und dann erzähle ich ihr alles, was seitdem geschehen ist.

Meine knappe Antwort auf die Anzeige. Die brennende Reue, die mich ergriff, sobald ich den Brief eingeworfen hatte. Mein pflichtschuldiges Auflaufen im *Yellow*. Die erneute, scheinbar zufällige Begegnung mit Lu. Und dann die Erkenntnis, dass sie *diejenige welche* sein musste. Der Verlauf des Abends. Hannelores Auftauchen und ihr reizender Vorschlag, gemeinsam auf den Schwoof zu gehen.

Die Tatsache, dass ich von dieser Idee zunächst alles andere als begeistert war, erwähne ich allerdings nicht.

Zwischendurch kommentiert Frauke meine Ausführungen mit »Nein! Im Ernst?« oder »Ist ja irre!«

Wenn ich mir selbst so zuhöre, könnte ich glauben, dass ich meine aus den Teenagerjahren mitgeschleppte Abneigung gegen Lu durch den gemeinsamen Abend komplett revidiert hätte und nunmehr regelrecht froh sei, sie erneut in meinem Leben willkommen zu heißen.

Frauke sieht dementsprechend beeindruckt aus, als ich mich von ihrem Ohr zurückziehe und sie achselzuckend (›Das Leben kann schon verrückt sein, nicht wahr?‹) ansehe.

»Und Lu ist auch lesbisch? Das ist ja ein irrer Zufall«, ruft Frauke mir mit immer noch vor Verwunderung gerundeten Augen zu.

Ich schüttele den Kopf.

»Verheiratet.«

Frauke nickt, und ich kann von ihren Lippen ein ›Ach, so …‹ ablesen, das allerdings kombiniert ist mit einem leicht verwirrten Ausdruck.

»Oh, da hinten steht sie übrigens, direkt neben der Säule an der Theke. Die mit dem dunklen Bubikopf und dem orangefarbenen Shirt, siehst du?«

Frauke sieht neugierig hinüber.

»Das ist Lu?«, fragt sie dann verblüfft und starrt Lu unverhohlen an.

Ich will Frauke gerade darauf hinweisen, dass Lu früher einen siebten Sinn dafür hatte, wenn sie angestarrt wurde, da wendet die Fixierte auch schon den Kopf, sieht her und winkt uns vergnügt zu.

Frauke hebt verlegen die Hand und winkt zurück.

Ich kann sehen, wie eine leichte Röte von ihren Ohren nach vorn bis zu ihrer süßen Nasenspitze wandert.

»Ja, das ist Lu«, seufze ich.

Frauke zwingt sich, nicht wieder hinzusehen. »Das haut mich jetzt irgendwie um, weißt du«, sagt sie laut und fächelt sich mit der einen Hand Luft zu. »Ich dachte eigentlich, sie sei irgendwie … irgendwie anders.«

»Anders?«, wiederhole ich.

Frauke windet sich. »Na ja, so wie du von ihr erzählt hast, dachte ich, sie ist … hässlich. Blöd. Irgendwie nicht so, wie sie jetzt da vorn steht, jedenfalls.«

Na, toll! Offensichtlich findet Frauke Lu attraktiv, vielleicht sogar anziehend. Das hat mir gerade noch gefehlt.

Wie um dem Moment noch den letzten deprimierenden Schliff zu geben, taucht von der Seite her Antonie auf und greift mit der einen Hand nach Fraukes Arm.

»Hallo, Emma, wie geht's?«, begrüßt sie mich freundlich und reicht mir die andere.

Ich beteuere, dass es mir wunderbar gehe und ich den Abend bereits in vollen Zügen genieße.

»Fein!«, freut sich Antonie und erzählt Frauke und mir, wen sie gerade getroffen hat und worüber sie gesprochen haben.

Ich bekomme nur in Fetzen mit, worum es geht, aber das ist auch nicht wichtig. Im Grunde interessiert es mich ja auch nicht. Und Antonie wendet sich nur deshalb auch an mich, um nicht unhöflich zu sein.

Sie ist mir gegenüber sowieso stets sehr aufgeschlossen, freundlich und aufmerksam. Keine Außenstehende würde erkennen, dass wir mal potenzielle Konkurrentinnen gewesen sind. Das finde ich eine bemerkenswerte Leistung von ihr.

Ich an Antonies Stelle würde jeder Frau, die meiner Partnerin nach einer missglückten Geschichte noch nachhängt, die Augen auskratzen.

Aber das hat Antonie anscheinend nicht nötig.

Ich glaube auch nicht, dass ihr Selbstbewusstsein vorgetäuscht ist. Ich denke, dass sie sich Fraukes Liebe wirklich ganz sicher ist und daher keinerlei Hennenkampf nötig hat.

Beneidenswert.

Nach ein paar Minuten hat Lu es endlich bis zur Barfrau geschafft und taucht tänzelnd wieder auf, unsere Getränke über dem Kopf balancierend. Die umstehenden Frauen weichen ihr mit ängstlichen Blicken auf die zu erwartende Flut von dort oben aus. Doch Lu selbst scheint die Beunruhigung, die sie verbreitet gar nicht wahrzunehmen, sondern strahlt mich an.

Sie hält nicht nur die gewünschte Cola, sondern auch zwei Sektgläser in den Händen, von denen sie mir eines anbietet.

»Ich finde, wir sollten auf unser Wiedersehen auch anstoßen.«

»Anstoßen«, murmele ich. Aber es geht in der Musik unter. »Das hier sind übrigens Frauke und Antonie.«

»Hallo!«, ruft Lu fröhlich und reicht den beiden enthusiastisch die Hand. Sie schaut Frauke einen Augenblick lang so intensiv an, dass mir sofort klar ist, dass jetzt nur etwas Peinliches folgen kann. Leider steht es nicht in meiner Macht, das zu verhindern. Und richtig, da kommt es schon: »Frauke? Du hast doch die netten Grüße ausrichten lassen? Sieh einer an. Und schon tauchen wir hier auf. Du kannst dich wirklich nicht beschweren über unsere Zuverlässigkeit im Wünsche erfüllen, oder? Kaum gesagt, sind wir schon da. Ist das nicht promptemio?«

Frauke lacht überrascht, offenbar und sichtlich eingenommen von dem übersprudelnden Wesen Lus.

Ich bin wie erstarrt. Niemand außer mir scheint gemerkt zu haben, was Lu, die doch sonst immer so unbekümmert mit Sprache umgeht, gerade mit nur zwei Sätzen bewirkt hat. Sie hat es – genau wie damals – mit zwanzig Worten geschafft, klar zu machen, dass sie und ich ein unzertrennliches Team sind. Obwohl es nicht so ist. Es war damals nicht so und ist es heute erst recht nicht. Aber wen interessiert das jetzt noch hier im Kreis? Frauke und Antonie sind sowieso schon gefesselt von dem strahlend weißen Lachen aus dem immer gebräunten Gesicht. Wahrscheinlich wäre es ihnen bestenfalls egal, wahrscheinlich aber wären sie eher befremdet, wenn ich jetzt der Wahrheit zuliebe verkünden würde, dass Lu und ich auf keinen Fall und unter keinen Umständen ein Team sind.

Meine Laune sinkt in den Keller.

Und in diesem stickigen, kaltfeuchten Gewölbe, bestehend aus Frust und Bitterkeit, bleibt sie auch eine Weile. Denn für mich stellt sich heraus, dass Lu von ihrer extrovertierten Art seit der Trennung unserer Wege mit Anfang zwanzig nichts eingebüßt hat.

Sie hat immer noch keinerlei Probleme, mit jedem ins Gespräch zu kommen und eine geraume Zeit damit zuzubringen, zu erzählen, zu lachen und offenbar im Sturm Sympathien zu erobern.

Dabei vertauscht sie beliebig *mir* und *mich,* jongliert mit der Grammatik, dass mir schwarz vor Augen wird und entschuldigt sich nebensächlich mit der Tatsache, von Geburt aus Brasilianerin zu sein. Und Brasilianerinnen, erklärt sie Frauke und Antonie – wie ich mit anhören muss – verfügen eben über so viel Temperament, dass die Ruhe und Konzentration, die zum Erlernen von einer so schweren Fremdsprache wie Deutsch notwendig ist, oft leider ›hintenüber fällt‹.

Meine Laune wagt sich erst wieder ein paar Stufen herauf, als Antonie und Lu entdecken, dass sie das gleiche Faible für verrückte Musik haben und begeistert auf die Tanzfläche stürmen, während Frauke und ich zurückbleiben.

Wir halten uns etwas ratlos an unseren Gläsern fest, machen willkürliche Bemerkungen zu den uns umgebenden Frauen und klopfen mit den Füßen den Takt mit.

Schließlich deutet Frauke schmunzelnd zu unseren Begleiterinnen hinüber. »Die scheinen sich ja fantastisch zu verstehen.«

Ich werfe den beiden einen Blick zu. Und tatsächlich wirken Antonie und Lu, obwohl sie sich doch erst seit einer halben Stunde kennen, beim Tanzen miteinander sehr vertraut.

»Tja, offenbar brauchen nicht alle Menschen so eine lange Anlaufphase wie wir zwei«, sage ich leichthin.

Frauke antwortet nicht. Aber der Schluck, den sie aus ihrem Glas nimmt, ist so groß, dass mir der Verdacht kommt, sie wolle sich damit selbst an einer verfänglichen Antwort hindern.

»Sag jetzt bloß nichts! Du hast Recht«, lache ich. »Nicht *wir* hatten eine lange Anlaufphase, sondern *ich*.«

Jetzt grinst sie.

»Tut doch nichts mehr zur Sache«, meint sie betont locker. In etwa so locker wie unsere Begrüßungsumarmungen. »Anlaufphase hin oder her. Am Ende ist doch nur wichtig, dass wir beide eine richtig gute Freundin dazu gewonnen haben.«

Wir lächeln uns an, und ich denke: ›Frauke, glaubst du das wirklich?‹

»Ach, nein!«, korrigiert sie sich auch prompt. »Um richtig gut befreundet zu sein, müssten wir ja … wie war das noch? … mindestens ein Elternteil bei einem Autounfall verloren haben, ein anderes an den Suff, wir müssten klauen, haschen, auf Abluftgittern schlafen und uns später gemeinsam am eigenen Schopf aus dem Sumpf ziehen. So war doch deine Definition von Freundschaft, oder?«

Ich versetze ihr mit dem Ellenbogen einen leichten Stoß in die Seite.

Dann sehen wir weiter zu Antonie und Lu hinüber, die sich offenbar sogar beim Tanzen noch viel zu sagen haben. Sie versuchen sich gerade in einem Discofox. Lu erzählt mit sprechender Mimik, und Antonie hört ihr gebannt zu, hängt an ihren Lippen, lacht laut, sodass es sogar durch die Musik zu uns herüberschallt.

Wie ich hier so stehe und bei diesem Geflirte zusehe, kommt mir ganz ungefragt und vogelfrei ein Gedanke.

Er erschreckt mich so sehr, dass ich ihn sofort verbanne und betreten in mein Glas starre.

›Emma!‹, sage ich mir selbst. ›Hör sofort auf damit, an so was auch nur zu denken!‹

Ich denke also an etwas anderes, an das letzte Telefonat mit Armin.

Ich denke an meinen momentanen Hänger bei der Doktorarbeit.

Ich denke an Hannelores hübsches neues Abendkleid.

Ich denke an das neue Video von Madonna.

Ich denke an schöne Frauen.

Ich denke an die wunderbare Frau neben mir.

»Woran denkst du?«, fragt Frauke mich unvermittelt.

»Bist du nie eifersüchtig?«, höre ich mich sagen.

Frauke stutzt und sieht mich verwundert an. Dann huscht ihr Blick – nur kurz, nur für einen Minimoment – hinüber zu Antonie, die gerade Lu an der Hüfte greift und in einer Drehung herumwirbelt. Lu lacht laut auf und lässt ihren Bubikopf schwingen.

Frauke sieht mich wieder an.

»Nein«, sagt sie.

Bilde ich mir das nur ein, oder hat sie während dieses einen Wortes kurz geblinzelt?

»Versteh mich bloß nicht falsch«, sage ich. »Nicht, dass ich denke, dass du Grund dazu hättest. Es ist nur so, dass ich selbst, fürchte ich, ziemlich eifersüchtig bin. Ich beneide immer die Paare, die ganz gelassen und ruhig mit neuen Bekanntschaften umgehen können und sich so sehr vertrauen, dass sie gar nicht auf krumme Gedanken kommen. Toll.«

Ich merke, wie meine Worte immer mehr an Kraft und Deutlichkeit verlieren und schließlich im Hämmern der Musik untergehen.

Frauke betrachtet mich interessiert.

»Du bist also extrem eifersüchtig?«, wiederholt sie forschend. Ihr Blick scannt dabei über mein Gesicht. »Wieso um Himmels willen? Ich meine, wenn man so aussieht wie du …«

Typisch. Das höre ich immer. Als ob schöne Menschen automatisch auch so sehr faszinieren und fesseln würden, dass sie nie verlassen werden.

Pustekuchen!

»Auch dann kann man übertriebene Verlustängste entwickeln«, erwidere ich ausweichend.

»Oder einen Minderwertigkeitskomplex?«, schlägt Frauke vorsichtig vor.

Oder den Impuls, wundervollen Frauen eine saftige Ohrfeige zu geben?

Ich ziehe eine Grimasse.

»Können wir nicht über was anderes reden?«

»Du hast mit dem Thema angefangen«, erinnert Frauke mich. »Aber meinetwegen. Lass uns doch mal rübergehen in den anderen Tanzraum. Ich will mal sehen, ob Michelin hier herumstromert.«

Wir setzen uns also in Bewegung Richtung *second dancefloor.*

Mir entgeht aber nicht, dass Frauke sich noch einmal umdreht und einen Blick zu Antonie und Lu hinüberwirft.

Für eine kleine Weile ist es so, wie ich es mir gewünscht habe: Antonie ist mit der neuen Bekanntschaft beschäftigt, und Frauke widmet sich ganz mir. Wir tanzen miteinander, lachen und scherzen, sagen hin und wieder ›Hallo‹ zu alten Bekannten.

Aber natürlich kann diese Illusion nicht lange währen.

Irgendwann stöbern uns Lu und Antonie auf, schleppen Getränke ran, plappern und entziehen mir Fraukes Aufmerksamkeit komplett. Vor allem Antonie ist es natürlich, die Frauke derart okkupiert. Und auch noch mit Recht, wie ich griesgrämig eingestehen muss.

›Die beiden sind ein Paar, Emma!‹, sage ich mir zum wiederholten Male selbst. ›Und sie sind heute Abend zusammen hier. Kein Wunder, dass sie sich sehr oft miteinander beschäftigen.‹

Nun, Lu und ich sind auch gemeinsam hier.

Nicht, dass ich darauf Wert legen würde, gerade mit ihr eine Schwoof-Gemeinschaft zu bilden. Doch wenn ich mir die Sachlage genauer betrachte, dann hatten wir uns tatsächlich verabredet. Nur ist sie offensichtlich an meiner Gesellschaft doch nicht so brennend interessiert, wie ich vielleicht vermutet hätte. Falls ich mir vorher Gedanken darüber gemacht hätte. Was ich natürlich nicht getan habe.

Lu wendet sich zwar hin und wieder an mich. Aber sie

unterhält sich auch blendend mit Fraukes Arbeitskollegin Michelin und deren Partnerin Angela. Oder sie wird wieder einmal von Antonie angesprochen. Oder sie schwirrt – wie jetzt gerade – völlig allein auf die Tanzfläche, weil ein Lied sie dorthin reißt.

Ich bin mit einer hier, die ich seit vielen, vielen Jahren – meine Güte, ich darf gar nicht daran denken, wie viele es sind! – kenne. Na ja, im Grunde sind wir nicht wirklich zusammen hier. Wir haben uns hier getroffen, vage verabredet. Und das Ganze von meiner Seite aus nur aus reiner Höflichkeit, gegen meinen tatsächlichen Willen, nur wegen Hannelores wenig freundschaftlichem Vorschlag. Aber wie ich es auch drehe und wende: Nicht Lu ist das Anhängsel, das, mit dem bisher wohlweislich übergangenen Ehering am Finger, als Fremdkörper zwischen lauter sich vertrauten Frauen steht. Nicht sie ist allein unter vielen. Ich schaue zu ihr hin, wie sie sich auf der Tanzfläche bewegt, die Arme um ihren Körper schwingen lässt, ein versunkenes Lächeln auf dem Gesicht. Nein, nicht sie hat ihr Herz an eine verloren, die jetzt gerade eine andere in ihren Armen hält und der etwas ins Ohr säuselt. Lu ist es nicht, die sich hier – inmitten all der gut gelaunten, fröhlichen Menschen – einsam fühlt.

»Was ist denn mit dir, Emma?«, fragt Michelin da und sieht mich besorgt an. »Du bist ja plötzlich ganz blass.«

Oh je. Wie hat sie mich denn unbemerkt so deutlich mustern können?

Ich fasse mir an die Stirn.

»Weiß nicht. Ich glaube, es ist die Luft. Ich gehe mal einen Augenblick raus, um ein bisschen Sauerstoff zu tanken.«

»Soll ich dich begleiten?«, schlägt Angela vor und macht den Eindruck, als sei sie nur zu gern bereit, diese Aufgabe zu übernehmen. Vielleicht deswegen, weil sie selbst mehr als zehn Jahre älter ist als ihre Freundin und deren Freundinnen und mindestens zwanzig Jahre älter als der Rest der Anwesenden. Vielleicht bin ich nicht die Einzige, die sich gerade etwas *außen vor* fühlt?

Obwohl mich dieser nette Solidaritätsvorschlag rührt, schüttele ich den Kopf. »Nein. Danke. Ist nicht weiter tragisch. Bin gleich zurück.«

Kurz hebe ich die Hand und wende mich um, während aus ihrem Kreis diverse mitfühlende Blicke auf mich gerichtet sind.

Nur weg hier.

Nur schnell raus aus diesem Menschengewühl.

Nur fort von diesen entlarvenden Blicken und den wissenden Mienen.

Ich gehe langsam hinaus, obwohl ich am liebsten gerannt wäre.

Vor der Eingangstür wende ich mich nach links und verschwinde um die Ecke des Gebäudes aus der Sicht derjenigen, die sich hier direkt vor der Tür zum Rauchen, Klönen, Flirten treffen.

Schlagartig wird es ruhiger.

Die Straße liegt verlassen da.

Ich schlendere an der Längsseite des Bahnhofs vorbei und lasse mich schließlich auf einer der Stufen zum ehemaligen, inzwischen zugemauerten Eingang nieder.

In meinem Kopf dröhnt die Stille.

Wenn es drinnen gerade sehr laut war, ich sehr viel gefühlt und sehr eng gedacht habe, dann kommt mir die Nacht draußen plötzlich vor wie eine weite Fläche aus Dunkelheit, Schweigen und Leere.

Ich starre minutenlang in sie hinein. Sauge die kühle Nachtluft auf wie einen lang vermissten Duft.

Morgen früh rufe ich Armin an und sage ihm, dass er sich endlich von Rolf trennen soll.

Er muss doch endlich begreifen, dass er definitiv keine Chance hat gegen eine Ehefrau, ein Kind und zwei Meerschweinchen im Reihenmittelhaus, gegen konservative, aber herzensgute Schwiegereltern, gemeinsame Jahresurlaube, Weihnachten mit der kompletten Familie.

Schon seit einer ganzen Weile hat Rolf nicht mehr versprochen, sich zu trennen.

Nicht einmal mehr versprochen und dann nicht gehalten. Nicht einmal mehr das.

Wohin soll das also führen?

»Guckst du dir den Mond an?«, fragt da plötzlich eine Stimme direkt hinter mir.

»Mensch!«, fahre ich zusammen, und während ich zusammenzucke, erkenne ich Lu. »Hast du mich erschreckt!« Früher schon war sie so leise wie eine Schleichkatze. Sie hat sich immer gern einen Spaß daraus gemacht, andere mit ihrem geräuschlosen Erscheinen zu erschrecken.

Doch jetzt lacht sie nicht begeistert über ihren eigenen Scherz auf, so wie ich es erwartet hätte, sondern hebt mit ernster Miene nur entschuldigend die Hände. »Das wollte ich nicht. Ich dachte, ich guck mal lieber nach dir. Dein Abgang sah nicht besonders standhaft auf deinen Beinen aus. Hast du etwas mehr frischer Luft gebraucht?«

Ich unterlasse es, ihre falschen Wortkonstruktionen zu korrigieren. Sie hat von der Tanzfläche aus gesehen, wie ich gegangen bin? Ihre Stimme verrät, dass sie nicht wirklich die frische Luft meint, die ich ihrer Meinung nach wohl gebraucht habe.

Trotzdem antworte ich: »Ja, es war plötzlich so stickig.«

»Das wird immer schlimmer, je länger man da ist«, kommentiert sie. »Ich glaube, das ist irgendwie mit allem so, was man nur schwer aushalten kann. Je länger man es aushalten muss, desto weniger ist es zu ertragen.«

Ich habe einen Kloß im Hals. Das klingt, als wisse sie genau, wie es mir geht, worum es hier geht. Aber das kann doch nicht sein.

»Lu…«, beginne ich und breche ab.

»Weißt du, so hat mich schon lange niemand mehr genannt«, sagt sie leise. »Mit Mitte dreißig ist es seltsam, mit dem Kindernamen angesprochen zu werden. Das wollte ich gestern schon die ganze Zeit sagen.« Dass sie so ruhig und leise spricht, wirkt auf mich völlig unrealistisch. Keine zehn Meter von uns entfernt, hinter den dicken Mauern des ehemaligen Bahnhofs, ist es so laut und trubelig.

Sie selbst ist doch sonst immer laut und trubelig. Aber jetzt gerade nicht.

»Wie nennen die anderen dich denn?«, frage ich.

»Lucimar«, sagt sie. »So heiße ich doch.«

Ich überlege einen Augenblick.

»Auch innen drin?«, will ich dann wissen.

Sie sieht mich nicht an, sondern schaut unverwandt hinüber auf die andere Straßenseite.

Eine merkwürdige Frau ist sie geworden.

Aus einem verrückten, ungewöhnlichen Teenager ist eine irritierende, ungewöhnliche Frau geworden.

Jetzt weiß ich gerade selbst nicht mehr genau, ob ich sie deswegen rundheraus ablehnen oder plötzlich beinahe liebenswert finden soll.

Liebenswert? Lu? Das eine Glas Sekt muss mir zu Kopf gestiegen sein!

»In den letzten Tagen bin ich mir nicht mehr sicher«, sagt sie da langsam, als müsse sie beim Reden jedes ihrer Worte prüfen. Nicht auf die grammatikalische Korrektheit, was sicher hin und wieder nicht schaden würde, sondern eher auf ihren gefühlten Inhalt. »Ja, in den letzten Tagen komme ich mich manchmal wieder so ein bisschen mehr vor wie Lu. Wie die Lu von damals. Verrückt, oder?«

Ich antworte nicht.

Ich frage auch nicht, was denn das bedeuten könnte, dass sie sich vorkommt wie die Lu von damals.

Eins ist sicher: Es hat auf jeden Fall etwas mit mir zu tun.

»Emma?«

»Ja?«

»Wieso hast du dich nie gemeldet?«

Ich schaue auf den Asphalt.

Wieso habe ich mit dieser Frage jetzt nicht gerechnet? Dachte ich wirklich, ich käme drum herum?

»Hm«, mache ich. »Hätte ich mir denken können, dass du mir das übel nimmst. Ich hätte das ganz sicher auch getan.«

»Ich nehm's dir nicht übel.«

Natürlich nicht. Richtig. Stimmt ja. Lu nimmt mir nie etwas übel. Das hatte ich eine Sekunde lang fast vergessen.

»Ich wüsste nur gern, warum …«

»Aus keinem bestimmten Grund. Ich wollte einfach … einfach frei sein.«

»Frei sein?«, wiederholt sie verwundert.

Plötzlich kommen mir meine Worte blöd vor. Mein ganzer Auftritt hier erscheint mir affig. Meine Flucht aus dem verräucherten, dröhnenden Raum, in dem ich plötzlich nur noch meinen eigenen Herzschlag wahrnehmen konnte. Mein Davonrennen vor Tatsachen wie sie nun einmal sind. Mein dramatisches Herumsitzen in der Nacht, das so offensichtlich etwas mit einer Herzensangelegenheit zu tun hat. Ich komme mir bloßgestellt vor. Es ist das gleiche Gefühl, das ich hatte, als ich zusehen musste, wie Lu die dickbehaarte Spinne sanft auf ihrer Hand aus dem engen Zelt trug und vorsichtig draußen ins Gras setzte, wo das Monstervieh rasch davoneilte. Nur dass hier keine Frau Hillebrand ist, die Lu für ihren vorbildlichen Umgang mit den Mitgeschöpfen ein Snickers schenken kann. Hier sind nur wir, nur Lu und ich. Und mein Gewissen. Das ersetzt mittlerweile offenbar problemlos eine ausgewachsene Biolehrerin.

»Das kann ich nicht erklären«, murmele ich, als könne ich mich damit aus meiner eigenen Gefühlsklemme retten. »Lässt sich ja sowieso nicht rückgängig machen.«

Lu hebt einen Stein auf, der am Fuß der Stufe liegt.

Ich sehe auf ihre Hände, wie sie mit ihm spielen, ihn hin und her wälzen zwischen den Handflächen, ihn über die Fingerkuppen wandern lassen, vorbei am goldenen Ring.

Es erinnert mich an viele Male, die wir so gesessen haben. Es waren so viel mehr Male, als ich es gestern noch gedacht hätte. Vorgestern noch hätte ich mich nicht an einen Bruchteil davon erinnern können. An diese Momente, in denen wir irgendwo nebeneinander saßen und Lu mit etwas spielte. Einem kleinen Zweig, von dem sie systematisch die Rinde schälte, einem Grashalm, den sie sorgfältig in der Mitte teilte, Sand, den sie durch ihre Finger rieseln ließ. Ein seltsames Gefühl begleitet diese Erinnerungen. Es fühlt sich … vertraut an.

»Willst du das immer noch? Frei sein, meine ich«, fragt Lu, und der Stein fällt ihr aus der Hand. Ich kann ihrer Stimme anhören, dass sie meine eigenen Worte wiederholt und zu fassen versucht, was sie meinen. Dass sie aber nicht wirklich versteht, was es bedeutet. Wahrscheinlich kommt es ihr total verrückt vor, dass ich mich damals nur ohne sie *frei* fühlen konnte. »Schließlich müssen wir uns nicht mehr treffen, wenn du nicht willst. Wir können jetzt einfach *Tschüss* sagen und weggehen, weißt du.«

Sie wendet den Kopf und sieht mich an. Ich kann es spüren. Aber ich erwidere ihren Blick nicht. Bis sie auch ihr Gesicht wieder abwendet.

»Du kannst ja darüber nachdenken. Entweder wir lassen es einfach wieder sein oder … ja, oder vielleicht sollten wir es einfach als eine Chance sehen? Wir können uns neu kennen lernen, oder?«, schlägt sie vor. »Du hast die Wahl.«

Ich sollte lachen.

Ich sollte sagen, was das denn nun für ein Unsinn sei und dass mein Gefasel vom Freisein doch Blödsinn war und sowieso der Gedanke allein, dass wir jetzt wieder auseinander rennen, um uns nie wiederzusehen, völlig kindisch ist.

Aber ich lache nicht.

Und ich sage: »Lass uns erst mal wieder reingehen. Die anderen machen sich am Ende noch Sorgen, was wir so lange hier draußen veranstalten.«

Also stehen wir auf und gehen an der Straße entlang den Weg zurück zum Eingang.

»Wenn du willst, werde ich dich von jetzt ab auch Lucimar nennen«, schlage ich ihr vor, während wir nebeneinander her schlendern.

Während ich meinen eigenen Worten nachlausche, merke ich, dass sie wie eine Antwort auf ihre gerade noch gestellte, schwergewichtige Frage wirken.

Lu sieht mich von der Seite aus an.

Dann lacht sie plötzlich völlig unerwartet laut auf. Ein paar der Frauen, die an der Ecke stehen, sehen interessiert her.

»Ach, Emma, du bist einfach nicht verbesserlich«, sagt Lu.

Ich verzichte darauf, sie zu korrigieren. Aber das ist keine Antwort, oder?

* * *

Das Gespräch mit Lu hat meinen Abend verändert.

Ich merke es erst nach und nach.

Für die anderen in unserer Runde hat sich nichts getan. Emma war es grad nicht so gut, sie hat frische Luft geschnappt. Lu hat nach ihr geschaut. Gemeinsam kamen sie wieder.

Alle schwatzen, trinken, lachen, tanzen, wippen im Takt mit dem Kopf wie vorher auch.

Für mich ist es plötzlich anders. Und ich kann nicht sagen, wieso.

Ich weiß nur, dass es mir mit einem Mal besser geht. Ich fühle mich nicht mehr wie ein Fremdkörper, wie eine, die einen Film anschaut, die außen steht und nur beobachtet, analysiert, während alle anderen im tatsächlichen Leben schwelgen.

Ich ertappe mich bei einem herzhaften Lachen. Oder wie ich den Kopf herumwerfe, meine Haare dabei fliegen und ich das genieße. Blicke von hier und da begegnen meinen. Neugierde in ihnen, Blitze darin und vage, nicht ernst zu nehmende Versprechen. Blicke, die gut tun, endlich mal wieder.

Es sind nur Kleinigkeiten, winzige Momente. Und doch.

Die Stunden vergehen. Der Abend nähert sich seinem Ende. Schon leert sich der Partyraum, und die Frauen tröpfeln müde nach Hause.

Ich sollte auch gehen. Mich in mein Bett kuscheln, lange

schlafen, dann zum Telefon greifen und zuerst Hannelore und dann Armin anrufen.

Als ich meinen Blick schweifen lasse, sehe ich Lu an der Treppe mit einer mir unbekannten Frau zusammenstehen.

Sie stehen nah beieinander, und die Fremde sieht Lu unverwandt an, während sie miteinander reden.

Ich stutze.

Das sieht sehr vertraut aus. Ihre Gesichter sind sich sehr nah. Manchmal hebt Lu den Blick, und dann schauen sie einander in die Augen wie in einen Spiegel.

Niemand hier würde bei diesem Anblick glauben, dass Lu einen Ehering am Finger trägt und erst gestern noch mit tellergroßen Augen mein kleines inoffizielles Comingout bestaunt hat.

Es sieht nämlich aus, als liefe zwischen Lu und der Fremden sehr viel mehr als nur eine Schwoof-Bekanntschaft.

Sie müssen sich näher kennen, so eng wie sie beieinander stehen. Wieso ist mir die Frau vorher noch nicht aufgefallen? Hat Lu den ganzen Abend etwa noch nicht mit ihr gesprochen? Oder ist die Unbekannte gerade erst aufgetaucht – jetzt, wo alle anderen heimgehen?

Wie die gehässigste aller Göttinnen es will, sieht die fremde Frau kurz an Lu vorbei und direkt in meine Augen. Rasch wende ich mich ab und starre in die Menge der Tanzenden.

Dort liegen sich Michelin und Angela zu einem langsamen Lied in den Armen. Antonie bewegt sich allein mit geschlossenen Augen. Frauke, direkt neben mir, schaut ihr versunken dabei zu.

»Das war ein schöner Abend«, sage ich zu ihr.

Sie sieht mich an und lächelt. »Es ist wirklich schön, dich lachen zu sehen.«

›Oh, Frauke‹, denke ich. ›Sag doch bitte so was nicht!‹

»Ich lache gern«, antworte ich.

Rein zufällig gleitet dabei mein Blick wieder zur Treppe hinüber.

Und bei dem, was ich da sehe, trifft mich der Schlag.

Lu und die fremde Frau küssen sich!

7. Kapitel

»116 qm, 1. OG., 4 schöne Zimmer, KDB, Gäste-WC, Diele/Küche Terrakotta-Fliesen, Wohnzimmer Stäbchenparkett, Balkon über zwei Räume, 950,– plus NK, an ruhige Mieter, zum nächsten Ersten.«

Eine Woche ist vergangen, aber Armin hat sich immer noch nicht von der niederschmetternden Abfuhr am dritten Jahrestag erholt.

Das erkenne ich daran, dass er Hannelore und mich zum Frühstück eingeladen hat.

Armin geht gern aus. Er nimmt sämtliche Mahlzeiten des Tages am liebsten in schicken Bars und gemütlichen Kneipen zu sich. Dort beobachtet er die Menschen, die dort sitzen oder jene, die am Fenster vorbeigehen. Er ist zwar eher still, bestimmt kein extrovertierter Typ, aber trotzdem liebt er es, mitten im Leben zu sitzen.

Doch heute holt er das Leben zu sich nach Hause. Zwei sehr vertraute, lang gekannte Leben. Und sein Kühlschrank sieht aus, als habe Armin vor, sich für ungefähr drei Wochen in seiner Wohnung zu verschanzen.

Hannelore und ich werfen uns über den reich gedeckten Frühstückstisch hinweg besorgte und viel sagende Blicke zu.

»Wie wäre es, wenn du nachher auch mitkommst, die Wohnung ansehen?«, schlage ich ihr vor.

Sie knabbert genüsslich an einem Croissant herum und winkt abwehrend: »Unter keinen Umständen, Schätzchen. Ich habe einen Termin bei Martin, und bin schon gespannt, was er sich einfallen lässt.«

Martin ist Hannelores viel gerühmter In-Friseur. Ein wirklich kreativer Kopf und zudem eifriger Gala-Abonnent sowie bestens eingeführt in die *high society* unserer Stadt. Einen Termin bei ihm würde Hannelore nur unter extrem verschärften Bedingungen, etwa einem Plausch mit Karoline von Monaco oder einer Teeeinladung bei der Queen, sausen lassen.

»Ich werde übrigens auch nicht mitkommen«, teilt Armin mir mit, während er sich Karottensaft eingießt.

»Wie bitte?« Terrakotta-Fliesen und Stäbchenparkett locken Armin normalerweise sogar zu frühen Morgenstunden aus dem Bett, wenn seine Augen im Regelfall noch gar nicht zu öffnen sind.

»Steuererklärung«, sagt er jetzt dumpf.

»Steuererklärung?«, wiederhole ich. »Im Mai?«

»Bin spät dran«, nuschelt mein Freund.

»Armin, bitte!«, murre ich. »Immer, wenn Rolf dich mal wieder hat hängen lassen, ziehst du dich vor der ganzen Welt zurück. Lass mich doch nicht allein in diese schöne Wohnung gehen. Das macht keinen Spaß ohne dich.«

»Das verstehst du nicht«, entgegnet er. »Du hattest mit Ramona eine sehr pflegeleichte Beziehung, in der so was natürlich nicht vorkam. Am Jahrestag seid ihr schön essen gegangen oder ins Theater oder ins Bett. Oder alles zusammen. Aber dass du den Tag ganz allein verbringst, weil deine Liebste gerade familiäre Pflichten übernehmen muss, das ist dir nie passiert. So was zieht einen runter.«

»Du hast den Tag nicht allein verbracht«, weise ich ihn darauf hin, dass er immerhin eine beste Freundin hat, die bereit ist, sich mit ihm gemeinsam bei einem Klagespaziergang rund um den Stausee die Füße wund zu laufen. Den weiteren Hinweis darauf, dass ich auch nie mit verheirateten Frauen zusammen war, die gleichzeitig neben unserer Beziehung noch ein möglichst intaktes Kleinfamilienleben aufrechterhalten mussten, schenke ich mir.

»Nein, habe ich nicht. Aber obwohl wir stundenlang Zeit zum Reden hatten, hast du mir den schönsten Klatsch vorenthalten. Wieso hast du nichts von Lu erzählt?«

Dieser Name aus Armins Mund schießt über das Villeroy-und-Boch-Geschirr, die Butter, den Aufschnitt, die gut sortierte Käseplatte und donnert mir als Hochfrequenz-Miniaturbombe in den Gehörgang. Ich verziehe das Gesicht.

»Hattest du keine andere Idee zur Aufmunterung als zu tratschen?«, wende ich mich an Hannelore, die ohne eine Miene zu verziehen ihrem Ei den Kopf abschlägt.

»Ich hab nur aufgeholt, was du versäumt hast.«

»Warst du wirklich am Samstag mit ihr zusammen tanzen?«, will Armin neugierig wissen.

»Ja.«

»Und?«

»Was und?«

»Hannelore ist ganz hin und weg von Lu. (Hannelore lächelt versonnen.) Und ich selbst finde sie auch total … na ja, ist ja egal. Ich dachte, es könnte auch nach vielen Jahren noch ordentlich funken.«

Meine Ohren klingeln.

»Wie bitte? Das ist nicht dein Ernst! Armin, du kennst doch die ganzen nervigen Geschichten von früher. Und ich sage dir: Lu hat sich keinen Deut verändert. Sie ist eine ganz und gar merkwürdige und zudem wirklich anstrengende Person. Immer perfekt, zu allen super nett, mit dem großen Verdienstkreuz von Mutter Teresa fürs Verzeihen von Fünfzehn-Jahre-links-liegen-lassen. Und sie hatte nichts Eiligeres zu tun, als sich Antonie an den Hals zu schmeißen. Von wegen funken!«

Armin antwortet nicht.

Hannelores Handy geht. Sie nimmt das Gespräch würdig an, zwinkert uns zu, während sie mit den Lippen ein ›Regina‹ formt und unter Anteil nehmendem Murmeln die Küche verlässt.

Armin und ich blicken kauend und schweigend auf den Tisch.

»Sie hat sich Antonie an den Hals geworfen?«, wiederholt Armin nach einer Weile langsam.

»So in etwa, ja.«

»Und was sagt Frauke dazu? Oder hat sie nichts dazu gesagt?«

»Sie musste etwas dazu sagen. Denn ich habe sie in meiner unendlichen Sensibilität darauf angesprochen, ob sie denn gar nicht eifersüchtig ist. Und sie hat etwas ganz Schlichtes geantwortet.«

»Nämlich?«

»Nein.«

»Glaubst du ihr das?«

Ich überlege kurz. »Vielleicht nicht ganz. Denn mir kam es hinterher schon so vor, als würde sie immer mal wieder hinschielen. Weißt du, dieses beinahe zufällige Hinsehen, wie man es macht, wenn man nicht möchte, dass es irgendjemand mitbekommt.«

So wie ich in genau der Sekunde zur Treppe gesehen habe, als Lu und die fremde Frau sich küssten.

Wieder bleibt Armin still. Bilde ich mir das nur ein, oder ist sein Schweigen missbilligend? Aus dem Wohnzimmer ist Hannelores Stimme gedämpft zu hören.

»Armin?«, sage ich. »Ich schwöre dir, ich wollte nicht,

dass sich das Gespräch in diese Richtung entwickelte. Da war nur so ein klitzekleiner Gedanke, den ich mir aber sofort wieder verboten habe. Ich habe nur Lu und Antonie beim Flirten zugesehen, und dann habe ich Frauke darauf angesprochen. Alles andere kam wie von selbst. Falls Frauke sich Sorgen gemacht hat, habe ich das jedenfalls nicht gewollt.«

»Schon klar«, sagt Armin leise und nachdenklich. »Andererseits … wenn es jetzt schon mal geschehen ist …?«

»Wie?« Ich kann ihm nicht folgen. Oder vielmehr möchte ich ihm nicht folgen können. Denn in Wahrheit weiß ich augenblicklich, was er mit dieser Bemerkung meint.

»Wenn doch Frauke und Antonie Gefallen aneinander finden und Frauke zudem auch vielleicht ein klitzekleines bisschen eifersüchtig ist, wäre das nicht eine gute Ausgangsposition, um dich wieder oder vielmehr endlich ins rechte Licht zu rücken?«

»Armin«, stammele ich und setze das Brötchen, von dem ich gerade abbeißen wollte, wieder auf dem Teller ab. Seine Kaltblütigkeit verblüfft und schockiert mich. Doch im gleichen Atemzug spüre ich, wie noch ein anderes Gefühl in mir aufsteigt. Ich kann es jedoch nicht greifen und spreche daher einfach weiter. »Du meinst doch jetzt nicht allen Ernstes, dass ich wie in *Gefährliche Liebschaften* Intrigen schmieden und Frauke das Herz brechen soll, nur um es dann wieder zusammenflicken zu können?!«

»Wer spricht von Intrigen?«, erwidert Armin. »Ich hatte bei deiner Erzählung vom letzten Samstag den Eindruck, dass da auch ohne dich schon genug abläuft. Ich meinte ja nur, dass eine nebenbei fallen gelassene Bemerkung hier und da oder auch eine von dir initiierte Begegnung zu viert vielleicht Klärung bringen könnte, was Antonie wirklich will.«

Ich horche Armins betont unschuldiger Stimme nach. Solche Ideen bin ich von ihm überhaupt nicht gewohnt. Eher spielt er sich gern als Moralapostel auf, trägt hehre Ansprüche wie auf einem Banner vor sich her und urteilt abwertend über Menschen, die sich über seine beinahe christlichen Regeln der Nächstenliebe und Fairness hinwegsetzen.

Vielleicht ist es gerade die Tatsache, dass Armin normalerweise nicht für derartiges Gedankengut zu haben ist, die dieses andere Gefühl, das neben meiner Empörung über die Unverfrorenheit meines Freundes aufgetaucht ist, mehr und mehr wachsen lässt. Ich spüre, wie es auflodert und schiebe es vehement zur Seite.

»Was Antonie will? Ist doch klar: Sie will Frauke. Und Frauke will Antonie. Das ist eine ganz einfache Rechnung. Die beiden sind seit sieben Monaten ein Paar und werden es auch bleiben«, versuche ich abzuwiegeln. Die Richtung, in die unser Gespräch driftet, ist mir unheimlich.

»Du hast aber gesagt, dass sie nicht mehr so eng sind wie am Anfang«, erinnert sich Armin.

»Ja. Sicher. Das ist doch normal. Nach der ersten Frischverliebt-Zeit, oder?«

»Und du hast gesagt, dass Antonie und Lu geflirtet haben.«

»Na ja, es sah jedenfalls sehr danach aus.«

»Und sieben Monate sind nicht wirklich lange.«

»Nicht?«

»Nein. Viele Beziehungsversuche gehen nach dieser Zeit wieder in die Brüche. Weil nämlich genau diese erste Zeit des Verliebtseins vorbei ist. Es gibt viele Leute, die sich dann wieder anders orientieren.«

»Ach ja?«

»Oh ja!«

Armin greift nach der Aufschnitt-Gabel und lässt sie über der hübsch angerichteten Platte kreisen. Ich beobachte, wie sie hierhin und dorthin wandert, sich bedrohlich senkt, dann doch wieder weiterschwebt und schließlich mit plötzlicher Entschlossenheit auf eine zusammengerollte Scheibe Putenbrust niederstürzt.

Dieses Gefühl in mir macht sich immer breiter. Mittlerweile ist es sogar zu definieren: Es ist Aufregung. Eine Aufregung, wie sie vielleicht Jäger kennen, die ihre Beute aufspüren. Oder Wissenschaftler, wenn sie kurz vor der Entdeckung eines wichtigen Zusammenhanges stehen. Oder unglücklich Verliebte, wenn sie plötzlich aller Vernunft zum Trotz doch einen Hoffnungsschimmer am Horizont auftauchen sehen.

Moment mal!

Ich denke doch nicht ernsthaft, dass an Armins Theorie etwas dran sein könnte?!

»Weißt du was?«, sage ich. »Ich glaube, solche spinnerten Ideen kommen dir nur, weil du heilfroh wärst, wenn du die Gelegenheit hättest, Karin derart auszubooten. Kann das sein?«

Armin schnaubt. »Erwartest du nach dem letzten Wochenende, das sie uns so gründlich versaut hat, dass ich jetzt etwas anderes antworte als ›Natürlich‹?«

Ich seufze.

Nicht Karin hat Armin das Wochenende versaut. Das ist mir klar. Aber sagen muss ich das nicht.

Weil es Armin bestimmt auch klar ist.

»Okay. Meinetwegen. Aber solche Machenschaften sind nicht mein Weg. Damit das klar ist.«

»Sicher?«

»Ganz sicher!«

»Na gut. Aber es wäre eine Abwechslung gewesen, das musst du zugeben.« Armin leistet sich ein fettes Grinsen.

Ich will noch etwas erwidern, aber da kommt Hannelore über den Flur und nimmt wieder ihren Platz ein. Als hätten wir uns abgesprochen, lassen Armin und ich das gerade noch heiß diskutierte Thema fallen.

»Komm mit mir, diese tolle Wohnung besichtigen, Armin!«, dränge ich ihn. »Als es mir wegen der Trennung von Ramona und dem missratenen Start mit Frauke so schlecht ging, hast du auch immer gesagt, dass ich mich nicht daheim einstauben lassen soll. Du hast immer gesagt, dass ich rausgehen soll, um mich abzulenken.«

»Ich weiß. Aber das hier ist anders.«

»Ach ja? Wieso?«

»Weil es *mein* Kummer ist«, erwidert mein Freund mit aller Selbstverständlichkeit.

Ich blicke zu Hannelore, die meinen Blick amüsiert erwidert. »Was soll ich darauf noch antworten?«, frage ich sie. Aber sie zuckt nur die Achseln. »Ich würde sagen, du solltest dich nach einer anderen, angenehmen Begleitung umschauen. Warum fragst du nicht Lu? Sie würde bestimmt gern mitkommen und dein … Hobby kennen lernen.«

Ich schnaube durch die Nase.

»Du hast doch erlebt, wie sie ist!«

Hannelore nickt. »Sie ist reizend. Absolut umwerfend.«

Ich verdrehe die Augen gen Himmel. »Das ist der Beweis«, sage ich zu Armin, etwas zu laut, aber wild entschlossen, meine Einsicht zu teilen. »Offenbar kann also auch Hannelore in der Einschätzung eines Menschen völlig daneben liegen. Ihr vorschnelles Urteil über Lu zeigt es.«

»Was ist denn an ihr so schlimm, Emma?«, hakt Hannelore nach. »Ich habe sie kennen gelernt als eine lebendige, freundliche, extrovertierte Frau, die außerdem auch noch wie ein echter Leckerbissen aussieht.«

Ein tiefer Seufzer entringt sich meiner Kehle. Der Morgen geht nicht gerade ideal los, wenn ich so viel über Lu sprechen muss.

Offenbar haben die beiden keine Ahnung.

»Was du lebendig nennst, nenne ich aufgedreht. Sie ist nicht freundlich und extrovertiert, sondern aufdringlich. Und der Leckerbissen hat einen Ehemann am Bein. Also vergesst eure Verkupplungsversuche.« Die Tatsache, dass die verheiratete Lu auf der Frauenparty mit einer Wildfremden herumgeknutscht hat, lasse ich lieber unerwähnt. So was kommt schließlich öfter mal vor und muss gar nichts bedeuten. Es würde meine ohnehin schon geistig verwirrten Freunde nur auf eine falsche Spur locken.

»Verkuppeln? Wer will dich denn verkuppeln?«, echot Armin heuchlerisch.

Hannelore achtet nicht auf ihn. »Sei nicht so verklemmt, Emma!«, tadelt sie mich. »Ob lesbisch oder hetero, verheiratet oder ungebunden, es wird Zeit, dass du mal etwas Pfeffer in den Hintern gestreut bekommst, damit dein Leben Schwung bekommt. Ich vermute, Lu ist genau die Richtige für so eine Mission!«

Na, so eine Einstellung meiner besten Freundin hat mir gerade noch gefehlt!

»Vielen Dank für den Rat! Ich werde ihn auf keinen Fall befolgen«, brumme ich und sehe zur Uhr. »Ich glaube, ich muss los.«

Hannelore sieht mir schmunzelnd zu, wie ich mich zum Aufbruch rüste. Mein Styling für heute ist stilvoll verlegtem Parkett und einem Balkon, der über zwei Zimmer reicht, angemessen: Eine weite, weich fallende Hose mit

Sandaletten und ein ärmelloser Rolli, über den ich die bewährte Strickjacke gezogen habe. Die Haare werden von einem farblich passenden Band zusammengehalten.

Ich schultere die Tasche.

Armin sieht ein wenig schuldbewusst aus. »Du hast doch noch etwas Zeit«, versucht er mich halbherzig aufzuhalten.

»Vielleicht hat sie noch was vor«, mutmaßt Hannelore. Ihr süffisanter Unterton entgeht mir nicht.

Ich bedenke sie mit einem strengen Blick, der eigentlich bei niemandem seine Wirkung verfehlt. Wenn eine schöne Frau mit klaren Gesichtszügen eine Augenbraue hebt und dazu betont kühl aus ihren grauen Augen schaut, mit leicht gesenkten Mundwinkeln und kerzengerader Haltung, dann ist das den meisten extrem unangenehm. Sie wenden sich ab, lächeln hektisch und verlegen, schauen erschrocken, entschuldigen sich für die simpelsten Dinge und sind zu sämtlichen verlangten Büßertaten auf der Stelle bereit.

Hannelore jedoch ist mit ihren 71 Jahren offenbar immun gegen solch einen Tadel.

Sie grinst mich frech wie eine 17-Jährige an und schiebt sich eine Weintraube in den geschminkten Mund.

Mit diesem Bild vor Augen steige ich die Stufen zur Haustür hinunter und gehe die wenigen Meter zu meinem Auto.

Ich schließe die Wagentür auf, steige ein, lasse die Tür hinter mir zufallen, sitze still.

Allein eine Wohnung anzuschauen macht keinen Spaß.

Einfach nicht hinzufahren, ist unfair.

Bleibt noch die Möglichkeit abzusagen.

Der Blick auf die Uhr sagt, ich habe noch eine Stunde Zeit.

In dieser Stunde fahre ich raus aus der Stadt in den Stadtteil, in dem die Wohnung liegt. Von hier aus bietet sich ein schöner Ausblick auf den See. Natürlich nicht von allen Häusern, nicht von allen Balkonen. Aber es muss doch hübsch sein, wann immer du heimkommst, zumindest einen kurzen Blick auf die blaue, mit viel Grün umstandene Fläche dort unten zu erhaschen.

Es ist eine schiere Verschwendung, eine Wohnung in dieser Umgebung, mit diesem Ausblick allein anzusehen.

Es wird mich frustrieren.

Es wird mich runterziehen, und am Ende habe ich gar nichts von dieser Besichtigung.

Ich könnte absagen.

Eine Weile starre ich auf mein Handy, das auf dem Beifahrersitz liegt.

Dann beuge ich mich vor und wühle im Handschuhfach nach dem Zettel mit der Nummer.

»Hallo?«, meldet sich am anderen Ende eine Stimme schon nach zweimaligem Läuten.

»Hi«, sage ich und stelle fest, dass ich nicht halb so gelassen klinge, wie ich gern würde. »Ich bin's. Hättest du Lust, dir mit mir zusammen eine Wohnung anzusehen?«

»Du kommst ja schnell zur Sache. Aber ja, wieso nicht? Ich habe zufällig heute frei, und das kann doch nur lustig werden. Wo soll ich hinkommen?«, lacht Lu.

* * *

›Ich in so blöd! Ich bin so blöd! Ich bin so …‹

Ich hasse Kraftausdrücke und seien sie auch noch so sehr in die Umgangssprache eingepflegt.

Wenn ich mir selbst vorsage, wie blöd ich bin, dann hat das etwas zu bedeuten.

Hier stehe ich, bereits drei Minuten zu spät für den verabredeten Termin mit der Vermieterin, vor dem Haus und warte auf eine Frau, die ich schon als Kind nicht ausstehen konnte, die ich vor ein paar Wochen zuverlässig vergessen hatte, die ich vor ein paar Tagen eigentlich nie wiedersehen wollte und die niemals, niemals pünktlich ist.

Wie konnte ich nur so spontan und unüberlegt Hannelores Idee folgen?

Wie konnte ich nur so blöd sein und auch noch selbst die Initiative ergreifen?

Reicht es nicht schon, wenn Lu mir zweimal zufällig über den Weg läuft?

Reicht es nicht, wenn sie sich ein Wiedersehen und ein ›erneutes Kennen lernen‹ wünscht?

Reicht es nicht, dass sie mir die ganze vergangene Woche nicht aus dem Kopf ging? Dass ich ununterbrochen darüber nachdenken musste, wie es sein kann, dass eine Frau, die am rechten Ringfinger einen Ehering trägt, auf einer Party eine andere Frau zur Verabschiedung küsst? Auch wenn sie nicht richtig geknutscht haben. Es war kein Zungenkuss oder so etwas. Aber es war ein zarter, liebevoller Kuss. Auf den Mund.

Als Lu schließlich auftaucht, ist sie schon zehn Minuten zu spät für den Termin.

Ich hasse Unpünktlichkeit.

Das Haus sieht schon von außen so aus, als hielte seine Vermieterin nicht sehr viel von verspäteten Wohnungsinteressenten.

»Tut mir Leid, dass ich etwas zu spät bin«, entschuldigt sich Lu und gibt sich wenigstens Mühe, etwas außer Atem zu wirken.

Ich kenne das. Schon so lange. So gut. Lu kommt immer zu spät und hat immer eine wunderbare Erklärung dafür. So viele einleuchtende Erklärungen für Verspätungen kann es in einem einzigen Leben gar nicht geben. »Ich habe gerade noch deinen Freund getroffen. Wie heißt er noch?«

»Armin«, sage ich ruhig. Doch in mir macht sich augenblicklich Verblüffung breit. In der Tat, das ist wirklich eine überraschende Erklärung.

»Richtig. Ach, ich kann mir das nicht merken«, lacht Lu.

»Wo hast du ihn denn getroffen?«, will ich wie nebenbei wissen, während ich die drei Klingelschilder studiere.

»Direkt vor der Tür. Er wollte ins Haus rein, und ich wollte raus. Was für ein Zufall, was?«

Ich drücke auf den richtigen Klingelknopf und höre den melodischen Ton tief drinnen im Haus.

Armin vor Lus Haustür. Er wollte rein.

»Wollte er zu Daniel und Gregor?«, erkundige ich mich.

Lu sieht mich von der Seite an.

Unter diesem Blick überkommt mich augenblicklich eine Scham, mit der ich Lu gegenüber niemals gerechnet hätte.

Ihr Blick ist verwundert. Er spricht offen aus, was ihr Mund nicht sagt: ›Wieso musst du mich danach fragen? Ich dachte, ihr seid Freunde?!‹

Ja, es beschämt mich, dass ich nicht weiß, dass Armin vorhatte, Daniel und Gregor noch einmal zu besuchen.

Er hat es nicht erwähnt.

Ich bin automatisch davon ausgegangen, dass – wenn er mich schon nicht auf eine Besichtigung begleiten will – er sich das ganze Wochenende nicht aus seinen vier Wänden bewegen wird.

Und er hat nicht erwähnt, dass er nicht mit zur Wohnungsbesichtigung kommen kann, weil er eine Verabredung hat.

Lus Blick bohrt sich zwischen meine Rippen.

Am liebsten würde ich sie anherrschen: ›Guck nicht so!‹

Aber gerade noch rechtzeitig wird von innen der Türöffner betätigt.

Ich drücke die Tür auf und lasse Lu den Vortritt. So kann sie mich wenigstens nicht länger anschauen.

Das Haus ist ein sehr gepflegtes Zweifamilien-Haus. Leider bedeutet das meistens auch, dass es in diesen Häusern etwas steif zugeht. Auf den Fensterbänken im Treppenhaus steht jeweils ein grüner Farn, und an ihnen ist kein einziges braunes Blatt zu sehen. Die Fußmatten sind klinisch rein. Der Dachboden ist auch ausgebaut, erfahren wir. Dort lebt eine ruhige, nette Jurastudentin, teilt uns die Vermieterin, Frau Sander, mit. Das passt. Eine Jurastudentin passt hier in dieses Haus, wo im Hausflur ein Apothekenkalender hängt, auf dem der Putzdienst in einer schmalen, steilen Handschrift sorgfältig eingetragen ist. Alle zwei Wochen mit dem Vermerk: ›Bitte auch Trockenkeller!‹

Frau Sander hat sich genauso eingetragen wie ihre Mieterinnen. Ob sie wohl selbst putzt oder ob sie eine Reinigungskraft beschäftigt? Oder gar eine Haushälterin? Seit wir uns zur Begrüßung die Hände gereicht haben, gleitet ihr Blick immer wieder über mein Gesicht. Sie ist so durch und durch höflich, dass sie sich bemüht, es mich nicht merken zu lassen, aber ich kann es trotzdem spüren. Sie sieht mich immer wieder forschend an. Im unteren Hausflur. Im Keller, den sie uns als Erstes zeigt. Im Treppenhaus. Vor der Wohnungstür im ersten Obergeschoss, wo die Wohnung frei wird. Die wenigen Sätze, die höflich fallen, tauschen nur sie und ich aus. Lu sagt gar nichts. Sie schaut nur. Ihr Schweigen irritiert mich fast noch mehr als das fremde Starren.

»Kenne ich Sie nicht von irgendwoher?«, fragt Frau Sander schließlich, als sie es nicht mehr aushält.

Ich lächele unverbindlich. »Ich wüsste nicht. Ich arbeite an der Universität, falls Sie da also öfter …?«

»Nein, nein. Ich dachte eher an das Fernsehen oder Illustrierte oder so was. Ihr Gesicht kommt mir so bekannt vor. Ich dachte, vielleicht sind Sie ja ein bekanntes Model?« Ihr Blick bleibt fragend auf mich gerichtet.

Das höre ich oft.

Die Menschen meinen, mich zu kennen. Weil sie irgendein anderes ebenmäßiges, schönes Gesicht gesehen haben.

»Leider nicht«, antworte ich, etwas hölzern. Irgendwann wünscht jede sich ihr eigenes Gesicht, ob schön oder nicht.

Frau Sander lächelt steif zurück. Wahrscheinlich hat sie an meiner Reaktion erkannt, dass sie mir mit ihrer Frage kein Kompliment gemacht hat. Sie klopft an die Wohnungstür.

»Frau Kessel ist eine ganz entzückende junge Frau«, erzählt sie, um die peinliche Stille zu überbrücken. »Wir verlieren sie und ihren Mann wirklich nicht gern. Aber mit drei Kindern brauchen sie jetzt doch etwas mehr Platz.«

Frau Kessel öffnet uns mit einem dicken Säugling auf dem Arm, der in ein Umhängetuch gebettet mit weit aufgerissenen Augen in die Welt blickt.

»Guten Tag! Nett, dass wir uns Ihre Wohnung mal anschauen dürfen«, begrüße ich sie.

Lu sagt gar nichts, reicht nur ihre Hand zur Begrüßung und beugt sich kurz vor, um dem Baby eine Grimasse zu schneiden. Frau Kessel und Frau Sander gucken verwundert. Ich würde Lu gern einen unauffälligen Stoß in die Rippen geben. Aber leider stehen wir zu weit von einander entfernt.

Die Wohnung ist ansprechend geschnitten und mit ein paar hübschen Details versehen. Ein großes Bad mit Fenster. In der Diele genügend Platz, um dort einen mächtigen Garderobenschrank aufzustellen. Die Zimmer entsprechend ihrer Funktion in Größe und Lage ideal.

Doch was nutzt das alles, wenn hier mittlerweile eine derart kühle Atmosphäre herrscht, dass mich fröstelt.

Ich überlege bereits, wie wir uns möglichst bald wieder verabschieden können, als Frau Sander uns von der Küche hinüber ins Wohnzimmer führt.

Plötzlich ist der Blick nicht mehr zu halten.

Meine Augen machen sich quasi selbstständig und huschen quer durch den Raum, ab durchs Fenster und …

»Geil!«, entfährt es Lu da in einer Lautstärke, die ich nur ungehemmt nennen kann. Sie stürmt an der geschmackvollen Ledergarnitur vorbei zur offen stehenden Balkontür und ist draußen.

Es ist das erste Wort, das sie bei unserem merkwürdig krampfigen Besuch hier von sich gibt. Frau Sander und ich sind gleichzeitig zusammengezuckt.

Frau Kessel sieht ein bisschen peinlich berührt aus, grinst aber mit leicht abgewandtem Gesicht in sich hinein.

Ich lächele Frau Sander mit verlegenem Augenaufschlag an. »Na ja, Recht hat meine Freundin ja. Der Ausblick ist wirklich wundervoll!«

Wir gehen alle drei durchs Zimmer und gesellen uns zu Lu, die völlig begeistert am Balkongeländer steht und ins Tal sieht.

»Wahnsinn! Ist das nicht der absolute Hammer?!«, sagt sie laut. Vielleicht zu mir. Vielleicht doch eher zu sich selbst. Es ist nicht zu erkennen, weil sie unverwandt geradeaus schaut.

Dort unten sieht man weiße Dreiecke, die Segel der kleinen Boote, geschäftig hin und her kreuzen. Umstanden vom frischen Frühlingsgrün leuchtet das Blau des Wassers so strahlend, dass der Himmel geradewegs hineinzufallen scheint.

An so etwas hätte ich auch bei der gestelztesten Anzeige nicht mal zu denken gewagt.

›Schade, dass Armin etwas anderes vorhatte‹, denke ich, nicht ganz ohne einen Hauch von Genugtuung.

Wenn ich dem Geländer den Rücken zudrehe, kann ich vom Balkon aus nicht nur ins große Wohn- sondern auch in das kleinere Schlafzimmer sehen. Viel Licht. Viel Weite.

Ich möchte tief einatmen, die Lungen füllen mit diesem Blick und diesem Versprechen, das darin liegt.

»Natürlich können Sie hier auch das Arbeits- oder Kinderzimmer einrichten«, erklärt mir da jedoch gerade Frau Sander, während Frau Kessel eifrig dazu nickt: »Reine Geschmackssache, ob man den Balkon lieber am Schlaf- oder am Wohnzimmer hat. Was sagten Sie noch, haben Sie Kinder? «

»Keine Kinder, nein«, antworte ich und gehe hinüber zur Tür in den kleineren Raum, der selbstverständlich das Schlafzimmer würde.

»Och, wie schade.« Frau Sanders Haare sind beinahe weiß. Sie trägt sie in einem für eine ältere Frau ungewöhnlichen langen und dicken Zopf. Es lässt sie aussehen wie die zivilisierte Nachfahrin eines uralten deutschen Indianerstammes – gekleidet in eine dunkelgrüne, mit Echt-Horn-Knöpfen verzierten Trachtenjacke. Sie steht dicht bei Frau Kessel und streichelt dem Baby sacht über die Wange.

Lu tritt zu mir und sagt: »Es muss affenscharf sein, morgens mit einem Kaffee und frischen Croissants im Bett zu sitzen und diesen Ausblick zu genießen, was?«

Ich sehe sie irritiert an.

Wenn ich mit Armin unterwegs bin, sagt er auch manchmal solche Dinge. Vielleicht nicht mit Ausdrücken wie *affenscharf,* aber doch mit ganz ähnlichem Inhalt. Dann lächele ich. Und vielleicht antworte ich etwas, das ihm zeigt, dass es mir genauso geht.

Aber bei Armin, da weiß ich ja auch, dass wir den gleichen Geschmack haben. Dass wir an den fremden Einrichtungen die gleichen Dinge mögen oder abstoßend finden. Da ist es ganz normal, dass er etwas ausspricht, was ich gerade gedacht habe. Aber bei Lu?

»Wir würden hier nie im Leben ausziehen, wenn wir nicht endlich unser Häuschen gefunden hätten«, sagt Frau Kessel und wischt dem Baby ein bisschen Sabber aus dem Mundwinkel.

»Was ist mit Tieren?«, wendet sich plötzlich Lu mit ungeahntem Temperament an Frau Sander.

Die blinzelt verwirrt.

»Sie sagten doch, Sie haben keine?«, fragt sie mich.

»Ich habe ja auch keine.«

»Aber ich.« Lu streicht mit der Hand über das Geländer. »Ich frage nur aus Interesse. Ich habe drei Hunde, wissen Sie. Jojo, Kasper und Belle. Sind alle drei super gut erzogen. Brav und ruhig. Aber trotzdem ist es total schwer, eine Wohnung zu finden mit drei Hunden.«

»Drei?«, wiederholt Frau Sander und wirft ihrer ehemaligen Mieterin einen Hilfe suchenden Blick zu.

»Das ist ein bisschen viel, oder?«, sagt die, in altbewährter Loyalität.

Lu lässt sich davon nicht irritieren. »Ein Hund, der Krach macht, das Inventar zerlegt und auf den Boden pieselt, ist sehr viel mehr als drei, die brav sind und all das nicht tun«, lächelt sie. »Sie müssten sie mal sehen, wie die sich freuen, wenn ich nach Hause komme. Die wissen nämlich genau, dass sie nicht laut sein dürfen. Dann wuseln sie um meine Beine herum, immer mit diesem niedlichen … fiiiiep, fiiiep …« Lu macht es nach.

Das Baby hebt ruckartig den Kopf und fixiert Lus dunkelhäutiges Gesicht.

»Fiiiep, fiiiep?«, macht Lu, diesmal deutlich in Richtung des Kindes.

Auf dem Gesicht des Babys breitet sich schlagartig ein strahlendes Lächeln aus.

»Baaaa!«, weiß es zu sagen und streckt die Arme nach Lu aus.

Frau Sander lacht darüber so herzlich, dass es auf mich wie ein kleiner Schock wirkt.

»Oh!«, schmunzelt Frau Kessel. »Da können Sie sich aber was drauf einbilden. Das macht sie nicht bei jedem. Sie fremdelt gerade.«

»Es ist so wichtig für Kinder, mit Tieren aufzuwachsen«, erklärt Lu, die nicht nur ihre Stimme wiedergefunden zu haben scheint, sondern jetzt auch offenbar nicht mehr aufhören kann zu reden. »Die wenigsten Stadtkinder wissen heute noch etwas über die Tiere aus dem Wald oder von den Feldern. Sie erkennen gerade noch eine Kuh. Aber kein Wiesel, keinen Falken, keinen Bussard, kein Eichhörnchen. Kriiieee, krriiie, kriiiee,« Lu keckert das Baby an, das vor Vergnügen laut aufkreischt.

»Wir haben zwei Meerschweinchen. Im Kinderzimmer«, erzählt Frau Kessel. »Aber für die Kinder nur zum Angucken. Sie können noch nicht richtig mit einem so kleinen Tier umgehen. Und für später dachte ich an eine Katze. Die wehren sich wenigstens, wenn die Kinder zu aufdringlich werden.«

Alle lachen.

Ich kann es kaum fassen, aber sie lachen alle. Herzlich und offen. Plötzlich gelöst. Und sie plaudern weiter über

Kinder und Tiere. Und Lu macht sich gern noch einmal lächerlich, indem sie einen Frosch und eine Katze für das Baby nachahmt.

Ich muss mich zusammenreißen, um nicht zu starren.

Wie macht sie das nur?

Lu hat es innerhalb kürzester Zeit geschafft, dass nicht nur alle Anwesenden – vielleicht mit Ausnahme meiner eigenen Person – entspannen und sich locker unterhalten, sondern dass Frau Sander auch bereit wäre, eine junge Frau mit drei Hunden hier einziehen zu lassen.

Es gibt eben Dinge, bei denen hilft es nicht, schön zu sein. Bei denen hilft etwas anderes, das ich wohl nicht habe. Lu aber schon.

Ich habe all die Jahre nie herausgefunden, was das sein könnte.

* * *

»Warum warst du so miesepetrig?«, fragt Lu, als wir zu den Autos hinübergehen.

»Bitte? Ich war was?«, frage ich verdrießlich.

»Ja, du warst richtig miesepetrig. Fast schon unhöflich. Als Frau Sander erzählt hat, wie ihr Sohn die Katze aus dem Pflaumenbaum gerettet hat, hast du die ganze Zeit in die andere Richtung geschaut. Das war nicht sehr nett, weißt du.«

Ich fass es nicht! Jetzt muss ich mir von Frau Sonnenschein-für-die-minderbemittelte-Welt auch noch Kritik an meinen zwischenmenschlichen Umgangsformen anhören.

»Andererseits«, meint Lu da und stößt mich mit dem Ellenbogen vertraulich in die Seite. »Die hatte am Anfang ja einen ganz schönen Stock im Arsch, was?« Dann lacht sie laut auf.

Meine versteinerte Miene bricht fast gegen meinen Willen auf.

»Also echt, Lu«, murmele ich.

»Was?«, sagt sie. »Ich sage nur, wie es ist, oder? Hast du Lust, noch was zu machen?«

Ich weiß, dass es höflich wäre, anzunehmen.

Aber ich bin mir nicht sicher, ob die rechte Dosis Lu für heute nicht bereits überschritten ist.

Seit ich sie wiedergetroffen habe, bin ich mir nicht sicher, ob die vorhandene Dosis Lu nicht sowieso für mein ganzes restliches Leben gereicht hätte.

»Nein, danke. Ich werde wohl noch etwas spazieren gehen. Unten am See ist es bestimmt ganz hübsch«, erwidere ich, meine Stimme klingt immer noch ein wenig trotzig.

»Ich habe eine andre Idee«, sagt Lu mit geheimnisvollem Lächeln. »Du hast mir dein Hobby gezeigt. Jetzt zeige ich dir mein Hobby. Dazu muss ich aber erst wieder heimfahren. Komm doch mit! Wir können deinen Wagen später hier abholen.«

Ich hätte das höflich ablehnen können. Aber so eine leidenschaftliche Bitte kann ich wahrscheinlich nicht in den Wind schlagen.

Irgendwann wird mir mein gutes Benehmen mal mein Rückgrat brechen, da bin ich sicher.

Ich werfe einen letzten Blick hinunter zum leuchtenden Blau des Sees und steige dann bei ihr mit ein.

»Was hast du denn vor?«, will ich wissen.

»Überraschung!«, strahlt Lu. Und augenblicklich bereue ich es, mich nicht abgesetzt zu haben.

Ich hasse Überraschungen.

Überraschungspartys sind für mich ein echter Stimmungskiller. Überraschungen in Form von heimlich organisierten Theaterbesuchen haben bestimmt schlechte Laune zur Folge.

Und ein Überraschungsurlaub würde bei mir ganz sicher mächtig ins Wasser fallen.

Ich kann es nicht leiden, wenn ich nicht weiß, was mich erwartet.

Lu neben mir merkt gar nicht, wie ich mich wieder versteife.

»Die Wohnung war ja ein echter Traum«, schwärmt sie, während sie sich in den Verkehr auf der Hauptstraße einfädelt. Ihre Wangen glühen immer noch vor Begeisterung. »Was für ein Pech, dass ich sie mir nie im Leben leisten könnte. Sonst würde ich sofort umziehen.«

Das glaube ich ihr aufs Wort.

»Ist das nicht furchtbar, ständig so irre Buden zu Gesicht zu bekommen, aber nie umzuziehen?! Ich würde ja bekloppt werden!« Sie sieht mich kurz an, als sei ich ein Übermensch, der diese gewaltige Anstrengung schließlich jedes Wochenende freiwillig auf sich nimmt.

»Nö«, sage ich. »Ich finde die Wohnungen zwar schön, aber irgendwie fehlt meistens doch irgendetwas.«

»Du willst allen Ernstes sagen, dass dieser Wohnung da oben etwas fehlt?«, staunt sie. »Was denn um Himmels willen?«

Ich zucke lustlos die Achseln.

Kurz, nur sehr kurz, taucht vor meinen Augen das Bild eines verwilderten Gartens auf. Der Blick aus dem Küchenfenster hinaus in sattes, wucherndes Grün. Im Hintergrund ein leicht schiefer Gartenzaun mit abblätternder Farbe. Rasch schüttele ich den Kopf, um den Gedanken zu verscheuchen.

»Kann ich auch nicht genau sagen. Jedenfalls war sie nicht hundert Prozent perfekt.«

Darüber muss Lu offenbar erst mal eine Weile nachdenken.

Sie fährt die Strecke in die Stadt hinein.

Schade, ich hätte gern etwas Natur gesehen, wäre gern den Tag über abseits des Großstadtdaseins gewesen. Und vor allem hätte ich gern gewusst, was ich vorhabe.

Schließlich räuspert Lu sich. »Machst du das deswegen jedes Wochenende? Weil du auf der Suche nach etwas Perfektem bist?«

Wieder hebe ich kurz die Schultern.

Lu ist nicht zufrieden damit. »Aber was passiert, wenn du es gefunden hast? Irgendwann wirst du doch bestimmt mal das Perfekte für dich finden. Und dann? Ziehst du dann wirklich um?«

Ich wende mich etwas unwirsch zu ihr. »Woher soll ich das wissen? Diese Fragerei führt doch nirgendwohin. Wohin willst du eigentlich mit mir?«

Sie grinst nur geheimnisvoll.

Eigentlich müsste sie es wissen. Dass ich es nicht mag, wenn ich nicht weiß, was mich erwartet. Kaum zu fassen, dass ich mir das von ihr gefallen lasse. Ich kann solche Situationen nicht ausstehen.

Ausgerechnet mit Lu sitze ich hier in ihrem Auto und weiß nicht, wohin sie mich chauffieren wird.

Doch unsere Fahrt endet an einer Stelle, die ich hätte erraten können: Die grünen Häuser an der Elisabethkirche. Hier wohnt sie.

Wir steigen aus.

»Soll ich deine Wohnung auch besichtigen?«, frage ich klamm, als wir den Hausflur betreten, in dem wir uns vor zwei Wochen gegenseitig über die Füße gestolpert sind. Zwei Wochen ist das erst her? Es kommt mir viel länger vor, dass Lu wieder irgendeinen undefinierbaren Raum in meinem Leben einnimmt. Wenn ich so recht überlege, während ich die Stufen zu ihrer Wohnung im zweiten Stock hinaufsteige, kommt es mir vor, als sei sie überhaupt nie weg gewesen. Meine Arme überziehen sich bei diesem gruseligen Gedanken mit einer leichten Gänsehaut.

»Es wird nur eine kleine Stippvisite, keine Bange«, lächelt Lu. »Wir müssen nur noch jemande abholen, ohne den mein Hobby keinen Spaß machen würde.«

»Jemanden«, murmele ich.

»Und was ist, wenn es mehrere sind?«, fragt Lu und schließt ihre Wohnung auf.

Schlagartig wird mir klar, wen sie damit gemeint hat. Natürlich ihre Hunde. Gerade hat sie noch im Gespräch mit wildfremden Menschen lang und ausführlich von ihnen erzählt. Dennoch habe ich sie bereits wieder vergessen. Frauke und ihre Hündin fallen mir ein. Für Menschen mit Tieren sind die Tiere tatsächlich ein *jemand,* habe ich durch Frauke gelernt. Und offenbar sofort wieder vergessen. Fast schäme ich mich ein bisschen.

Wir gehen hinein.

Ich bin überrascht, dass die Hunde wirklich nicht bellen und nicht an uns hochspringen. Lu hat es vorhin bei Frau Sander und Frau Kessel genau richtig ausgedrückt: Sie wuseln um uns herum und machen dazu »Fiiiieeep! Fiiieeep!« Auch der große Hund macht das.

»Meine Güte, was ist das denn für ein Brecher?«, staune ich und betrachte die riesigen Lefzen des Tieres, die hin und her schwingen, während es sich schwanzklopfend im Kreis dreht. Der Schwanz hängt so hoch, dass er mir gegen die Hüfte schlägt. Und ich bin eine große Frau.

»Der Brecher ist eine sie. Sie heißt Jojo«, erklärt Lu.

»Was ist das für eine Rasse? Die kenne ich gar nicht.«

»Oh, ich weiß auch nicht genau. Wir nehmen an, es ist irgendwas in XXL.«

Wir?

Ich frage nicht, wer die andere Person zu diesem wir ist. Und ich weiß plötzlich insgesamt nicht mehr recht, was ich tun soll. So unvermittelt in Lus Zuhause zu stehen, überfordert mich.

Was mich am meisten irritiert, ist der Geruch, der um uns herumschwebt. Es ist ein Geruch, den ich vergessen hatte. Nur kurz war er wie ein Blitzlicht der Erinnerung aufgetaucht, als Lu mich umarmte, vor 14 Tagen im Hausflur, direkt vor dieser Wohnungstür.

Hier ist dieser Eindruck aber nicht flüchtig, nur ein rasch vergänglicher Hauch. Hier bleibt er um mich herum wie ein Polaroid-Bild, das aus einem hellen Nebel heraus immer dichter und dichter wird, bis es schließlich so klar und eindeutig vor einem liegt wie die Realität.

Es ist ein Duft nach Orange und frischen Kräutern, etwas Frisches, Wildes, das ich immer als einen Teil von Lu betrachtet habe und das unweigerlich mit ihr verbunden ist. Ich kam in die Wohnung, nahm den angenehmen Duft wahr und schnupperte. Und als ich mich dabei ertappte, wusste ich schlagartig nicht mehr, was ich jetzt als nächstes tun sollte. Die guten Sitten haben mich verlassen.

Weil mir nichts anderes einfällt, betrachte ich die Hunde, die hierhin und dorthin laufen, kleine Stofftierchen ranschleppen und erwartungsvoll jeden Schritt verfolgen, den Lu tut.

Die merkt nicht das Geringste von meiner Verwirrung und geht erst mal zur Toilette. Als wären wir allerengste Vertraute, lehnt sie die Tür nur an und spricht weiter mit mir, während ich sie am Reißverschluss ihrer Jeans nesteln höre: »Sieh dich ruhig um. Die Küche ist ein Schlachtfeld.

Aber sonst müsste es ganz ordentlich sein. Am schönsten ist das Wohnzimmer.«

Weil es mir peinlich ist, hier im Flur herumzustehen und Lu beim Pinkeln zuzuhören, gehe ich tatsächlich ein paar Schritte weiter und stehe bereits im Türrahmen zum Wohnraum.

Er besitzt zwei große Fenster auf der gegenüberliegenden Seite. Fast mitten im Raum steht ein großes, einladend aussehendes knallrotes Sofa, das meinen Blick anzieht.

Es ist so ausgerichtet, dass man von dort aus automatisch auf den Fernseher sieht, der in einer Ecke auf dem Boden steht. Es ist so ein riesiges Ding, ganz flach, ungefähr einen Meter hoch, mit drehbarem Sockel und fetten Boxen links und rechts. Auf dem Boden steht ein DVD-Player, daneben ein Stapel DVD-Hüllen, handbeschriftet oder als Kauf-CD erkenntlich.

Lu hat schon früher viel ferngesehen. Sie liebte gute Filme und träumte davon, in ihrem Zimmer eine kleine Kinoleinwand zu besitzen. Den Traum hat sie sich also beinahe erfüllt.

Ich gehe hinüber und hocke mich hin, um die Titel der Filme zu lesen. Sie sind so unterschiedlich, wie sie nur sein können. Wild durcheinander lese ich: *Der Tag des Falken, Highnoon, Last action hero, Mitternachtsspitzen, Krieg der Sterne*, hiervon sogar Teil eins, zwei, drei, *Casablanca* … weiter komme ich nicht. Da werde ich von rechts geschubst und muss mich mit den Händen auf dem Boden abstützen, um nicht umzufallen.

»Hey«, mache ich. Das haarige Gesicht eines der Hunde lacht mir entgegen. Anders kann ich das nicht bezeichnen.

Er sieht mich mit weit geöffneter Schnauze an, als amüsiere er sich über seinen kleinen Streich. Dann dreht er sich herum und trollt sich. Ich schaue ihm nach.

»Ist was passiert?«, ruft Lu aus dem Bad. Die Spülung geht.

»Nichts«, antworte ich laut in ihre Richtung.

Da erst fällt mir auf, dass das Sofa deswegen mitten im Raum steht, weil an der Wand gar kein Platz dafür wäre. Jeder einzelne Meter Wand ist bestückt mit offenbar selbst gezimmerten Holzregalen.

Sogar über und unterhalb der Fenster ziehen sich schmale Regalbretter entlang, auf denen ein Sammelsurium unterschiedlichster Dinge liegt, steht und sitzt.

Sie tut es also immer noch.

Lus verrückteste Macke war schon immer das Sammeln von Dingen.

Sie sammelte Springseile, Brieföffner und -beschwerer, Schallplatten, Federn, Murmeln, schöne Kisten, Stempel, Füller, Modeschmuck-Ringe, ungewöhnliche Plastiktüten und Parfüm-Pröbchen.

Offenbar sind im Laufe der Jahre noch ein paar andere Sammelleidenschaften dazugekommen.

Direkt über einem der beiden Fenster sitzt eine ganze Horde Stoffaffen und glotzt von dort oben herunter. Sie passen nicht wirklich zueinander. Manche von ihnen sehen kaufhausneu aus, andere abgegriffen und vergammelt. Die einen sind groß, andere winzig klein, manche nackt, andere in vollem Zirkusäffchen-Dress. Nichtsdestotrotz sind es alles Affen.

Trotz der Vielfältigkeit der hier gelagerten Dinge scheint keine Unordnung zu herrschen. Die Regalbretter sind sorgsam abgestaubt, die Gegenstände sauber und in Schuss. Ein bisschen wirkt der Raum wie ein ungewöhnlich sortierter Gemischtwarenladen, der auf interessierte Kundinnen wartet.

Auf der Seite des Raumes, auf der sich auch die Tür befindet, scheint Lu Dinge aus der Natur zu sammeln. Dort finden sich ein paar verschlungene Äste, die eher wie Wurzeln aussehen. Eine Ansammlung absolut kreisrunder, flacher Steine, die perfekt wären, um sie übers Wasser springen zu lassen. Eine Vielzahl von Muscheln. Direkt daneben die Fossilien. Es ist auch eine in Bernstein eingeschlossene Biene darunter. Die hatte sie schon, als wir Kinder waren. Schon damals.

»Du denkst bestimmt, ich bin verrückt, oder?«

Ich zucke zusammen.

»Musst du dich immer so anschleichen?«, brumme ich.

»Sag schon!«, drängelt sie. »Du denkst, ich bin völlig bekloppt, weil ich immer noch diese ganze Krempel habe.«

Fast schon will ich etwas Spitzes antworten, aber dann siegt doch meine Vernunft. Oder vielleicht ist es auch mein Mitgefühl?

»Ich schätze, so ein Urteil kann ich mir nicht erlauben. Jedenfalls nicht, solange ich an den Wochenende durch fremde Wohnungen stolziere und so tue, als wolle ich sie mieten«, sage ich. »Ist das dein Hobby, das du mir zeigen wolltest? Hast es seit damals ja noch etwas ausgeweitet. Und die ganzen alten Sachen sind noch da.«

Es ist das erste Mal, dass ich unsere gemeinsame Vergangenheit anspreche. Abgesehen von dem kurzen Gespräch auf der Frauenparty haben wir bisher nicht über persönliche Dinge von früher gesprochen.

Es ist fast, als hätten wir bisher vermieden, zu erwähnen, dass wir damals außer Klassenkameraden und Nachbarn noch andere Gemeinsamkeiten hatten.

Nicht nur ich habe es vermieden, stelle ich jetzt gerade fest. Auch Lu hat bisher keine Anspielungen auf unsere sonderbare Freundschaft gemacht.

»Nein, das ist es nicht«, antwortet sie jetzt. »Komm. Ich zeig dir was.«

* * *

Ich sage es nicht gern. Aber sie hat Recht gehabt.

Als wir auf dem Parkplatz neben einem einzigen anderen Auto, dessen Besitzer weit und breit nicht zu sehen war, hielten, sagte Lu: »Der See ist doch total überlaufen am Wochenende. Das hier ist viel besser.«

Und seitdem haben wir keinen anderen Menschen getroffen.

Wir streunen durch diesen Wald, den sie wie ihre Westentasche zu kennen scheint. Wir folgen winzigen Pfaden, klettern über Baumstämme, tauchen unter herabhängenden Ästen durch. Wir setzen uns auf weiche Kissen aus Moos in einen Sonnenfleck. Durch die Baumkronen dringen ganze Bündel von Licht wie Heerscharen von stramm stehendem Lametta. Wir werfen Bälle, lachen über die herumtobenden Hunde, schießen Tannenzapfen vor uns her. Halten am Bach an, in dem die Hunde erst ihren Durst löschen und danach herumplanschen wie ausgelassene Kleinkinder im Babybecken des Schwimmbades.

»Weißt du, was das heißt: *Deine Gedanken zu Schweigen bringen?*«, fragt sie und greift nach einem kleinen Zweig, von dem sie die Rinde abschälen wird. Dessen bin ich mir sicher. Und tatsächlich beginnt sie ein paar Sekunden später damit.

Ich habe es gehasst. Früher fand ich es furchtbar, dass sie ihre Hände nicht mal ein paar Minuten stillhalten kann.

Heute stört es mich überraschenderweise nicht.

Gar nicht.

»Nein. Was meinst du denn damit?«

»Das hier.« Sie deutet hinein in den Wald, auf die Hunde, hinauf zum Himmel, dessen strahlendes Blau mit dem Blattgrün der Bäume wunderschön kontrastiert. »Das ist mein Hobby: *Die Gedanken zu Schweigen bringen.*«

»Zum Schweigen bringen«, sage ich, fast automatisch.

Sie sieht mich für einen kurzen Augenblick seltsam an. Mir wird schlagartig heiß unter diesem Blick. Als müsse nicht sie sich für ihre Fehler, sondern ich mich für mein Korrigieren schämen.

Doch dann grinst Lu breit: »Wenn du nicht mehr dran denkst, ob *zu* oder *zum,* dann beherrschst du mein Hobby auch.«

Dann sagen wir eine Weile nichts.

Ich denke: ›Wie soll das denn gehen? Die Gedanken zum Schweigen bringen?‹

Ich denke immer.

Egal, ob ich mich gerade intensiv mit etwas beschäftige, ob ich mich mit jemandem unterhalte, ob ich lese, fernsehe oder nur vor mich hin starre. Selbst wenn ich abends oder morgens im Bett liege, hänge ich entweder dem vergangenen Tag oder den gerade entronnenen Träumen nach.

Meine Gedanken schweigen nicht.

»Tust du es jetzt gerade?«, frage ich sie neugierig.

Sie lacht. »Oh, nein! Jetzt gerade rattert es wie verrückt in meinem Kopf. Ich glaube, um zu zweit die Gedanken zu … zum Schweigen zu bringen, braucht es sehr viel Übung. Und sehr viel Vertrauen.«

Was sie damit sagt, ist, dass sie zu mir nicht genügend Vertrauen hat. Und ehrlich gesagt, kann ich ihr das ganz sicher nicht verübeln. Ich wollte sie nie wiedersehen. Ich wollte mich nie wieder melden. Ich habe innerlich aufgestöhnt, als sie mir nicht nur einmal, nein, gleich ein zweites Mal wie zufällig begegnete. Ich habe sie nur aus reiner Höflichkeit gebeten, mit mir tanzen zu gehen. Aus reiner Höflichkeit bin ich nun mit ihr hier. Kein Wunder, dass diese Geschichte mit den schweigenden Gedanken jetzt nicht klappt.

Wir betrachten beide die Hunde, die sich um uns herum gelegt haben. Kasper ist der einzige Junge unter den dreien. Er war derjenige, der mich vorhin im Wohnzimmer aus dem Gleichgewicht bringen wollte. Seine braunen Augen verbergen sich hinter einem Wust von wichtig aussehenden, weißen Brauen. Sein helles, struppiges Fell ist jetzt voller Erde und altem Laub.

Belle trägt ihren Namen bestimmt mit sehr viel Stolz, denn außer dem Namen selbst ist nicht sehr viel Schönes an ihr zu entdecken. Sie ist unscheinbar beigefarben, klapperdürr, mit einem spitzen Gesicht, in dem die Augen so weit nach außen gerutscht sind, dass ich anfangs den Eindruck hatte, sie müsse den Kopf drehen, um mich ansehen zu können.

Jojo ist mit Abstand die Größte der drei. Vielleicht ist eine deutsche Dogge mit drin. Vielleicht auch nur ein schwarzer Tiger. Momentan sieht sie sehr friedlich aus, wie sie – bekleidet mit ihrem rosaroten Halstuch – an einem Tannenzapfen herumkaut.

»Sicher liebst du sie sehr«, sage ich, weil mich der Anblick der gemütlich bei uns liegenden Hunde irgendwie rührt. »Ich finde, Hunde zu haben, muss doch so etwas Ähnliches sein, wie Kinder zu haben. Ihr macht den Eindruck einer Familie. Weißt du, was ich meine? Du sorgst für sie. Sie sind dir dankbar und folgen dir. Jeder deiner Schritte wird von ihnen beobachtet. Sie lernen von dir. Und du kannst in ihnen bestimmt Trost und Wärme finden, wenn grad kein Mensch da ist.«

Mein Blick fällt wie von selbst auf Lus rechte Hand, an der der goldene Ring blitzt.

Lu sieht mich amüsiert an.

»Du bist noch genau wie früher. So dramatisch … uuuuhhh! Bis zum Gehtnichtmehr. Meine Güte, Emma, du machst das Leben so kompliziert. Große Gefühle brauchen nicht automatisch auch großen Worte. Sie sind einfach da, egal ob du drüber sprichst oder nicht. Hast du noch nicht gemerkt? Es wird nicht weniger, kleiner, wertloser, wenn du es nicht in reiche, blumige Sätze schmückst. Manchmal denke ich sogar, es verliert dadurch.«

Ich bin über ihre kleine Rede so baff, dass ich nicht antworte.

Daher zeigt sie auf Jojo. »Sie sind nicht meine Kinder, weißt du. Sie sind meine Hunde.« Sie sieht die Tiere an, jedes einzelne, lange und ausführlich, als müsse sie sie genau studieren. Dann lächelt sie: »Aber als Hunde sind sie einfach oberspitze!«

Ich kann als Antwort noch nicht einmal flüchtig lächeln.

Meine Gedanken, die ganz sicher nicht schweigen, kreisen und strudeln wie wild.

Ich bin dramatisch? Bis zum Gehtnichtmehr? Habe ich noch nicht gemerkt, dass große Dinge keine großen Worte brauchen?

»Wie kannst du so was sagen? Ich meine, dass große Dinge keine großen Worte brauchen. Unsere Sprache ist so elementar wichtig. Wir kommunizieren über Sprache, wir verstehen einander durch Sprache, wir leben unsere Kultur durch Sprache«, sage ich schließlich.

Lu streichelt das Moos, auf dem wir sitzen und betrachtet die einzelnen Fasern so genau, wie es aus dieser Entfernung eben geht.

»Stimmt«, sagt sie schlicht.

»Also ...«, will ich fortfahren, doch sie unterbricht mich: »Und wir können lügen, wenn wir sprechen. Sprache kann uns in die Irre führen. Sprache kann Fehler machen. Wie viel mehr können andere Dinge sagen? Wenn ich eine Keramik mache, weißt du, dann können alle genau sagen, ob ich gut gelaunt bin oder ob es mir schlecht geht, ob ich in Trauer bin oder frisch verliebt. Wie viel sagt eine einzige Berührung?« Sie streckt den Arm aus und legt die Hand auf Jojos große Flanke. Jojos hebt den mächtigen Kopf, schnuppert kurz an Lus Hand, und dann fährt ihre gewaltige Zunge einmal, zweimal über die vertrauten Finger. »Und wie viel sagt ein einziger Blick?« Lu wendet sich mir zu und sieht mich an.

Ich schaue in ihre dunklen Augen, in denen sich Lichtreflexe spiegeln.

Ihr Blick ist mir vertraut.

So viele Jahre kannte ich ihn.

Aber so viele Jahre sind seitdem vergangen. Auch etwas Fremdes, etwas Neues und noch nicht Wahrgenommenes liegt in diesem Dunkel.

»Tja«, sage ich und schaue fort. »Da hast du bestimmt Recht. Missverständnisse kann es auch geben. Aber nicht nur, wenn wir sprechen. Sondern auch in den Gesten kann man etwas falsch deuten oder in dem, was wir sehen und wie etwas uns erscheint. Nimm zum Beispiel den letzten Samstagabend ...«

»Ja?«, macht Lu.

Ich starre so angestrengt auf einen sonnenbeschienenen Fleck vor mir auf dem Waldboden, dass meine Augen brennen.

Wenn Armin mich jetzt sehen würde, würde er sich totlachen. Er meint immer, dass ich das größere Klatschweib von uns beiden bin.

»Was war denn da?« Lu sieht ungefähr so neugierig aus, wie ich wahrscheinlich in ihren Augen aussehe. Aber nun habe ich schon mal damit begonnen, jetzt kann ich es auch zu Ende führen.

»Na ja, diese Frau auf der Party … die, mit der du zum Schluss zusammengestanden hast. Kanntest du sie näher?«

Lus Stirn legt sich in Falten.

»Ich frag nur, um ein Beispiel zu geben. Dafür, dass auch das, was wir sehen missverstanden werden kann. Denn als ich dich da mit ihr stehen sah, da hatte ich einen – wahrscheinlich völlig falschen – Eindruck. Vielleicht dadurch, dass wir auf der Frauenparty waren und dass rund um mich herum lauter Frauenpaare standen und …« Meine Stimme wird immer leiser, und schließlich breche ich ab.

Lu sieht mich nachdenklich an.

»Blond?«, fragt sie dann.

Ich nicke.

»Die Haare so?« Sie macht eine Geste oberhalb der Schulter.

Wieder nicke ich.

»Oh, das war Gabriella.«

Sie spricht den Namen nicht deutsch aus, sondern mit rollendem ›rrrr‹ und tanzendem ›el‹. Sie spricht es aus wie eine Spanierin. Und unverkennbar selbstverständlich.

»Und wer ist Gabriella?«, hake ich nach – ihren Tonfall möglichst witzig imitierend.

Lu öffnet den Mund, sieht mich an. Plötzlich wirkt sie verunsichert.

»Gabriella«, sagt sie und schaut wieder weg. »Gabriella. Das ist meine Frau.«

Ich weiß, dass selbst schöne Frauen ziemlich dumm aussehen können, wenn sie mit offenem Mund glotzen. Trotzdem kann ich in diesem Augenblick gerade nicht anders, als genau das zu tun.

Was hat sie gesagt?

»Du ... du ... hast eine ... Frau? Eine Partnerin?«, stammele ich. »Ich meine, du lebst auch mit Frauen ... du bist auch lesbisch? Genau wie ich?«

Lu nickt schlicht. Sonst nichts. Ich kann es nicht fassen.

Eine geraume Weile sagt keine von uns ein Wort. Wir starren beide vor uns hin. In meinem Hirn geht so vieles durcheinander, dass ich es gar nicht sortiert bekomme. Bilder von früher. Lu auf einer Kellerparty, wie sie eng umschlungen mit einem Jungen tanzt. Lu knutschend mit Thomas vor den Schultoiletten, Lu vor dem Fernseher, *Die Profis,* wie sie Lewis Collins anhimmelt. Lu beim Bruce Springsteen-Konzert, heulend in der ersten Reihe.

Ich wäre doch nie auf die Idee gekommen. Nie wäre mir der Gedanke gekommen. Nie im Leben hätte ich vermutet.

Als ich unmöglich noch einmal einen Satz in dieser Art denken kann, räuspere ich mich.

»Und ihr habt diese Geschichte gemacht von wegen Verpartnerung vor dem Standesamt und so?«

»Ja«, sagt sie ganz einfach und sieht mich dabei zögernd an. »Aber sie ist nicht wirklich meine Partnerin.«

»Wie?«

»Na ja, sie ist nicht richtig meine Partnerin. Verstehst du?«

»Nein«, antworte ich ehrlich. »Habt ihr geheiratet, ich meine, seid ihr nun diese gesetzlich abgesegnete Lebensgemeinschaft eingegangen, ja oder nein?«

»Doch.« Sie ringt die Hände. »Doch haben wir.«

»Sind wir«, korrigiere ich.

»Was?«, macht sie verwirrt.

»Ach, egal!«, winke ich ab. »Aber wie kann Gabriella dann nicht deine wirkliche Partnerin sein?«

»Sie ist Brasilianerin.«

Ich erinnere mich an die Frau von der Party nicht mehr in allen Details, aber eines weiß ich genau: Sie sah bestimmt nicht aus wie eine Brasilianerin.

»Du machst Witze! Die ist doch keine Brasilianerin. Ich meine, sie sieht doch vollkommen anders aus als du … Sie sieht eher aus wie eine Schwedin oder eben wie eine ordentliche, blonde Deutsche.«

Lu räuspert sich. »Emma, du bist eine kluge Frau. Aber alles weißt du offenbar auch nicht. Im Süden von Brasilien ist es eben anders. Da leben nicht so viele dunkelhäutige Menschen wie in der Gegend, aus der ich komme. Im Süden sieht es eher wie in Europa aus, was die Menschen angeht. Ich hab Gabriella vor ein paar Jahren getroffen, als ich durch das Land gereist bin. Weißt du, sie ist schon in Deutschland gewesen. Hat bisschen schwarz gearbeitet, fühlte sich viel mehr wohl hier als in Brasil. Am liebsten wollte sie hier bleiben. Irgendwie sollte doch jeder da sein dürfen, wo sie will, oder? Aber ging ja nicht, weil sie kein Aufenthaltsrecht hatte. Und da hab ich gesagt, lass uns doch heiraten. Dann ist das alles geregelt.«

Ich schnappe nach Luft.

»Das ist ja … Wahnsinn! Ich meine, du heiratest einfach mal eben so. Du gehst all die Verpflichtungen und so ein für eine Frau, die du kaum kennst. Nur weil sie hier in Deutschland leben will, und ohne dass ihr wirklich miteinander lebt, keine Beziehung hattet, nie Sex und all das?«

Sie zögert. »*Nie* würde ich nicht sagen.«

»Wie würdest du es denn sagen?«, seufze ich.

»Vielleicht hatten wir mal Sex. Aber es war eher ein Versuch. Herrjeh, na und?«

»Meine Güte, Lu«, keuche ich atemlos. »Du sammelst ja wirklich alles. Sogar Ehefrauen!«

»Stimmt nicht«, erwidert sie. »Davon habe ich nur eine. Das kannst du nicht *Sammeln* nennen.«

»Du warst also da, in deiner Heimat?«, will ich wissen. Das hat sie sich als Kind immer gewünscht: Die Ferien in Brasilien zu verbringen. Aber ihre Eltern fuhren mit ihr in andere Länder, um Urlaub zu machen. Nach Frankreich oder Spanien oder England, nach Korfu, Kreta, Zypern. Lu wusste nicht, wieso sie es so regelten.

Schlagartig erinnere ich mich an ein Gespräch, das meine Mutter eines Abends mit ihrer Mutter führte und in dem es um dieses Thema ging. Da hieß es übereinstimmend, dass es nicht gut sei für Lu, so rasch wieder in ihr Herkunftsland zurückzukehren. Sie müsse sich mit Deutschland identifizieren. Sie müsse ein Gefühl für ihr Zuhause bekommen. Ich habe Lu damals nichts von dieser belauschten Unterhaltung erzählt. Ich fand es einfach widerlich, wie viel Aufmerksamkeit und welch komplizierte Gedanken sich um Lu und ihr Zuhause-Gefühl drehten. Niemand, wirklich keine Menschenseele machte sich Gedanken darum, wo ich mich daheim fühlte. Bei mir wurde selbstverständlich vorausgesetzt, dass ich nirgends anders leben wollte als nur in unserem mickrigen kleinen Dorf. Wenn ich von Fernweh sprach, wurde ich nur belächelt. Doch wenn Lu ein Poster von einem brasilianisch anmutenden, weißen Sandstrand über ihrem Bett aufhängte, wurde augenblicklich der nationale Notstand ausgerufen.

Für mich war klar: Natürlich fühlte sich Lu in Deutschland zu Hause. Aber wenn sie Urlaub in Brasilien machen wollte, wieso denn nicht? Schließlich hatte sie die ersten zehn Jahre ihres Lebens dort gelebt. Was kein Grund war, schlechtes Deutsch zu sprechen, aber durchaus ein Grund sein mochte, um Heimweh zu haben.

»Oh ja, mehrmals. Ich habe mir das ganze Land angesehen. Vom nördlichsten Zipfel bis zum Süden hinunter. Ich war überall, wo es schön ist, und auch überall, wo es grässlich ist.«

»Was haben deine Eltern dazu gesagt?«

»Ich hab sie nicht danach gefragt«, grinst Lu, aber dann wird sie ernster: »Mama hatte Angst, dass ich dort bleibe. Sie hatte schon immer diesen Knall, dass ich ihnen den Rücken kehren würde, sobald ich an der Coppa Cabana stehe. Erst als ich nach dem ersten Mal wieder zurückkam und einen Dia-Abend für sie und Papa veranstaltet habe, hat sie sich wieder abgeregt. Bis zur nächsten Reise nach Brasil.«

»Das klingt ja noch genauso wie früher«, schmunzele ich. Unsere gesamte Jugendzeit hindurch war Lus Verhältnis zu ihrer Mutter davon geprägt, dass ihre Mutter extrem klammerte und Lu fortwährend um Autonomie bemüht war. Es war ein ständiges Festhalten und Losstrampeln. Alle zwei Tage gab es einen heftigen Streit und am darauf folgenden eine rührende Versöhnung.

»Ach nein«, lächelt Lu jetzt. »Wir verstehen uns prima. Weißt du, es ist eben schwer, wenn du dich nicht abnabeln kannst, weil keine Nabelschnur da war. Ich habe oft die Kinder beneidet, die adoptiert werden, wenn sie noch Babys sind und die lange Zeit nicht wissen, dass ihre Eltern nicht ihre Eltern sind.«

»Und jetzt?«

»Jetzt bin ich ich. Alles war wie es war. Mama ist Mama.

Papa ist Papa. Ich lieb sie wie verrückt und sie mich. Also? Einmal muss du aufhören, dich mit Vergangener zu beschäftigen.«

So selbstverständlich sagt sie das. Typisch für sie. So war sie früher schon. Wenn sie sich für etwas oder jemanden entschied, wankte sie keinen Millimeter mehr. Wenn sie mir wieder einmal eine meiner Gehässigkeiten verzeihen wollte, hatte sie schon verziehen. Wenn sie beschloss, dass etwas vorbei war, war es vorbei.

Eigentlich war klar, dass sie das sogar mit dem schwierigsten Thema in ihrem Leben irgendwann hinbekommen würde.

»Vergangenem«, korrigiere ich.

»Vergangenem«, wiederholt Lu leise und sieht mich sehr merkwürdig an. Ich kann ihren Blick geradezu körperlich spüren. Und er ist nicht angenehm. Ich fühle mich durchbohrt, ohne genau sagen zu können, wo die Einstichwunde sich befindet.

»Und was ist mit dir und Frauke?«

Der Satz hängt zwischen uns in der Luft.

Wer neugierig ist, muss mit Neugierde rechnen.

»Nichts«, erwidere ich ruhig.

»Das sah aber auch anders aus«, bemerkt Lu.

Ich zucke die Achseln. Über Frauke und meine unerfüllte Liebe will ich nun wirklich nicht sprechen. Mit Lu am allerwenigsten.

»Ich meine, sie hat zwar ihre süße Antonie, aber trotzdem hat sie immer nach dir geschaut.«

Jetzt horche ich auf. Ich war davon ausgegangen, dass Lu lediglich mein Interesse an Frauke bemerkt hat. Ihre Worte klingen nun aber so, als hätte sie auch von der anderen Seite durchaus etwas wahrgenommen.

»Nach mir?«, wiederhole ich lahm.

Lu wühlt mit einem Finger im Moos herum. »Ja, nach dir. Wo du bist. Was du machst. Mit wem du sprichst. Merkt man schon ganz schön doll, dass da irgendwas ist zwischen euch. Auch wenn du sagst, dass es *nichts* heißt.« Sie schmunzelt. Das kann ich hören. Obwohl ihr Gesicht sich hinter dem Schwung ihres dunklen Bubikopfes verbirgt, während sie scheinbar angestrengt aufs Moos hinuntersieht.

»Na ja, es war mal was …«, gebe ich jetzt zu. Frauke guckt, was ich mache? Mit wem ich spreche? Wo ich bin? Mir fällt auf, dass mein Herz sehr kräftig schlägt. »Vor etwa einem halben Jahr, als wir uns beim Chatten kennen gelernt haben. Das war eine ziemlich wirre Zeit. Ich war noch mit Ramona zusammen. Frauke hatte sich gerade von ihrem Freund Lothar getrennt. Und irgendwie wusste ich nicht rechtzeitig, was ich wirklich will. Oder vielleicht wusste ich es schon, habe es ihr aber nicht rechtzeitig gezeigt. Jedenfalls war ich viel zu lahm, und dann ist Antonie mir zuvorgekommen.«

Lu lacht auf. »Ja, die ist bestimmt ziemlich schnell, wenn sie etwas will.«

Was es daran zu lachen gibt, kann ich nun wirklich nicht nachvollziehen.

»Das klingt ja so, als würdest du nach eurer einmaligen Begegnung schon ziemlich viel von ihr halten. Ich wette, Antonie geht es da genauso. Vielleicht möchtest du ihre Telefonnummer?« Ich kann selbst hören, wie spitz meine Worte klingen.

Lu grinst immer noch. »Hab ich schon.«

Jetzt muss ich schlucken.

»Wow. Das entwickelt sich ja schnell mit euch. Soll ich Frauke schon mal vorwarnen?«

Jetzt verschwindet Lus Lachen schlagartig aus ihrem Gesicht. »Weißt du, Emma, du glaubst doch immer, dass du so sensibel bist und alles erspürst … wie kommst du auf die Idee, dass Antonie interessiert ist? Anders als eine ganz normale Freundin?«

»Weil Frauke beunruhigt schien. Und sie wird Antonie ja wohl kennen.« Ich weiß, das stimmt nicht ganz. Ich weiß, ich sollte das besser nicht sagen. Was ist nur los mit mir? Normalerweise verbreite ich doch nicht solche Gerüchte. Es ist, als wäre ich wieder dreizehn und gerade dabei, Lu mit einer (so gut wie) erfundenen Geschichte über unsere Lehrerin Frau Pflaume und den Rektor, Herrn Klemp, zu beeindrucken.

Lu sieht aber gar nicht mehr wie dreizehn aus. Und auch nicht beeindruckt. Sie runzelt nur die Stirn. »Aber die beiden sind doch erst ein paar Monate zusammen.«

»Sieben Monate und etwas mehr als zwei Wochen.«

»So genau weißt du das?«

Ich schweige.

Lu rechnet nach. »Sieben Monate? Na, dann ist doch alles klar! Nach der ersten Hochverliebtenzeit haben sie sich jetzt ein bisschen beruhigt und nehmen auch ihre eigenen Leben wieder auf – nicht nur das zu zweit, weißt du? Dazu gehört natürlich auch, Freundschaften zu knüpfen, wenn einem sympathische Menschen begegnen.« Mir ist klar, dass sie sich damit meint, und zwar nicht als Scherz. Sie hält sich wirklich für einen sympathischen, wertvollen Menschen, mit dem andere gern Freundschaften eingehen würden. Ein gesundes Selbstwertgefühl, meine Güte, das muss ich schon sagen.

Vielleicht würde mir ein Bruchteil davon schon weiterhelfen in meinem Leben.

Denn auch wenn mein Spiegelbild mir jeden Morgen versichert, dass ich schön bin, bin ich deswegen noch lange nicht der Meinung, dass irgendjemand Wert auf meine Gesellschaft legen könnte.

»Du meinst also, dass Antonie dir gar nicht gefallen hat?«, resümiere ich scherzhaft, um die Situation wieder zu entschärfen, und wiege den Kopf. »Das sah aber auch ganz anders aus.«

Jetzt lächelt Lu wieder. »Mir fällt auf an dir, Emma, dass du dir zu schnell ein Bild malst, von dem, was Menschen wirklich meinen. Legst zu viel Wert auf deine heilige Sprache. Ist dir das nie aufgefallen? Ich habe doch nicht gesagt, dass Antonie mir nicht gefällt. Ich finde, sie muss einem einfach gefallen, meinst du nicht?«

Sie hält kurz inne, aber ich sehe gar nicht ein, darauf zu antworten. Natürlich meine ich nicht, dass Antonie einem einfach gefallen muss. Ich finde sie zu übersprudelnd, zu extrovertiert, zu direkt, zu klein, zu sportlich, zu tierärztinnenhaft, zu sehr Fraukes Partnerin.

Als ich nichts erwidere, räuspert Lu sich. »Sie hat so was Lebendiges. Schon allein wie ihre Augen leuchten. Und sie wirkt sehr heiter, wie Sonnenschein. Klar, sie ist nicht wirklich schön, dazu ist ihre Nase irgendwie zu gebogen, und die kleine Zahnlücke ist nun auch nicht unbedingt das, was sich ein Popstar leisten könnte … aber ich find das ziemlich … sexy.«

Ich fühle mich plötzlich so schön und deswegen so schwer, dass ich glaube, ich werde nie wieder von diesem Fleckchen Erde aufstehen können. Ich werde hier kleben bleiben wie ein wunderbar geformter Fels. Ebenso zeitlos schön. Und ebenso fröhlich und lebendig.

Natürlich mache ich Eindruck auf die Menschen. Etwas Schönes macht immer Eindruck. Es fordert geradezu heraus, hinzustarren, zu bewundern, vielleicht ja auch, zu gucken, was es macht und mit wem es spricht. Aber gewiss löst es kein so entzücktes Grinsen aus, wie ich es gerade auf Lus Gesicht beobachten konnte, als sie von Antonie sprach. Und ganz gewiss lässt es eine nicht sagen: ›Sexy!‹

›Wenn es jetzt doch schon geschehen ist?‹, echot Armins Stimme in meinem Kopf. ›Wenn doch Lu und Antonie Gefallen aneinander finden und Frauke zudem auch vielleicht ein klitzekleines bisschen eifersüchtig ist, wäre das nicht eine gute Ausgangsposition, um dich wieder oder vielmehr endlich ins rechte Licht zu rücken?‹

»Antonie findet dich auch ziemlich klasse«, höre ich mich sagen.

Ich atme möglichst ruhig. Obwohl ich am liebsten nach Luft schnappen möchte.

Ich sollte das lassen. Sofort.

Lu räuspert sich. »Sympathisch«, sagt sie. »Sie hat gesagt, ich bin ihr sympathisch.«

Irre ich mich oder ist auch sie plötzlich ein kleines bisschen angespannter als gerade noch?

Ich könnte noch etwas sagen. Ich könnte es noch ein bisschen weitertreiben. Aber ich bin doch kein Teenager mehr. Ich bin erwachsen. Ich spiele nicht mit den Gefühlen anderer. Ich führe keine Intrigen an. Ich habe sowieso schon viel zu viel gesagt. Lu ist eine fremde Person. Gar nicht eingebunden in unsere Beziehungsgeflechte, in diese kleine Geschichte, die sich zwischen Frauke und Antonie und mir entwickelt hat. Ich sollte ihr nicht solche Dinge sagen.

»Hast du – unabhängig von deiner Gabriella, die ja nicht wirklich deine Partnerin ist – also, hast du eine Beziehung?«, frage ich Lu.

Sie schüttelt den Kopf. Dann macht sie den Arm lang, greift nach etwas und pellt ein neues Stöckchen aus seiner Rinde. Es ist noch frisch und der würzige Baumgeruch steigt zwischen uns auf.

»Verrückt«, sagt sie. »Dass ausgerechnet du nicht diejenige bekommen hast, die du willst.«

Ich erwidere darauf nichts.

»Früher war es jedenfalls immer so, dass du bekommen hast, wen du wolltest. Du brauchtest doch nur mit dem kleinen Finger zu wedeln, und schon fielen die Jungs reihenweise um.«

»Vielleicht liegt es daran, dass Frauke kein Junge ist«, versuche ich einen Scherz.

Lu reckt sich. »Au Mann! Ich glaube, Kasper hat dahinten einen Kaninchenbau entdeckt. Das kann ins Auge gehen, wenn er sich zu tief gräbt. Einmal musste ich ihn ausgraben.« Angestrengt starrt sie den Hang hinunter und beobachtet das eifrig hopsende Hinterteil ihres Hundes, um das herum in wilden Eruptionen Fontänen von Dreck fliegen.

Ich weiß nicht, was mich dazu hinreißt. Aber ehe ich noch einen klaren Gedanken fassen kann, habe ich es schon gesagt: »Lu, kannst du dir vorstellen, dass ein Haus am anderen Ende der Stadt dich ruft?«

»Emma«, sagt sie und sieht mich kurz auf diese Weise an, die deutlich sagt, dass ich mich ihrer Meinung nach in eine spinnerte Idee verrannt habe. Ich wende den Blick ab und starre in die andere Richtung in den Wald hinein, als hätte ich dort etwas höchst Interessantes entdeckt.

Lu fährt fort: »Erstens: Ein Haus kann nicht sprechen! Zweitens: Erst recht nicht zu einer bestimmten Person. Drittens: Schon gar nicht über mehrere Kilometer hinweg.«

›Und wenn doch?‹, denke ich.

»Lu, wieso hast du mir nicht im *Yellow* schon gesagt, dass du lesbisch bist?«, frage ich.

Doch als ich jetzt aufsehe, ist sie bereits aufgesprungen und den Hang hinunterschliddernd unterwegs zu dem mittlerweile kriegerisch grabenden Kasper. Wahrscheinlich hat sie gar nicht gehört, was ich gesagt habe.

8. Kapitel

»Nachmieter für individuelles Wohnen! Ökolog. Holzhaus, Strom-Selbstvers. durch Solaranl., Ferienbetreuung von Freigangkatzen erwünscht.«

Ich weiß nicht, wie mir jemals die Idee kommen konnte, dass es eine spaßige Sache sein würde, den Doktortitel zu erlangen.

Für ein ganzes Jahr auf mein volles Gehalt als Dozentin zu verzichten und stattdessen diese halbe Stelle zu bekleiden, bei der es mehr oder weniger darum geht, den Unterricht der anderen mit vorzubereiten. Ich vermisse meine eigenen Stunden, die StudentInnen, ihre Fragen, ihren Eifer, ihre Wissbegier, die Aufregung der Erstsemester, die zur Schau gestellte Lässigkeit der Zweitsemester. Ich vermisse es, Gesichtern aus den Seminaren in der Cafeteria zu begegnen, ihnen zuzunicken und ihren Stimmen und Gesprächen zu lauschen. Mein normaler Arbeitsalltag kommt mir mittlerweile verlockend vor, denn jetzt hocke ich morgens in einem unpersönlichen No-Name-Büro an der Uni, lese, recherchiere, stelle zusammen, kopiere, arbeite rein theoretisch. Nachmittags hocke ich dann hier zu Hause an meinem schönen Schreibtisch. Aber auch hier lese und recherchiere ich, stelle ich zusammen und arbeite rein theoretisch.

Anfangs war ich noch mit Feuereifer dabei. Ich dachte,

nichts sei wichtiger als meine Forschungsarbeit und meine wissenschaftliche Meinung.

Jetzt frage ich mich: Wen interessiert eigentlich die Darstellung von Moral und Ethik in den Briefen, die sich die wenig bekannte deutschfranzösische Schriftstellerin Madelein Chapel und der Dichter Egon Goldmann Anfang des letzten Jahrhunderts schrieben?

An Tagen wie diesem interessiere nicht einmal ich mich dafür. Und manchmal wird es über diesem Frust schon Abend, bevor ich der Arbeit auch nur einen vernünftigen Satz hinzugefügt habe – so wie heute.

Statt sich brav über die Wertevorstellungen von Menschen herzumachen, die schon lange tot sind, fliegen meine Gedanken hierhin und dorthin.

Nirgends wollen sie sich lange aufhalten, bei Wichtigem schon gar nicht. Nebensächliches wird plötzlich zum Lebensmittelpunkt. Mal scheint es furchtbar wichtig, die Fenster zu putzen. Dann wieder lässt sich das Fingernägelfeilen unmöglich aufschieben. Ich schleppe nacheinander eine Tasse Tee, dann Salzgebäck, dann Schokolade, dann eine Kiwi und Weintrauben, dann den letzten Karamell-Pudding aus der Küche an meinen Schreibtisch. Wirklich Hunger habe ich nicht.

Ich denke sogar daran, meine Mutter anzurufen. Mit meinem Vater telefoniere ich so gut wie nie. Auch meine Mutter und ich hängen nicht ständig an der Leitung. Alle drei Wochen etwa ein Telefonat. Das genügt uns beiden zum Kontakthalten und Neuigkeitenaustauschen.

Es fällt mir allerdings auf, dass ich in den letzten Tagen vermehrt an meine Eltern denke. Natürlich liegt das an Lu.

Sie ist wie ein Kieselstein in den See der Erinnerungen gefallen. Vom Punkt ihres Eintauchens ausgehend, ziehen kleine, kaum sichtbare Wellen mit Bildern an meinen inneren Strand. Keine besonderen Momente, nur Kleines, Unwichtiges, fast schon Verlorenes.

Die Terrasse im Sommer, mein Vater am Grill, lauthals lachend, weil der Nachbarshund ein Schnitzel geklaut hat. Meine Mutter, wie sie den Weihnachtsbaum schmückt und leise *Stille Nacht* singt. Wir drei vor dem Fernseher bei einem Miss-Marple-Film.

Bilder, die allesamt aus meiner Kinder- und Jugendzeit stammen und beinahe ein wenig Heimweh erzeugen. So was Dummes. Als wäre früher irgendetwas besser, schöner, reicher gewesen. Ich fange schon genauso an, die Vergangenheit zu verklären, wie meine Oma es früher getan hat.

Ich weiß genau, wenn ich meine Mutter jetzt anrufe, werde ich von Lu erzählen. Ich will aber nicht von Lu erzählen. Niemand anderem und mir selbst auch nicht. Weil ich nicht weiß, wie ich von ihr erzählen soll. Unser Spaziergang im Wald wirkt noch nach, auch wenn er schon ein paar Tage her ist.

Daher kommt mir Armins SMS gerade recht: ›Lust auf spontane Besichtigung von Freigangkatzen? Um sechs in der Krötengasse 23. Du auch?‹

Wunderbar! Eine tolle Gelegenheit, ihn auf seinen wiederholten Besuch bei WG-Daniel anzusprechen.

Armin erwartet mich bereits vor dem Haus, als ich ankomme.

»Super pünktlich!«, stellt er mit Blick auf seine Uhr fest.

»Nein«, erwidere ich. »Zu früh. Pünktlich ist pünktlich. Zu spät ist zu spät und zu früh ist zu früh.«

Armin ist immer zu früh.

So wie Lu immer zu spät ist.

Ich schüttele kurz den Kopf, wie um eine lästige Fliege loszuwerden.

»Gehen wir rein?«

Das Haus sieht schon von außen sehr individuell aus. Es ist ein kleiner Klotz mit einem grünen Dach, das nach Süden zum Garten hin steil abfällt. Dort wo kein Gras und Moos wächst, sind Solarzellen angebracht, die sich auf Ständern mit Scharniergelenken befinden.

»Die drehen sich mit der Sonne«, erklärt uns Irmgard, wie sich die Vormieterin gleich sehr persönlich vorstellt. Sie ist extra aus der Wohnung im ersten Stock heruntergekommen, um uns auf diese Besonderheit des Hauses gleich zu Anfang hinzuweisen. »Oben unterm Dach hört man es manchmal sogar, wenn es windstill ist. Knirsch, knirsch.« Sie kichert ein bisschen, und Armin wirft mir einen viel sagenden Blick zu.

»Die Miete ist wegen dieser aufwendigen Anlage ein bisschen höher. Aber dafür müsst ihr auch nichts an die Stadtwerke zahlen für den Strom. Nur das Wasser eben. Wasser werdet ihr ja trotzdem benutzen, nicht? Ich geh mal vor. Oben könnt ihr euch in Ruhe alles anschauen. Ist ja ein alternatives Haus. Da geht alles ein bisschen langsamer. Hat aber auch seinen Vorteil.« Sie lacht über ihre eigenen Worte und nimmt die erste Stufe.

»Irmgard scheint ja eine echte Witzpille zu sein«, flüstert Armin mir leise zu und hakt sich bei mir ein, während wir die schmale Holztreppe hinaufsteigen.

»Können ja nicht alle so reizend sein wie Daniel«, raune ich unverfänglich zurück.

Armin schaut mich von der Seite an. »Sie hat's dir erzählt, wie?«

»Sicher hat Lu es mir erzählt. Sie war schließlich gerade auf dem Weg zu einer Verabredung mit mir, als du ihr in die Arme gerannt bist. Wohlgemerkt eine Verabredung, die ich eigentlich lieber mit dir gehabt hätte. Ich habe mich natürlich gefragt, wieso du einen heterosexuellen Beinahe-WG-Genossen lieber besuchst, als mit deiner besten Freundin eine herrliche Wohnung anzusehen«, sage ich. »Im Übrigen hast du echt etwas verpasst. Die Wohnung war ein Traum! Das war ja bei der Anzeige schon klar. Seeblick.«

Armin seufzt. »Ich wusste, dass sie es dir wahrscheinlich sagen würde. Da hab ich lieber erst gar nicht drum gebeten, es zu verschweigen.«

»Das ist keine Antwort! Warum Daniel und nicht ich?«

»Weil mich das besser ablenkt, deshalb«, brummt Armin. »Wenn ich Kummer habe, tut es mir manchmal gut, mit Menschen zusammen zu sein, die nichts davon wissen. Dann muss ich mich mächtig zusammenreißen, ein bisschen schauspielern und lachen. Und am Ende geht es mir bei all dem Geheuchel dann doch ein bisschen besser. Es ist, als würde ich mir selbst zeigen, dass es geht. Ich kann auch ohne ihn glücklich sein.«

»Sicher kannst du …«, beginne ich, werde aber von Irmgard unterbrochen, die sich zu uns umdreht, während sie die Wohnungstür aufstößt, die sie nur angelehnt hatte. »Abschließen braucht ihr hier eigentlich nicht. Die Stövers sind nur abends da. Und dann sind die auch froh, wenn sie ihre Ruhe haben. Haben mächtig viel zu tun in ihrer Firma. Die machen ja diese Solartechnik. In einer ehemaligen Stahlfabrik, wusstet ihr das?«

»Nein, eigentlich nicht«, antwortet Armin höflich.

Wir betreten hinter Irmgard die Wohnung, in der es riecht wie in einem Esoterikladen.

»Sicher kannst du auch ohne Rolf glücklich sein«, wispere ich Armin zu. »Aber nicht so lange du offiziell mit ihm zusammen bist.«

»Ich bin doch offiziell gar nicht mit ihm zusammen«, erwidert mein Freund ein wenig heftig.

»Wie?«, fragt Irmgard irritiert.

»Nichts, nichts«, brummelt Armin und lächelt freundlich.

»Das meine ich doch gar nicht. Ich meine, dass du es so empfindest. Du fühlst dich so, als seiest du mit ihm zusammen. Und das macht dich unglücklich«, flüstere ich, und Armin seufzt tief.

Irmgard dreht sich zu uns um. »Das hier wäre also die Diele. Nicht sehr groß, damit sie nicht geheizt werden muss. Das wäre ja Verschwendung. Und direkt hier vorn ist das Schlafzimmer. Da könnt ihr es euch schön kuschelig machen. Im Sommer ist es hier kühl, im Winter muckelig. Ganz ideal. Guckt euch nur in Ruhe um.«

Beflissen treten Armin und ich in den kleinen Raum, der ein einziges, winziges Fenster besitzt, das aussieht wie eine Schießscharte.

Irmgard steht offensichtlich auf selbst bemalte Seidentücher und Räucherstäbchen auch am Bett. Ich hüstele verhalten.

»Jetzt sei doch wieder gut mit mir«, bittet Armin halb scherzhaft. »Immerhin hattest du eine andere, reizende Begleitung. Wie war es denn mit ihr?«

Ich schnaube durch die Nase und trete wieder hinaus in die Diele.

»Frag bloß nicht!«

Armin folgt mir auf den Fersen.

Der nächste Raum ist der Wohnraum, ebenfalls mit Holzdielen, auf denen ein paar Webteppiche übereinander liegen.

»Hier drunter ist der Wintergarten«, erklärt uns Irmgard mit leicht gewellten Lippen. »Da solltet ihr auf alle Fälle was Warmes drauflegen. Wird im Januar, Februar doch ganz schön fußkalt. Teppich kleben geht aber nicht. Das stört die Luftzirkulation im Haus.«

»Wieso soll ich nicht fragen? Hat sie dich vor den Vermietern blamiert?«, will Armin neugierig wissen und beugt sich zum Boden, um mit einer Handfläche den Wärmegrad zu testen.

»Nur im Winter«, bemerkt Irmgard, und Armin nickt ihr zustimmend zu, um sich gleich wieder mir zuzuwenden.

»Ach, du hast sie doch kennen gelernt. Sie ist eben dieser extrovertierte Typ. Hat das Gespräch total an sich gerissen und mir hinterher vorgeworfen, ich sei miesmuffelig gewesen«, erzähle ich und gehe zum Fenster hinüber, um von dort aus einen Blick in den Garten zu werfen.

»Hübscher Ausblick, nicht? Mittags ist der ganze Raum in Licht getaucht«, weiß Irmgard schwärmerisch zu berichten.

Als ich mich wieder umwende, sehe ich, wie Armins Augen blitzen. »Das hat sie gesagt? Echt? Warst du es denn?«

»Unsinn. Ich war ganz normal. Lu hat aber später selbst gesagt, dass die Vermieterin am Anfang einen ganz schönen …« Ich senke die Stimme. »›Stock im Arsch‹ gehabt hat.«

Armin prustet laut heraus.

»Das hier wäre dann das Bad«, deutet Irmgard voraus auf einen kleinen Durchgang.

Armin und ich wollen uns gleichzeitig durch die schmale Tür schieben und drohen einen Augenblick, stecken zu bleiben.

»Nach dir!«, sagt Armin dann.

Irmgard schlägt vor: »Ich komm mal lieber nicht mit rein. Das wäre wohl zu eng. Aber wenn ihr die Tür schließt, könnt ihr die Messgeräte dahinter sehen. Daran könnt ihr erkennen, wie viel Strom am Tag, in der letzten Woche und im vergangenen Monat von den Solarzellen produziert worden ist. Daraus könnt ihr dann zum Beispiel schließen, wie viel Kubikmeter Wasser ihr mit der gewonnenen Energie erwärmen könnt. Seht ihr?«

Ich schließe gehorsam die Tür.

»Was ist das hier für ein alternatives Mäuseloch!«, zischelt Armin mir ins Ohr, während wir auf ein Messgerät starren, von dem ich auf rein gar nichts schließen kann. »Und sonst? Wie war das Treffen mit ihr? Warst du bei ihr zu Hause?«

»Ist ja sehr interessant!«, sage ich laut zur Badezimmertür.

Draußen lacht Irmgard. »Ja, aber ihr müsst aufpassen. Das kann zu einer fixen Idee werden. Ich gucke da wirklich jeden Morgen und jeden Abend drauf. Ist schlimmer als eine Waage.«

Armin und ich wechseln einen Blick, der erkundet, ob wir vielleicht Maßgebliches nicht von einander wissen. Stellt sich womöglich eine(r) von uns morgens und abends auf eine Waage?

Wir schütteln beide den Kopf.

»Sie sammelt immer noch all diesen Müll.«

»Müll?«

»Hab ich dir doch erzählt. Füller und Federn und Stofftiere und Spielfilme und so. Ihre ganze Wohnung ist damit voll gestopft.«

»Die Wanne ist erst letztes Jahr eingebaut worden. Sie ist einfach klasse. Super gemütlich«, ertönt von draußen Irmgards Stimme.

Wir blicken beide auf die Badewanne, die aussieht wie eine normale Badewanne.

»Wenn man dich so hört, könnte man meinen, dass du Lu immer noch nicht besonders gut leiden kannst«, bemerkt Armin und zählt an den Fingern ab: »Sie ist unordentlich. Sie kann nicht gescheit mit Messer und Gabel umgehen. Sie ist niemals pünktlich. Sie bringt keinen Satz grammatikalisch richtig raus …«

»Du hast noch was vergessen«, helfe ich ihm nach, ohne ihm auch nur in einem Detail widersprechen zu wollen. »Sie ist so übertrieben hilfsbereit, dass sie einfach viel zu leicht ausgenutzt werden kann, und sie merkt es dann nicht einmal. Sie geht auch noch darin auf. Stell dir vor: Sie hat geheiratet. Ich meine, sie ist eine eheähnliche Partnerschaft eingegangen. Mit einer Brasilianerin, die sie gar nicht kannte. Nur, weil die gern hier in Deutschland leben will. Einfach so.«

Armin greift in den Duschvorhang.

»Moment mal! Lu ist verheiratet mit einer Frau?«

Ich nicke und weise ihn darauf hin, dass sich bereits ein Haken am oberen Ende löst. Armin lässt den Vorhang los.

»Die Waschbeckenamaturen könnten mal erneuert werden, finde ich. Das solltet ihr aber am besten mit Stövers selbst besprechen. Die sind in Ordnung. Die machen so was auch mal nebenbei.«

»Heißt das, was ich denke, dass es heißt?«, will Armin ahnungsvoll wissen.

»Wenn du wissen willst, ob Lu lesbisch ist … ja, ist sie«, sage ich und öffne die Badezimmertür wieder.

Irmgard steht direkt davor und strahlt uns an. »Gefällt's euch?«

Ich nicke.

»Ich glaube, ihr werdet den Stövers auch gefallen«, schätzt Irmgard uns mit einem Blick von oben nach unten ein. »Ihr seid irgendwie so … natürlich.«

Ich lächele sie herzlich an.

»Da wäre dann noch das Herzstück der Wohnung«, sagt Irmgard mit der Stimme einer Märchentante. »Die Wohnküche!« Damit reißt sie die letzte Tür auf und lässt uns eintreten.

»Das ist ja wirklich ein Hammer!«, stößt Armin mit abwesendem Blick hervor.

»Sagenhaft, nicht?«, freut sich Irmgard.

»Lu und … also, das muss ich jetzt erst mal sortieren!«, murmelt Armin. »Das ist ja ein hammerharter Zufall. So was gibt's doch nicht.«

»Hab ich damals auch gedacht, als ich die Wohnung sah!«, beteuert Irmgard.

In dem Moment klingelt das Telefon.

Unsere Gastgeberin ist für ein paar Sekunden im Zwiespalt. Doch dann sagt sie freundlich: »Ihr wollt euch sicher noch in Ruhe umsehen. Ich schau nur mal fix, wer das ist«, und sprintet in die kleine Diele zum Telefon.

»Diese Frau, mit der sie … na ja, sie sind nicht wirklich ein Paar, aber irgendwie ja doch, jedenfalls sieht sie gar nicht aus wie eine Brasilianerin. Ich habe sie auf dem Schwoof gesehen. Sie ist blond. Hellblond. Ich glaube, sie nutzt Lus Gutmütigkeit nur aus, um sich hier ein schönes Leben zu machen. Unglaublich, wie man so kurzsichtig sein kann, das nicht zu merken.« Ich schüttele den Kopf.

In der Küche ist der Herd mitten in den Raum gesetzt und grenzt direkt an den großen, fest einbauten Tisch, an dem bestimmt 10 Leute Platz hätten. Dieser Raum ist wirklich schön. Tatsächlich ein Herzstück.

Armin streicht mit dem Finger über die Kupferpfanne, die von einem schmiedeeisernen Gestänge von der Decke baumelt, genau wie diverse andere Töpfe und Kochutensilien.

»Wenn sie wirklich so scheußlich ist, wie du immer sagst, wieso hast du sie dann eigentlich eingeladen, mit dir zu dieser tollen Besichtigung zu gehen?«, will er mit scheinheiliger Miene wissen.

Zur Probe setze ich mich an den großen Tisch. »Ich weiß nicht. Vielleicht hatte ich meinen nostalgischen Tag. Aber als sie zu spät kam, habe ich es gleich bereut. Es war die gleiche Leier wie früher. Werde ich bestimmt nicht wieder machen.«

Armin lässt aber nicht locker.

»Was ihre Gutmütigkeit angeht, die dich so annervt: Wenn ich mich recht erinnere, hast du damals ja auch das eine oder andere mal von Lu profitiert, ohne dich allzu überschwänglich erkenntlich zu zeigen«, bemerkt er spitz.

Ich werfe ihm einen meiner berüchtigten arroganten Blicke zu.

Wenn du etwas wundervoll kannst, wenn du schön bist, dann ist es: arrogant gucken.

Diese Nummer mit den hochgezogenen Brauen, den streng gepressten Lippen und dem kühlen Blick.

Leider sieht Armin gerade nicht zu mir hin, sondern ist damit beschäftigt, den Herd zu untersuchen.

»Ich glaube, das ist so einer mit intelligenten Kochplatten«, murmelt er. »Wenn du nichts auf der Platte stehen hast, geht sie auch nicht an.«

»Noch mal zurück zu deiner netten Vermutung, dass ich Lu genauso ausgenutzt habe wie gewisse blonde Brasilianerinnen«, knurre ich zwischen den Zähnen durch. Lange kann ich meinen arroganten Blick nicht aufrecht halten. Wenn er jetzt nicht langsam hersieht, wird mir alles entgleiten. »Hast du noch weitere, interessante Theorien zu meinem Verhältnis zu Lu?«

»Klar«, sagt Armin fröhlich, sieht auf, mir ins Gesicht, und sein Lächeln verändert sich schlagartig in Richtung amüsiertes Grinsen. »Du hast mit ihr ein Problem, weil du bei ihr nicht die Nummer Eins bist.«

Jetzt fällt mir wirklich alles aus dem Gesicht. Nicht nur meine arrogante Miene.

»Was?«, fahre ich hoch.

»Einen Augenblick noch!«, ruft Irmgard beschwingt aus der Diele.

»Ja, ich denke, Lu fällt unter dein Mittelpunkt-Syndrom«, erklärt Armin.

»Da stimmt nicht«, fauche ich meinen besten Freund an. »Das ist ganz sicher nicht der Grund, weswegen ich ihr gegenüber so verunsichert bin. Für Lu war ich immer der Mittelpunkt. Unsere ganze Kindheit hindurch war ich der Mittelpunkt für sie.«

»Das ist es ja: Du *warst* es. *Jetzt* ist es aber anders!« Ich hasse es, wenn er dieses Schlaumeiergesicht macht.

»Klugscheißer«, nuschele ich undeutlich.

»Da bin ich wieder!«, freut sich Irmgard und betritt erneut die Küche. »Was mir gerade noch einfiel: Stövers haben ja drei Katzen. Die laufen draußen rum, jagen Mäuse und was Katzen alles so machen.« Sie lacht gackernd. »Und wenn Stövers im Urlaub sind, hätten sie es ganz gern, wenn ihr euch um die Katzen kümmern würdet. Sind ja nur drei Wochen im Jahr. Da müsst ihr dann das Futter hinstellen und frisches Wasser und jeden zweiten Tag ein bisschen Hühnchenfleisch abkochen. Das war's auch schon. Katzenklo haben die ja Gott sei Dank nicht, weil sie sich im Garten ihre Eckchen suchen. Ich denke, das ist doch o. k. Für so eine Wohnung würdet ihr bestimmt auch noch andere Dinge tun, nicht?«

»Na, sicher«, beteuert Armin rasch.

»Ich mag Hunde ja lieber«, sage ich.

* * *

Nach unserem Aufbruch vom Ökohaus, von dessen Tür aus uns eine winkende Irmgard verabschiedet, kehren wir diesmal nicht gemeinsam irgendwo ein, um einen Milchkaffee zu trinken.

Armin gibt vor, noch eine Verabredung zu haben. Und ich spreche davon, dass zu Hause eine Menge Arbeit auf mich wartet.

In Wahrheit sind wir beide nach unserem Gespräch etwas angepiekst und wollen erst mal ein bisschen Ruhe voreinander.

Ich kenne das. Beim nächsten Treffen können wir bestimmt wieder darüber lachen. Wobei seine Behauptung, Lu falle unter mein Mittelpunkt-Syndrom, schon ein echter Knaller war, der eigentlich zwei Wochen Schmollen verdient hätte.

Und so hocke ich nach dieser kurzweiligen Ablenkung wieder an meinem Schreibtisch und starre auf den Monitor, von wo aus sich die zuletzt geschriebenen Zeilen meiner Doktorarbeit vom langen Draufstarren bereits in meine Netzhaut brennen.

Am Ende ist es gar keine üble Idee, wenn ich meine Mutter anrufe. Wir haben schon seit Wochen nicht telefoniert.

Sehen tun wir uns meist nur ein- bis zweimal im Jahr zu besonderen Anlässen wie Weihnachten oder Geburtstagen. Kurze Zeit nachdem Lu und ich unser Abi in der Tasche hatten und beide von zu Hause fortgeflogen waren, verkauften meine Eltern die Doppelhaushälfte und zogen an die Nordsee. Immobilien kann man überall verkaufen, wusste mein Vater, der Makler.

Die Fahrt dauert nur etwas über drei Stunden, aber trotzdem halte ich nichts davon, so an der Scholle zu kleben wie ich es von manchen Bekannten kenne, die ihre Eltern jedes Wochenende zum Grillen sehen.

Nach zwei Freizeichen hebt meine Mutter ab.

»Rusche?«

»Hallo, Mutti! Ich wollt nur mal hören, wie es bei euch so läuft. Wie geht's?«

»Ach, das ist ja schön, dass du anrufst. Wir haben heute Morgen noch von dir gesprochen, und ich hab gesagt, ich muss mich unbedingt mal wieder melden. Prima geht's uns. Dein Vater ackert noch im Garten rum. Das Wetter ist ja herrlich. Bei euch auch?«

»Ja, wunderbar.«

So geht es eine Weile, und ich wechsle den Sitzplatz, schlendere vom Schreibtischstuhl hinüber zum bequemen Sofa, lege die Beine hoch und genieße den kleinen Plausch. Manchmal ist es richtig schön, die Eltern zu hören und zu erfahren, womit sie so ihre Tage verbringen.

»Was macht deine Arbeit? Kommst du voran?«, fragt meine Mutter schließlich, wie jedes Mal, wenn wir telefonieren.

Meine Mutter ist eine kluge, gebildete Frau, die nichts fantastischer findet, als eine Tochter, die bald den Doktorgrad erlangen wird.

»Leider lange nicht so, wie ich es mir wünschen würde«, stöhne ich verhalten.

»Woran liegt das?« Sie klingt besorgt.

»Ich weiß nicht. Ich glaube, ich habe eine Sinnkrise. Frage mich plötzlich, wieso ich ausgerechnet dieses Thema ausgesucht habe, wieso ich überhaupt diese ganze Arbeit auf mich lade, nur um hinterher ein *Dr.* vor meinem Namen tragen zu können.«

Meine Mutter ergeht sich eine Weile darin, dass keine Schriftstellerin so maßlos verkannt und unterschätzt wurde wie Madelein Chapel, dass Egon Goldmann ihrer Meinung nach der größte Lyriker neben Goethe und Schiller war und dass meine Arbeit ein Meilenstein in der Literaturwissenschaft sein wird, nach der sich alle die Finger lecken werden. So spannend und unterhaltsam und kulturell wichtig findet sie diesen verfluchten Briefwechsel, dass ich am Ende sogar bereit bin, selbst wieder daran zu glauben.

Ich liebe diese Telefonate mit meiner Mutter.

Bei Liebeskummer ist sie eine echte Katastrophe, die mit ihrem gut gemeinten, aber leider grässlich deplazierten Beistand alles nur noch schlimmer für mich macht. Aber bei Sinnkrisen in der Arbeit ist sie Spitze.

Leider interessiert sie sich aber auch für besagte andere Seite meines Lebens. Und nachdem sie sich ausführlich zu meiner Doktorarbeit geäußert und mir neuen Mut zugesprochen hat, kommt es, wie es kommen musste:

»Schätzchen, ich mach mir trotzdem Gedanken, woher diese Antriebslosigkeit kommt. Kann es sein, dass du Ramona noch vermisst?«, forscht sie nach.

»Ach, Mutti«, sage ich. »Das ganz sicher nicht.«

»Na, manchmal weiß man es selbst nicht so genau, wo der Hase im Pfeffer liegt, und am Ende hängt wieder alles an der Liebe. Kann doch sein, dass du nicht gern allein bist. Dein Vater und ich kriegen uns ja auch hin und wieder mal in die Wolle, wenn er wieder seine kritische Phase hat. Aber trotzdem möchte ich ihn nicht missen. Wenn ich mir das vorstelle … also, da würde ich bestimmt auch keine Dissertation hinbekommen.«

Irgendwie fällt mir nichts ein, was ich darauf antworten könnte. Natürlich ist das Unsinn. Ich kann gut allein sein. Und es stört mich bestimmt nicht, dass nicht jemand maulend oder störrisch schweigend im Garten herumpuzzelt. Aber trotzdem berühren ihre Worte mich seltsam.

»Oder gibt es jemand Neues?«, hakt sie jetzt nach.

Einen kurzen Augenblick sehe ich Fraukes Gesicht vor

mir. Doch ich schiebe dieses Bild mit aller Kraft zur Seite. Meine Mutter weiß nichts von den Verwicklungen und den Umständen, unter denen Ramona und ich auseinander gegangen sind. Das soll sich auch nicht ändern.

»Nein, niemand in Sicht.«

Meine Mutter atmet einmal tief ein und wieder aus.

»Tja, so was braucht alles seine Zeit.«

Ich weiß nicht, ob sie damit meint, dass es Zeit braucht, um eine Trennung zu verwinden oder dass es dauert, um wieder eine zu finden, in die ich mich verlieben könnte. Ich weiß nur, dass sie sich offensichtlich mehr Gedanken um mein Privatleben macht, als mir lieb ist.

»Rate mal, wen ich neulich getroffen habe«, sage ich daher rasch, bevor ihr noch etwas anderes Persönliches zu fragen einfällt. »Die Lu Streubel.«

»Ach was!« Meine Mutter lacht erfreut, und im gleichen Augenblick bereue ich, das erwähnt zu haben. Meine Eltern mochten Lu beide sehr. Sie sahen es gern, wenn ich etwas mit ihr unternahm und luden Lu sogar zu Familienfeiern ein, auf denen sonstige Klassenkameradinnen nichts zu suchen gehabt hätten. Vielleicht machten sie bei Lu eine Ausnahme, weil sie so ein gewinnendes Wesen hatte, so fröhlich war und nie schlecht gelaunt, wie meine Eltern es etwa von ihrer eigenen Tochter zur Genüge kannten. Vielleicht war es auch die Traumvorstellung davon, dass zwei Mädchen ohne weitere Geschwister, die Tür an Tür aufwachsen, doch einfach beste Freundinnen werden müssen.

»Und was macht Lu?«, will meine Mutter gespannt wissen. »Sie ist doch bestimmt Schauspielerin geworden, oder?«

»Du wirst lachen«, sage ich und schmunzele selbst ein bisschen. Denn schließlich hatte auch ich automatisch angenommen, dass sie ihren großen Traum verwirklichen würde. »Sie ist Floristin.«

»Was?«, macht meine Mutter, die sonst immer sehr auf ihr Benehmen achtet, auch mir gegenüber. »Das ist nicht dein Ernst!«

»Na ja, vielleicht sollte man es eher Gärtnerin nennen? Oder Landschaftsgestalterin? Oder Keramikerin? Sie macht irgendwie alles. Hier in der Stadt gibt es einen Laden, der alles anbietet, und dort arbeitet sie.«

»Und ist sie verheiratet?«

Meine Mutter hat keine Probleme damit, dass ihre einzige Tochter lesbisch ist. Ich glaube, sie war noch nie scharf darauf, mit Schwiegersohn und Enkelkindern unterm Weihnachtsbaum zu sitzen. Meine jeweiligen Freundinnen sind immer sehr nett aufgenommen worden.

»Nicht direkt.« Ich zögere. Doch dann sage ich: »Eigentlich doch. Aber nicht mit einem Mann. Sie lebt in einer Homo-Ehe.«

»Nein!« Ich weiß, meine Mutter wird meinem Vater später viel zu erzählen haben. »Das ist ja ein Ding!«

»Nicht wahr?«

»Wusstest du das vorher? Ich meine, ihr ward doch unzertrennlich früher. Hattest du da eine Ahnung?«

»Nicht die Spur.«

»Das ist ja ein Zufall. Du, vielleicht stimmt das doch, diese Theorie mit den Erdstrahlen, die so was verursachen. Schließlich habt ihr beide in der Pubertät im gleichen Haus gewohnt«, kichert sie.

»Ehm«, mache ich. Irgendwie entgleitet mir das Gespräch gerade.

Die Stimme meiner Mutter ist mit Lächeln der Erinnerung durchtränkt, als sie fortfährt: »Meine Güte, weißt du noch, wie du mal zu mir gekommen bist … wie alt warst du da? Vierzehn, fünfzehn? Du hast mich gefragt, ob ich lieber Lu als Tochter haben möchte als dich.«

Mein Herz bleibt fast stehen.

»Quatsch!«, sage ich. »Das habe ich nie gesagt!«

»Natürlich!«, erwidert meine Mutter mit der ihr eigenen Selbstverständlichkeit. Sie schmunzelt durchs Telefon. Ich kann es hören. Wahrscheinlich findet sie die Erinnerung niedlich. Wahrscheinlich fühlt sie sich geschmeichelt bei dem Gedanken, dass ich damals Angst hatte, sie könne mich eintauschen wollen gegen eine, die so ganz anders war als ich selbst. »Das weiß ich noch wie gestern. Du warst ganz geknickt. Hast mir hundert Gründe aufgezählt, aus denen Lu die bessere Tochter für mich wäre. Aber Gott sei Dank konnte ich dich schließlich davon überzeugen, dass ich doch lieber bei dir bleiben wollte. Du warst so süß kläglich.« Wieder lacht sie kurz auf.

Meine Güte, mir war gar nicht klar, dass meine Mutter schon so alt ist. So alt, dass sie jetzt – mit der Distanz der Jahre – beginnt, Ereignisse zu verdrehen und sich an Dinge zu erinnern, die so unmöglich stattgefunden haben können.

Natürlich habe ich nie Angst gehabt, dass meine Eltern mich gegen Lu eintauschen könnten. Dass das nicht gehen würde, hatte ich bestimmt schon mit fünf ganz genau gewusst, mit vierzehn aber doch erst recht. Was für ein bodenloser Unsinn also.

Plötzlich habe ich alle Lust an dem Telefonat verloren.

Es trifft sich gut, dass in diesem Moment mein Vater mit Dreckschuhen aus dem Garten über die Terrasse ins Wohnzimmer stolpert und meine Mutter aus der Welt der Erinnerungen herausgerissen wird, um sogleich kräftig über dieses männliche Ferkel zu schimpfen, mit dem sie nun seit mehr als 37 Jahren verheiratet ist.

Was meine Mutter nämlich genauso beunruhigt wie eine

Arbeits-Krise ihrer Tochter beim Erstellen ihrer Dissertation, ist Schmutz auf den Fliesen des Wohnzimmers. Daher beenden wir das Gespräch, und ich lege auf.

Ich stelle das Telefon auf seine Station in der Diele, stolpere ins Bad und beginne Wäsche aus dem Korb auf kleine Häufchen zu sortieren. Weiß. Schwarz. Hand- und Badetücher mit Geschirr-Trockentüchern. Bunt. Aber ohne das knallrote T-Shirt, das braucht Handwäsche, weil es immer noch ausfärbt.

Ich werfe eine Waschmaschine an, stelle fest, dass die Badarmaturen auch mal wieder eine Politur nötig hätten, schnappe mir Schwamm und Tuch und lege los.

Unglaublich.

Ich soll kläglich gewesen sein?

Weil ich fürchtete, Lu könne mich bei meinen Eltern ausstechen? Wieso denn um Himmels willen? Ich war doch die Schöne (auch wenn Lu mit ihrer dunklen Haut und den weißen Zähnen durchaus hübsch zu nennen war), die Kluge, die intellektuell Überlegene. Welchen Vorteil sollte Lu wohl vor mir gehabt haben damals?

Das Telefon klingelt.

Ich will niemanden sprechen.

Es klingelt noch einmal, und ich lasse den Schwamm und das Tuch im Bad liegen, gehe in den Flur.

Es läutet noch ein drittes und ein viertel Mal. Dann springt der AB an.

»Hallihallo, leider erreichen Sie mich nicht persönlich. Bitte hinterlassen Sie doch Ihre Telefonnummer, und ich rufe zurück!«

Piep.

»Hallo, Frau Rusche. Beckmann hier. Erinnern Sie sich? Sie haben sich vor einer Weile mal eine Wohnung angesehen. Auf der Höhenstraße, Altbau mit Garten, in dem auch

Hunde erlaubt sind. Meine Mieter kennen jetzt ihren Auszugstermin. Und ich würde mich freuen, wenn Sie hier einziehen würden. Irgendwie, fand ich, würden Sie gut hierher passen. Bitte rufen Sie doch zurück!«

Es wird aufgelegt. Der AB piepst noch einmal. Dann ist wieder alles still.

Ich starre auf die blinkende Eins in Digitalziffern.

Und ich bin froh, dass niemand hier ist, der mich beobachten kann. Denn ich stehe wirklich eine ganze Weile einfach so da und blicke auf die Zahl, die mir entgegenleuchtet.

So still und fast wie gelähmt stehe ich, dass ich furchtbar zusammenfahre, als es plötzlich an der Tür klingelt.

Der Blick zur Uhr sagt: Kurz nach neun.

Das ist eine Uhrzeit, zu der ich normalerweise keinen Spontanbesuch mehr bekomme.

Wahrscheinlich eine dieser unverschämten Umfragegeschichten, bei denen irgendjemand wissen will, wieso ich dieses Waschmittel jenem vorziehe.

»Ja, bitte?«, knurre ich in die Gegensprechanlage.

»Hallo, Emma. Frauke hier. Ist schon spät. Aber ich kam grad vorbei und dachte …« Ihre Stimme, blechern entstellt, bricht ab.

Ich drücke auf den Öffner und höre, wie unten die Tür aufspringt.

Frauke.

Abends um kurz nach neun. Bei mir. Einfach so.

In mir trommelt etwas, zwischen schäumender Freude und wilder Überraschung.

Wie immer ist Loulou als Erste oben und begrüßt mich schwanzwedelnd.

Ich streichele sie und sehe zu, wie ihr schwarzweiß geflecktes Hinterteil zielstrebig in der Küche verschwindet.

Dann ist Frauke da.

Sie kommt herein mit einem verlegenen Lächeln auf den Lippen, für das ich sie sofort küssen möchte.

»Hallo«, sage ich und setze zu unserem Begrüßungs-Ritual-Tanz an. »Was verschafft mir denn diese Ehre?«

»Hallo.« Sie umarmt mich, und als ihr Arm sich um mich legt, kribbelt meine Schulter plötzlich, als seien Heerscharen von Ameisen auf ihr unterwegs. Offenbar ist es diese schlimme Feuerameisen-Sorte, die normalerweise nur im Amazonasbecken vorkommt. Sie bespritzen ihre Opfer mit einem beißenden, höllisch scharfen Gift, das innerhalb kürzester Zeit auch die dickste Haut in eine schleimige Masse auflöst.

Wir lassen uns rasch wieder los.

»Stör ich dich beim Arbeiten?«, fragt sie zaghaft. Sie weiß, dass ich ein Nachtmensch bin und oft erst abends richtig mit dem Denken und Schreiben beginne.

Ich winke ab. »Ach, ich kam sowieso nicht vorwärts heute.« In mir ein hoffnungsvolles Beben. Das Was-ist-passiert-Bangen. Nichts kann ich dagegen machen, nichts.

Sobald Frauke im Zusammenhang mit mir etwas Ungewöhnliches tut, bin ich völlig durch den Wind. Auch ohne dass meine Mutter vorher an den Haaren herbeigezogene Erinnerungen aus meiner Kindheit hervorzaubert und dann noch irgendeine Vermieterin mich um den Einzug in ihre wunderbare Wohnung bittet.

Da die Dinge aber nun einmal genau in dieser Kombination stattgefunden haben, hat Fraukes Erscheinen bei mir die Wirkung eines Bombeneinschlages. Und ich fürchte, ich kann es nicht ganz vor ihr verbergen.

»Wäre nett gewesen, wenn ich vorher angerufen hätte, oder?«, fragt sie. Eine rein rhetorische Frage.

Es wäre nett gewesen, ja.

Aber ich freue mich trotzdem wie doll.

Auf eine furchtbare, nicht zu verhehlende Weise freue ich mich, dass sie einfach so an einem Mittwochabend vorbeikommt, ohne vorher anzurufen.

»Eigentlich wollte ich zu Hause in aller Ruhe auf dem Sofa sitzen und lesen«, erzählt sie. »Weißt du, einen ergebenen Hund zu Füßen, ein spannendes Buch über die Liebe oder etwas ähnlich Wichtiges. Ich dachte, ich nutze den freien Abend mal, um etwas zu tun, zu dem ich schon länger nicht gekommen bin. Du weißt ja, wie Antonie ist. Sie kann keine zwei Minuten still sitzen. Da ist so was gar nicht drin.«

Mein Hirn, das dissertationsgebeutelt und heute zudem durch vorlaute Bemerkungen meines besten Freundes und herbeiphantasierte Erinnerungen meiner Mutter höchst angestrengt ist, hat nun gleich mehrere Dinge zu verarbeiten.

Erste Info: Frauke erzählt mir, dass sie gerade ein Buch über das wichtige Thema Liebe liest oder es zumindest lesen möchte.

Zweite Info: Daran wird sie seit längerem gehindert durch: Antonie!

Fazit: Die angehende Tierärztin, die keine zwei Minuten still sitzen kann, steht also offenbar heute nicht zur gemeinsamen Freizeitgestaltung zur Verfügung.

Frage: Wieso kommt Frauke dann zu mir?

Bevor mein Hirn auch nur im Ansatz eine Lösung parat hat, fährt Frauke fort: »Aber kaum saß ich eine halbe Stunde auf dem Sofa, hatte mein ergebener Hund die Idee, ein Gassigang wäre angebracht.« Passend zum Stichwort taucht in der Küchentür Loulou auf, nur um eilig und sehr geschäftig hinüber ins Wohnzimmer zu traben. »Und aus der kleinen Runde um den Block wurde ein etwas längerer Spaziergang, der mich prompt hier vor deine Haustür führte. Und da dachte ich, ich kann ja vielleicht auf einen Sprung raufkommen. Auch wenn es schon mächtig spät ist. Eigentlich viel zu spät für einen spontanen Besuch …«

Ihre Stimme wird leiser und bricht schließlich ab. Sie ist kreuzverlegen.

»Schön«, sage ich und tue so, als fiele mir das nicht auf. »Schön, ich freu mich, wenn du vorbeikommst. Willst du einen Bananensaft?«

Wir gehen in die Küche, ich nehme den Saft aus dem Kühlschrank und ein Glas aus dem Schrank. Wir setzen uns. Frauke schenkt sich ein.

»Offenbar war das Telepathie, dass du mich jetzt gerettet hast«, mutmaße ich, um ihr ein bisschen aus ihrer Verlegenheit herauszuhelfen. »Ich sitze schon seit Tagen nur dumm am Bildschirm rum und komme nicht vorwärts. Es ist wie verhext. Und an den Tagen, an denen ich auch noch an der Uni arbeite, geht's gar nicht. Morgen wird es besonders schwierig, weil ich da gleich zweimal zur Uni muss.«

»Morgen?«, erwidert Frauke, sacht erstaunt. »Morgen ist doch Feiertag.« Ich stutze, aber sie redet gleich weiter: »Deswegen ist ja heute auch diese House-Party im Bahnhof, wo Antonie und Lu zusammen hingehen.«

»Was?«, sage ich, weil mir wirklich nichts anderes einfällt.

»Morgen ist Feiertag. Fronleichnam«, erklärt Frauke geduldig. »Weil ich konfessionslos bin, weiß ich selbst nicht so genau, worum es da geht. Ich glaube, es hat was mit Auferstehung oder so zu tun. Oder damit, dass Jesus sich selbst in kleinen Stückchen verteilt hat. Wie nennen die Katholen das noch? Eucharistie?«

»Ja.« Ich werde ganz sicher nicht erklären, dass mein

verblüffter Ausruf überhaupt nichts mit christlichen Motiven, aber sehr viel mit der Tatsache zu tun hatte, dass Antonie und Lu gemeinsam auf eine Party gehen. Allein.

»Bist du eigentlich katholisch?«, erkundigt sich Frauke, als hätte sie nicht gerade erklärt, dass ihre Partnerin mit einer Frau den heutigen Abend verbringen wird, mit der sie schon beim ersten Treffen wild geflirtet hat.

»Nein, nicht mehr.«

»Du bist ausgetreten?«

»Ja. Aber sag mal … Wer ist denn auf die Idee gekommen?«

»Welche Idee?«

»Die Idee zu der House-Party.«

Frauke sieht mich nicht an, sondern tief in ihr Bananensaftglas. »Antonie. Wieso?«

»Ach, nur so.«

Frauke hebt den Kopf, und wir sehen uns einen Moment lang an.

Ihre Augen sind für mich immer noch ein Buch mit sieben Siegeln. Ich kann nicht in ihnen lesen. Aber ich kann in ihnen versinken. Und bevor ich das zu intensiv tue, sehe ich lieber wieder fort.

Ich kann spüren, wie ihr Blick noch eine Weile nachdenklich auf mir ruht, dann hebt sie das Glas und trinkt in einem Zug den Saft aus.

»Ich war ja nie irgendeiner Religion zugehörig. Ich wette, es war nicht so einfach, auszusteigen. Immerhin macht man ja ne ganze Menge mit. Konfirmation oder Kommunion oder wie das heißt. Und dann die Beichten und so. Die ganzen Messen an den Sonntagen. Was haben denn deine Eltern dazu gesagt?«

Wir sprechen über meinen Kirchenaustritt und über unterschiedliche Religionen. Sie findet Buddhismus interessant. Ich erzähle ihr ein bisschen über Hindus und den Islam, denn zufällig weiß ich ein wenig darüber Bescheid, weil ich es in meinem Studium unter dem Gesichtspunkt der Ethik behandelt habe.

Religion hat sehr viel mit Ethik zu tun. Unser Glaube veranlasst uns dazu, Dinge zu tun oder zu lassen. Er gibt uns Halt, und er zeigt uns Grenzen. Er lässt uns hoffen und vertrauen. Und er bietet ein wunderbares, unerschöpfliches Gesprächsthema, wenn wir eigentlich über etwas ganz anderes reden möchten. Oder wenn wir über etwas gerade nicht reden möchten. Und noch viel weiter: Ich gewinne zunehmend den Eindruck, dass Frauke an ein bestimmtes Thema noch nicht einmal denken möchte.

Denn als die Religionen – selbst der neue Papst – nicht mehr viel hergeben, findet sie noch ein paar andere Dinge, über die es sich zu reden lohnt.

Ein neues Fernsehmagazin für Haustierbesitzer, an dem sie mitarbeiten wird. Das Theaterstück, an dem Angela, die Freundin ihrer Kollegin Michelin, gerade schreibt. Der Billig-Urlaub, den ihre Eltern gerade hinter sich haben und der eine echte Katastrophe gewesen sein muss. Während sie von Baustellenlärm direkt unterm Balkon und gelbstichigem Poolwasser berichtet, wechseln wir – samt Teekanne, Bananensaftflasche, Tassen, Gläsern, Kandisschälchen und Knabberzeugs – hinüber ins Wohnzimmer, um uns auf dem ausgezogenen Sofa auszustrecken.

Loulou hat sich zwischen Bücherregal und Sofa zu einer Fellkugel zusammengerollt und sieht nicht so aus, als wolle sie in den nächsten Stunden auch nur ein Auge öffnen, geschweige denn die Wohnung verlassen.

Frauke redet und redet. So gesprächig kenne ich sie gar nicht.

Aber schließlich, es sind Stunden vergangen – Mitternacht ist längst verstrichen, Loulou hat sich mittlerweile auf den Rücken gedreht und alle viere von sich gestreckt – wird es stiller zwischen uns.

Immer öfter schweigt Frauke.

Anfangs rede ich in ihre Erzählpausen hinein. Aber irgendwann hört auch das auf.

Frauke zieht die Wolldecke, die sie über ihren Beinen ausgebreitet hat, noch ein Stückchen höher und fröstelt.

»Noch etwas warmen Tee?«, biete ich ihr an.

Sie hält mir ihre Tasse hin, und während ich ihr einschütte, öffnet sie plötzlich wieder den Mund: »Wieso hast du mich das eigentlich gefragt?«

Ich sehe sie amüsiert an. »Was denn?«

»Ob ich nie eifersüchtig bin.«

›Aha‹, denke ich. ›Jetzt kommen wir langsam zur Sache.‹

»Du meinst im Bahnhof? Als wir tanzen waren?«

»Ja, im Bahnhof. Als Antonie mit Lu getanzt hat.«

Ich sehe Armins betont unschuldige Miene vor mir. *Wenn es doch aber nun schon einmal passiert ist.*

Ich weiß, dass ich jetzt, wenn ich so etwas beherrschen würde, einen Dorn würde pflanzen können. In Fraukes Innerstes könnte ich ihn mit ein paar schlichten Worten setzen. Und dort würde aus ihm etwas wachsen. Eine stachelige Pflanze des Misstrauens und der Angst. Ein lebendiges Wesen, das sich in alle Richtungen strecken und seine Trägerin in den unmöglichsten Situationen überfallen würde, unter der Dusche, mitten in einer Arbeitskonferenz, bei einem Kuss ihrer Liebsten, sogar im Schlaf, wo es in wirren Träumen seinen Einzug halten würde.

Es bräuchte nur ein paar einfache Worte.

Aber in dem Moment, in dem ich bereits den Mund geöffnet habe, um sie hinaus zu lassen, fällt mein Blick auf

Fraukes Hände, die über der Wolldecke ineinander verschränkt sind. So fest verschränkt, dass ihre Knöchel weiß hervortreten und sich die Fingerspitzen ins Fleisch bohren.

Und da kann ich es einfach nicht mehr.

»Ich weiß, was du meinst«, sage ich daher, anstelle der wenigen, einfachen Worte, die diese andere Art von Antwort gebraucht hätte. »Aber ich bin ganz sicher, dass du nicht eifersüchtig sein musst. Lu ist ein sehr extrovertierter Mensch. Und Antonie doch wohl auch. Sie lernen beide einfach gern neue Menschen kennen. Bestimmt hat Antonie zuerst dich gefragt, ob du mit ihr zu der Party gehen willst, oder?«

Frauke starrt auf die Decke und ihre ineinander gekrallten Hände. Sie nickt. »Ja, hat sie. Aber House ist einfach nicht meine Musik. Ich meine, hin und wieder kann ich es auch mal hören. Aber eine ganze Party nur mit dieser … ne, da hatte ich wirklich keine Lust drauf.«

»Und da hat sie eben Lu gefragt«, stelle ich munter fest.

»Ja.«

»Na, das ist doch das Natürlichste von der Welt.«

Sie zögert. »Bestimmt hast du Recht. Ich dachte nur vorhin so, ob es nicht irgendwie merkwürdig ist, dass sie nach sieben Monaten schon …« Sie bricht kurz ab, um tief zu seufzen und schief zu lächeln. »Ach, ich wette, ich bin einfach viel zu verwöhnt. Sonst war es halt immer so, dass sie auch nicht mehr wollte, wenn ich nicht mitging. Sie ist dann eben bei mir geblieben. Wir haben den Abend einfach so miteinander verbracht. Oder wir sind ins Kino gegangen. Oder haben uns mit Michelin und Angela getroffen. Oder mit Lothar und Sandra. Ich bin's wohl einfach nicht gewöhnt, dass sie dann tatsächlich ohne mich geht.«

Ich lache leise, um sie vollends zu überzeugen. »Ist gar

nicht so einfach, wieder loszulassen, wenn man eine Weile so eng aneinander geklebt hat, nicht? Aber weißt du was? Ich finde das völlig normal.«

»Echt?«

»Ja, sicher! Nach der ersten Hochverliebtenzeit habt ihr euch jetzt eben ein bisschen beruhigt und nehmt auch eure eigenen Leben wieder auf – nicht nur das zu zweit, verstehst du? Zu diesen eigenen Leben gehört natürlich auch, Freundschaften zu knüpfen, wenn einem sympathische Menschen begegnen.«

Na, super! Jetzt zitiere ich schon Lu, wenn es um Herzensangelegenheiten geht. Etwas anderes wäre mir jetzt einfach nicht eingefallen.

Ich lausche meinen eigenen Sätzen nach.

Der scharfe Dorn ist hinuntergefallen auf den Teppich, wo er verdorren wird – falls Loulou ihn nicht vorher findet und kurzerhand verschluckt, weil sie einfach alles frisst, was herumliegt.

Meine Sätze waren nicht die einer Enttäuscht-Liebenden, die sich gern endlich ins rechte Licht rücken möchte – wie Armin es genannt hat. Es waren die Formulierungen einer Freundin. Die sich Sorgen macht um das Seelenheil, die beruhigen will und die der Feind aller aggressiven Gewächse im Inneren ist, die auch nur im Entferntesten den Namen *Eifersucht* tragen könnten.

Worte einer Freundin. An Frauke.

Dies wäre ein guter Moment, um einmal im Leben fassungslos den Kopf zu schütteln. Das kommt allerdings nicht infrage, solange Frauke mich dankbar ansieht, so wie jetzt.

»So habe ich das noch gar nicht gesehen«, sagt sie und räuspert sich knapp. »Und irgendwie bedeutet es mir auch viel, dass du das so siehst. Ich dachte eher, du würdest glauben, dass ich Grund hätte, um … Irgendwie dachte ich das, weil du mich auf dem Schwoof danach gefragt hast.«

»Ach, Mensch«, murmele ich. »Damit wollte ich dich doch nicht beunruhigen.« Und es fühlt sich so an, als sei es tatsächlich die Wahrheit.

»Hast du auch nicht. Ich meine, die Frage lag ja wirklich nahe«, beteuert Frauke rasch. »Aber deine Erklärung jetzt liegt genauso nahe. Ich glaube, ich habe einfach ein paar Gespenster gesehen. Vielleicht ist auch das völlig normal, nicht?«

Ihre Bitte, ich möge diese Vermutung bejahen, steht ihr so deutlich ins Gesicht geschrieben, dass ich gar nicht anders kann, als beruhigend lächelnd zu nicken.

Tatsache ist: Wenn Antonie meine Freundin wäre, hätte sie wahrscheinlich schon nach der Situation im Bahnhof neulich eine kleine Szene von mir hingelegt bekommen. Obwohl doch alles – rein objektiv betrachtet – völlig unverfänglich war. Und am heutigen Abend wäre ich spätestens jetzt, kurz nach eins in der Nacht, mit den Nerven und dem Vertrauen in meine Partnerin derart am Ende, dass ich wahrscheinlich aufgebrezelt wie die Rachegöttin selbst auf der Party auftauchen würde.

Ehrlich gesagt, kann ich es kaum nachvollziehen, wie Frauke sich nun – nachdem eine *gute Freundin* ihr ein paar läppische Beruhigungen ins Ohr gesäuselt hat – derart entspannen kann und bereits wieder erleichtert lächelt.

»Du hast ganz sicher Recht«, murmelt sie gerade, während ihre Augenlider ein wenig nach unten rutschen. »Auf Antonie ist hundertprozentig Verlass. Und schließlich kennst du Lu ja auch schon ein halbes Leben lang. Wenn du sagst, dass ich mir keine Gedanken zu machen brauche, dann stimmt das ganz sicher.«

Ehm. Ganz so hatte ich das nun auch wieder nicht ausgedrückt.

Aber ich schätze mal, dass eine Richtigstellung im Hinblick darauf, was ich tatsächlich gesagt und sie selbst in Folge daraus gehört zu haben scheint, jetzt nicht angebracht wäre. Also halte ich den Mund und kann dabei zusehen, wie Frauke langsam entspannt in sich zusammensinkt.

»Ich denk, ich werde mich jetzt mal auf den Weg machen«, brummelt sie, während sie sich noch ein wenig tiefer in die Wolldecke schmiegt.

Etwa eine Minute später ist sie fest eingeschlafen.

Loulou beginnt neben dem Sofa leise zu schnarchen.

Jetzt kann ich es doch tun: Ich schüttele den Kopf. Fassungslos.

9. Kapitel

»Computer-Fritze Karl Hannemann ist mobil für Sie unterwegs! Wann immer Ihr Rechner nicht so will wie Sie, genügt ein Anruf, und ich bin sofort zur Stelle! Handynummer: 0173/ …«

Ich rufe nicht an.

Ich rufe nicht an, um abzusagen.

Zuzusagen kommt schon gar nicht infrage.

Ich rufe also gar nicht an. Aber ich denke ständig daran.

Und wenn ich nicht an Frau Beckmann und den nicht getätigten Anruf denke, wenn ich nicht Bilder von lichten Räumen und üppigem Grün beim Blick aus dem Fenster vor mir sehe, dann kann ich sichergehen, dass Frauke meine Gedanken beherrscht.

Unsere gemeinsame Nacht war so unwirklich und so unspektakulär wie nur irgendwas. Und doch begleitet sie mich fortwährend, als wäre ich gerade frisch verliebt.

Irgendwann am frühen Morgen war sie aufgewacht. Sie hatte sich verwundert aufgesetzt, die Augen gerieben und mich bestürzt angesehen.

Ich selbst hatte kaum geschlafen, war hin und wieder eingenickt, um dann aber wieder aufzuschrecken und mir klarzumachen, dass diese Situation wahrscheinlich absolut einmalig ist: Frauke und ich, gemeinsam auf einem Sofa, inmitten von warmen Decken.

»Wie spät ist es?«, hatte Frauke gefragt. Ihre schlaftrunkene Stimme hatte mich gleich derart gerührt, dass ich hätte heulen können.

»Du meinst wohl, wie früh? Es ist kurz vor sieben. Hast du gut geschlafen?«

Sie hatte die Nase hochgezogen, wie kleine Kinder es manchmal tun, mir damit das Herz endgültig gebrochen, während sie Loulous stürmische Guten-Morgen-Begrüßung abzuwehren versuchte.

Recht schweigsam hatten wir einen Kaffee getrunken. Dann war sie aufgebrochen. Vielleicht nach Hause. Vielleicht zu Antonie. Der Weg war in beide Richtungen gleich lang. Und ich hatte sie nicht nach ihrem Ziel gefragt.

Der freie Tag war ein grässlicher freier Tag gewesen. Nicht nur, dass er diesen scheußlichen Namen trägt: Fronleichnam. Wie kann ein freier Tag nur irgendwie mit einem Leichnam in Verbindung gebracht werden? Nein, zusätzlich hatte ich mich auch noch bei Armin eingeladen, der in Hochstimmung war.

Rolf hatte den Freitag auf der Arbeit als Brückentag genutzt, seiner Frau das jedoch verschwiegen und stattdessen wichtige Außentermine vorgeschoben, sodass Armin und ihm ein kompletter gemeinsamer Tag zur Verfügung standen.

Normalerweise kann ich mich in solchen Fällen durchaus mit ihm freuen. Aber irgendwie war mir das in den letzten Wochen immer schwerer geworden. Ich konnte seinen Erläuterungen zum geplanten gemeinsamen Kochen nur mit einem recht gequälten Lächeln folgen. Und der selige Ausdruck, der ihm für die gesamte Dauer unseres Treffens im Gesicht stand, verursachte mir Magenschmerzen.

Schließlich kann Rolf sich nicht herumspazierend auf den Straßen zeigen. Infolgedessen waren die beiden immer an Armins Wohnung gefesselt, was zwangsläufig jedes Mal dazu führte, dass sie vor und nach dem Kochen und Essen die Zeit im Bett verbrachten.

Das einzig Gute an Armins Bombenstimmung war gewesen, dass er in allen Punkten zum Einlenken bereit war, als ich recht griesgrämig die Sprache noch einmal auf unseren gestrigen kleinen Disput brachte. Nein, nein, beteuerte mein Freund, natürlich sei die Bemerkung zum Thema Mittelpunktgehabe gegenüber Lu geradezu an den Haaren herbeigezogen gewesen. Er habe mich doch nur ein bisschen damit necken wollen und keine Ahnung gehabt, dass dieser kleine Scherz bei mir einen derart empfindlichen Nerv treffen würde.

Ich hörte mir seine lächelnd vorgetragene Entschuldigung an, mit dem Gefühl, dass ich in diesem Falle Recht und er seine Ruhe bekam.

Den Abend verbrachte ich mit Hannelore, die mich zu einem Besuch im neuen pakistanischen Restaurant einlud.

Ich war erfreut gewesen, als sie mich anrief, denn ich versprach mir Ablenkung durch den neuesten Klatsch. Immerhin war sie beim Friseur gewesen.

Frauen über siebzig haben jedoch den gravierenden Nachteil, dass sie mit einem einzigen Blick erkennen, was mit ihrem Gegenüber nicht stimmt.

Hannelore bedachte mich gleich mit mehreren dieser Blicke und kam schon vor dem ersten Gang aufs Thema.

Obwohl ich eigentlich gar nichts hatte davon erzählen wollen, ließ ich sie also teilhaben an den Ereignissen der letzten Tage.

Mit dem Ergebnis, dass Hannelore mir schließlich an zwei scharf gewürzten Teigbällchen vorbei in aller Selbstverständlichkeit erklärte, ich würde der falschen Frau hinterherjagen.

»Ich wüsste, was zu tun wäre, wenn ich ein paar Jahre jünger wäre …«, sagte sie und zupfte an der Serviette, die sie in ihr Revers geheftet hatte.

In solchen Momenten frage ich mich immer, wieso ich nicht ganz normale Freunde haben kann.

Ich hätte so gern ein paar Freundinnen, die mit großen Augen und offenen Ohren Anteil nehmen, klipp und klar behaupten, dass ich auf dem vollkommen richtigen Weg sei, mir nichts vorzuwerfen habe und außerdem alles am Ende gut ausgehen werde.

Andere Menschen haben solche Freundinnen und Freunde. Wieso ich nicht?

Ein wenig verbittert zog ich mich also für eine kleine Weile von der Welt zurück.

Ich vergrub mich in den wunderschönen Briefen, die Madelein und Egon sich geschrieben hatten, sann ihrer großen Liebe zu den schönen Künsten, dem geschriebenen Wort und zu einander nach und ärgerte mich dabei furchtbar, dass ich so etwas nie im Leben erleben werde.

Ja, so ist es nämlich.

Ich werde so etwas nie im Leben erleben. Weil ich entweder Beziehungen eingehe, die in Oberflächlichkeit versanden – so wie mit Ramona. Oder ich suche mir Frauen aus, die leider nicht bereit sind, ihrerseits mich zu erwählen – wie Frauke.

Ja, ich neige sogar dazu, mich in Wohnungen zu verknallen, in die ich nie einziehen werde, weil sie zu groß, zu teuer, zu weit außerhalb gelegen sind und es außerdem Unsinn wäre, dort ohne Hunde einzuziehen.

Wenn ich darüber nachdenke, fällt mir natürlich immer Loulou ein, die so friedlich neben meinem Sofa geschlafen hat und die mit Sicherheit begeistert durch den großen Garten toben würde.

Kurz: Ich schwelge nach Fraukes überraschendem Besuch Tage lang in dieser unglücklichen Liebe, die irgendwie kein Ende finden kann, weil sie einfach nie einen Anfang hatte.

Da ist es auch keine Hilfe, dass Ramona mich am Wochenende anruft und mir in unserem gemütlichen Pläuschchen von Ex zu Ex mitteilt, dass sie neu und überaus glücklich verliebt sei.

Auch meine Mutter ruft noch einmal an und schlägt vor, ob ich nicht mit Lu zusammen auf eine kleine Stippvisite an die Nordsee kommen möchte. Das täte mir doch sicher gut, würde meine Schreibblockade aufbrechen und mich endlich mal wieder so richtig entspannen.

Ich vermeide es, ihr zu sagen, dass der Mensch, in dessen Nähe ich mich momentan am allerwenigsten entspannen kann, Lu ist. Stattdessen schiebe ich die Arbeit vor, erzähle von einer eifrig klappernden Computertastatur und habe damit das Verständnis meiner Mutter sicher.

Der Wochenanfang beginnt recht grau mit Routinearbeiten an der Uni.

Zu Hause wartet auch nur mein stummer Rechner mit viel Arbeit, hinter der ich mich wunderbar verkriechen kann.

Arbeit ist toll.

Nicht nur, dass sie manchmal Spaß macht. Sie eignet sich einfach hervorragend dazu, sich in ihr zu vergraben und darüber zu vergessen, was still und heimlich tief drinnen an mir nagt.

In meiner Arbeitsmeditation stören mich keine lästigen Verabredungen.

Lediglich ein paar Telefonate verschaffen mir kleine Pausen. Armin ruft an und berichtet überschwänglich von seinem ultimativen freien Tag mit Rolf, der sexuell, emotional und politisch alles getoppt haben muss, war sie bisher miteinander erlebt haben.

Hannelore ruft an und erzählt enthusiastisch vom neuesten Klatsch aus der High Society unserer Stadt, des Landes und der Welt.

Sogar Frauke ruft an und will sich wohl danach erkundigen, wie ich unseren gemeinsamen Abend verkraftet habe. Allerdings verlässt sie nach ein paar einleitenden Sätzen der Mut, sie stammelt ein wenig herum, und schließlich beenden wir das Gespräch, ohne unsere letzte Begegnung überhaupt nur erwähnt zu haben.

Die Einzige, die nicht anruft, ist Lu.

Anfangs denke ich nicht eine Sekunde daran. Aber mit jedem Tag, der verstreicht, ohne dass ich etwas von ihr höre, wächst meine Verwunderung.

Nicht, dass ich wahnsinnig scharf darauf bin, mich erneut mit ihr zu treffen. Aber irgendwie erscheint es mir doch sonderbar, dass sie sich so gar nicht rührt.

Schließlich waren wir zusammen eine Wohnung besichtigen.

Wir haben einen gemeinsamen Waldspaziergang gemacht, ich habe ihre Wohnung gesehen, ihre merkwürdigen Sammlungen bestaunt, mit ihren Hunden gespielt.

Und jetzt ruft sie nicht einmal an? Tagelang, bald schon wochenlang, nicht?

Ist doch komisch.

Was auch komisch ist, ist mein Computer.

Seit ein paar Tagen stürzt er immer mal wieder ab. Wahrscheinlich irgendein Defekt. Aber langsam wird es ziemlich nervig, denn ich kann kaum noch zwanzig Minuten am Stück schreiben, ohne dass der Bildschirm schwarz wird und der Rechner sich dann wieder selbstständig hochfährt – mit dem Ergebnis, dass die letzten Sätze, die ich geschrieben und noch nicht gespeichert habe, verloren gegangen sind.

Anfangs fand ich das einfach nur nervig, aber langsam beginne ich, mir Sorgen zu machen. Ich kenne Geschichten von virusinfizierten Rechnern, die einer von der EDV existenziell Abhängigen das Blut in den Adern gefrieren lassen.

Hinzu kommt, dass ich das Gefühl nicht loswerde, dass mich mein Schicksal mit diesen beständig wiederkehrenden Ausfällen auf etwas ganz Bestimmtes hinweisen will.

»Kann es sein, dass bei mir irgendwas schief läuft?«, mosere ich den schwarzen Bildschirm an, als mein wichtigstes Arbeitsmittel sich gerade wieder verabschiedet hat.

»Du willst mir doch was sagen, du blöde Krücke, oder? Willst du mir sagen, dass bei mir ständig was durchbrennt? Dass ich nicht mehr richtig in der Spur laufe seit Frauke … oder seit Antonie … nein, seit Lu… ach, ist doch egal!«

Grollend sehe ich dem weißen Schriftbild zu, das jetzt über den schwarzen Monitor rollt.

Habe ich nicht heute Morgen irgendwo zwischen den Wohnungsanzeigen etwas gesehen, das mir jetzt weiterhelfen könnte?

Ich angele nach der Zeitung und werde rasch fündig. Nach endlosem Klingeln geht endlich jemand ran.

»Jau?« Der selbst ernannte Computerfritze hat entweder Sinn für Humor oder eingeschränkte verbale Kommunikationsmöglichkeiten.

»Schönen guten Abend, Herr Hannemann. Rusche mein Name. Ich rufe aufgrund eines Notfalls an. Mein Rechner stürzt immer ab, und ich arbeite an einer sehr wichtigen …«

»Adresse?«, bellt Karl Hannemann.

Ich sage sie ihm.

»Freitag, also übermorgen, um eins. Vorher geht's nich«, erklärt mir der Computerfachmann, der ›jederzeit für seine KundInnen zur Verfügung steht‹.

»Sind Sie sicher? Ich meine, in Ihrer Anzeige steht …«

»Wunder dauern immer etwas länger, oder?«, weiß er zu argumentieren, bevor ich ausreden kann. Ich nehme mal an, dass er das, was ich eigentlich sagen wollte, öfter zu hören bekommt.

Ich spiele mit dem Gedanken, einfach aufzulegen. Aber das geht natürlich nicht. Das wäre einfach nur unhöflich.

»In Ordnung.« Ich seufze laut, um ihm zumindest zu zeigen, dass ich mich nur schweren Herzens auf seinen Deal einlasse. »Freitag um eins. Aber seien Sie bitte pünktlich.«

»Wie 'ne Flatrate! Bis denn!«

Allein gelassen mit einem hysterisch blinkenden Bildschirm, der mich nur ahnen lässt, welche Katastrophen gerade in meinem wertvollen Rechner in Gang sein könnten, starre ich noch stumpf vor mich hin, als es an der Tür schellt.

Mein Magen zieht sich schmerzhaft zusammen.

Das geschieht, noch bevor ich überhaupt einen Gedanken fassen kann.

Es geschieht, weil es nun genau eine Woche her ist, dass sie geschellt hat. Es geschieht, weil es etwa genau die gleiche Uhrzeit am Abend war.

Es geschieht eben. Ohne dass ich was dagegen tun kann.

Während ich mich vom Schreibtischstuhl erhebe und zur Tür gehe, schießen mir so viele Gedanken durch den Kopf, dass ich keinen einzigen richtig zu fassen bekomme.

Morgen kein Feiertag. Heute Abend keine Frauenparty weit und breit. Antonie und Lu. Frauke in Panik. Vielleicht etwas *passiert?* Was denn? Na, irgendwas halt.

Irgendetwas Furchtbares, furchtbar Schönes, das macht, dass sie wieder zu mir kommt am Abend.

Ich betätige den Türdrücker und lausche in den Hausflur. Und tatsächlich höre ich unten Fraukes weiten, energisch ausholenden Schritt. Und ich höre leises Pfotentrappeln und Hecheln.

Sie bringt also Loulou wieder mit. Vielleicht will sie wieder länger bleiben. Vielleicht die ganze Nacht.

Gut, dass ich heute noch eine neue Flasche Bananensaft gekauft habe.

Doch dann stutze ich plötzlich.

Wenn ich mich nicht irre, sind das ein paar Hundepfoten zu viel, die da die Stufen hinauftrippeln.

Ehe ich noch einen weiteren Gedanken fassen kann, taucht auf dem Absatz bereits ein struppig haariges Gesicht mit weit ausladenden Brauen auf. Kasper.

Kasper bedeutet auch Jojo und Belle. Kasper bedeutet Lu.

»Huhu!«, ruft es da auch schon ein Stockwerk tiefer. »Ich hoffe, ich platze nicht gerade in eine tête-à-tête.«

»Ein!«, murmele ich in mich hinein und denke: ›Aha! Da ist sie also endlich!‹ Ich hätte wissen müssen, dass Lu nicht einfach ganz profan anruft, nachdem wir einen so besonderen Spaziergang miteinander unternommen haben. Ein unangekündigter Besuch, spät am Abend, das ist genau das Richtige für sie.

»Hi«, sagt sie schließlich, als sie vor mir steht, und strahlt mich an. »Stör ich?«

Ich spüre, wie sich in meinen Gesicht etwas verzieht. Das könnte ein Lächeln sein. Eins, gegen das ich quasi nichts tun kann. Das einfach nur ein Spiegelbild von dem ist, was mir von Lus Gesicht entgegenstrahlt.

»Komm rein«, sage ich also lächelnd und öffne die Tür

noch ein bisschen weiter. Alle drei Hunde ziehen schwanzwedelnd an mir vorbei. Jojo leckt im Vorübergehen kurz über meinen Handrücken, was ein pitschnasses Gefühl hinterlässt.

»Ich hoffe, du hast nicht gerade Besuch oder so?« Lu tritt ein und sieht sich neugierig um. »Schön hast du es hier.«

»Danke. Nein, kein Besuch. Ich habe gerade gearbeitet.«

Sie sieht auf die Armbanduhr. »Was? Jetzt noch?«

Ich zucke nur die Achseln.

Wenn sie schon bemerkt hat, wie spät es ist, wäre dies doch ein geeigneter Zeitpunkt, um sich dafür zu entschuldigen, so spät aufzukreuzen und damit herauszurücken, was sie eigentlich will. Aber nichts dergleichen. Lu schaut sich nur ausführlich mein Mobiliar an und lächelt freundlich.

Ich lotse sie durch den Flur in Richtung Küche. »Möchtest du was trinken? Ich kann ja eine Pause beim Arbeiten einlegen.«

»Gern, was hast du denn da?«

Ich öffne den Kühlschrank und sehe hinein. »Wasser, Apfelschorle, alkoholfreies Bier …« Einen Moment starre ich auf die Flasche Bananensaft, die bereits kalt gestellt ist. Ich wende mich abrupt um. »Ich könnte auch Tee oder Kaffee machen, wenn du möchtest.«

»Ich nehm das Bier, danke. Ach, nein, kein Glas. Ich trinke aus der Flasche. Wie früher auf den Partys, weißt du noch?«

»Sicher weiß ich noch.« Ich setze etwas Wasser für Tee auf. Mir ist nicht nach Bier. Mir ist auch nicht nach aufgewärmten Erinnerungen aus unserer Teenagerzeit. »Aber ehrlich gesagt, denke ich nicht gern daran.«

»Wieso nicht?«

Ich hantiere mit dem Teefilter und den verschiedenen Kräuterdosen.

»Kein Ahnung. Vielleicht, weil wir so stinknormal waren. Ich wünschte, ich könnte sagen, dass wir etwas Besonderes gewesen wären. Schließlich gibt es immer mal wieder auch besondere Teenager. Ich mein, denk nur mal an Anne Frank. Oder an Christiane F.«

Lu lacht. Dabei war es gar nicht als Witz gemeint. »Ach, Emma. Anne Frank war doch auch total normal. Sie kommt dir nur wie etwas Besonderes vor, weil sie in einem KZ gestorben ist und weil wir ihre Tagebücher in der Schule gelesen haben. Und Christiane F. war drogenabhängig.«

»Na ja, jedenfalls ist es doch nicht besonders rühmlich, wenn man mit vierzehn nur auf irgendwelchen Feten rumhängt, sich seinen ersten Cola-Martini-Rausch antrinkt, nur um am kommenden Montag in der Schule damit anzugeben, oder?«

Lu nimmt einen weiteren Schluck aus der Flasche und unterdrückt nicht ganz erfolgreich einen kleinen Rülpser. Dann sagt sie: »Erwachsene werden ist auch nicht besonders rühmlich.«

»Erwachsen!«, sage ich. »Ich hätte viel drum gegeben, wenn ich diese Jahre hätte überspringen können.«

»Du?« Sie sieht mich an und schüttelt den Kopf. »Du warst doch immer total beliebt. Hattest immer die besten Noten, die coolsten Freunde, total süße Eltern … Wie geht's denen eigentlich?«

»Gut. Hab schon länger nichts von ihnen gehört«, sage ich und gieße den Tee auf. Eher würde ich mir das kochende Wasser über die Finger gießen, als Lu mitzuteilen, was meine Mutter zu erzählen wusste, als ich ihr von Lus Wiederauftauchen in meinem Leben berichtet habe. »Sag mal, hat es eigentlich einen bestimmten Grund, dass du hier bist?«

Lu sieht mich erschrocken an.

Ich bekomme augenblicklich ein schlechtes Gewissen.

»Soll ich wieder gehen?«, fragt sie, stellt die Flasche auf den Tisch und sieht zur Tür. Sie klingt noch nicht einmal gekränkt oder angriffslustig. Sie klingt, als wolle sie einfach wissen, ob sie gehen soll oder bleiben darf. Wenn ich nicken würde, wäre sie innerhalb weniger Sekunden fort.

›Aber so unhöflich kann ich nicht sein‹, denke ich.

So etwas denke ich oft. Dass ich doch nicht so unhöflich, unfreundlich, abweisend sein darf. Und dann verbringe ich ganze Abende in gähnender Langeweile, die ich viel lieber anders genutzt hätte.

Aber wenn ich ehrlich bin, ganz ehrlich, kann ich diese Situation jetzt nicht mit den grässlichen Langeweileabenden vergleichen, die ich schon erlebt habe.

Lu ist nicht langweilig.

Mit ihr zusammen zu sein ist keine Zeitverschwendung.

Mit ihr zusammen zu sein ist nervenaufreibend, anstrengend und verwirrend. Aber es ist gewiss nicht sinnlos.

Ich weiß nicht einmal, was ich jetzt tun würde, wenn sie wieder gehen würde. An Arbeit ist sowieso nicht mehr zu denken, Dank meines defekten Rechners. Und schließlich kann Lu nichts dazu, dass Kasper nicht Loulou und demzufolge sie nicht Frauke ist. Verrückt, aber es läuft tatsächlich darauf hinaus: Mir fällt nichts ein, das ich jetzt lieber täte, als mit Lu in meiner Küche zu sitzen und ein bisschen zu plauschen.

»Nein. Tut mit Leid. Es hat nichts mit dir zu tun. Ich mag nur keine Spontanbesuche«, murmele ich etwas verlegen. »Vermutlich bin ich einfach aus dem Alter raus, in dem man sich immer über jeden Besuch freut und sofort bereit ist, ein lustiges Pläuschchen zu halten.«

»Ach …« Sie tritt näher und setzt sich auf die Kante eines Stuhls. »Wusste nicht, dass du seit unserem Spaziergang neulich so viel älter geworden bist. Ich dachte, weil du im Wald so begeistert erzählt hast, wie Frauke dich manchmal überrascht, dass ich dir auch mal eine Freude machen könnte.«

Das habe ich ihr erzählt? Dass Frauke mich manchmal überrascht und dass sie mir damit eine Freude bereitet? Was habe ich auf unserem Waldspaziergang denn noch so ausgeplaudert?

»Na ja«, Lu schnalzt leise mit der Zunge. »Ist natürlich auch ein Unterschied, ob ich es bin oder … Frauke.« Dazu grinst sie, was wahrscheinlich frech wirken soll. Aber irgendwie gelingt ihr das ausnahmsweise nicht ganz. Ihre Miene gerät etwas schief.

»Ach, es ist auch, weil ich heute eigentlich weiterkommen wollte mit meiner Arbeit, und jetzt macht mein blöder Rechner nicht mit. Irgendwas hat sich verhakt oder so. Vielleicht ein Virus oder eine thermische Sache, wo es doch jetzt wieder wärmer wird. Und mein Computer ist eben schon ein altes Schätzchen. Ich weiß nicht, was es noch für Gründe geben kann. Jedenfalls stürzt er ständig ab. Manche Dateien kann ich nicht mehr öffnen. Und er hat eine Diskette gefressen oder wie man das nennen soll. Er kann sie jedenfalls nicht mehr lesen. Jetzt bin ich ein bisschen nervös …«

»Lass mich mal gucken!«, fordert Lu, schwenkt die Bierflasche Richtung Flur und geht voraus.

Die Hunde, die sich alle in der Küche niedergelassen hatten, folgen ihr. Die kleine Karawane zieht hinüber in mein Wohnzimmer, wo auch mein Computer steht.

»Darf ich?«, fragt sie und deutet auf den freien Stuhl.

»Bitte.«

Sie setzt sich, nimmt die Maus in die Hand und will sich durchs Programm wählen, da stürzt der Rechner schon wieder ab. Das Bild wird schwarz.

»Hm«, macht Lu und sieht mich mit hochgezogenen Brauen an.

Ihre Augenbrauen gehören zu ihren schönsten Körperteilen, finde ich plötzlich. Ich kenne sie schon so lange. Aber das ist mir noch nie so sehr aufgefallen. Meine Brauen haben einen Knick und geben meinem Gesicht immer etwas Kantiges, manchmal auch Arrogantes. Ihre jedoch sind gleichförmig rund wie eine Halbmondsichel. Insgesamt ist sie viel hübscher geworden als früher, stelle ich fest.

Während im Hintergrund mein unberechenbares Computerhirn sich erneut berappelt und hochfährt.

Lu pustet sich eine verirrte Strähne aus der Stirn.

»Wie wäre es mit einem Computerfachmann. Es gibt doch diese Typen, die rumfahren wie die Feuerwehr und nichts anderes zu tun haben, als die bockigen Rechner von verzweifelten Frauen wieder auf Trab zu bringen.«

Ich deute auf die aufgeschlagene Zeitung auf dem Tisch. Dort ist die Handynummer bereits rot eingekringelt.

»Leider wird mal wieder nicht gehalten, was die Werbung verspricht: Er kann erst übermorgen. Hat zu viele Feuer zu löschen, nehme ich mal an.«

»Oder keine Lust mehr, so spät rauszufahren«, grinst Lu.

Interessiert betrachtet sie den Bildschirm, über den die üblichen Zahlen und Grafiken huschen.

Schließlich ist alles offenbar an Ort und Stelle, und das Desktop richtet sich ein.

Lu zeigt mit dem Finger auf das Bild. Eine aus dem Literaturarchiv heruntergeladene Abbildung.

»Ist das nicht diese Schauspielerin, diese Clarissa Black?«

»Ja.«

»Stehst du auf die?«

Ich sehe auf den Bildschirm und zucke die Achseln. »Das würde ich so nicht ausdrücken. Ich finde sie einfach nur so herrlich morbide.«

Lu zieht eine Grimasse. »Morbide. Das ist das richtige Wort. Ich finde, die sieht so aus, als stände sie auf Analpenetration mit einem Nudelholz und als würde sie dabei immer mächtig schlechte Laune kriegen.«

Mir wird heiß. Wie kann sie so was sagen?

Auf alle Fälle werde ich das Hintergrundbild ändern, sobald mein Rechner einmal so lange hochgefahren bleibt wie es dafür Zeit braucht.

»Ich schalt das Ding jetzt ab und warte darauf, dass der Computerfritze kommt«, entscheide ich spontan, tue die paar raschen Schritte zum Schreibtisch und beuge mich vor.

»Halt!«

Ich zucke zusammen. Nicht nur wegen ihres scharfen Tonfalls, sondern auch wegen ihrer Hand auf meiner Hand. So plötzlich kommt diese Berührung, dass sie meine Haut erschreckt wie eiskaltes Wasser.

»Weißt du, ich hatte so was auch schon mal. Hatte mir ein Virus gefangen. Und das hat meine feste Platte durchgewühlt wie nichts. Manche Sachen hat es gefressen: Schluck, war es weg. Die Sachen futschikato.«

»Das macht nichts«, erwidere ich und ziehe langsam meine Hand zurück. Vielleicht ist es nicht kaltes Wasser, das sich so anfühlt. Vielleicht ist es eher etwas heißes, sehr heißes, das so wirken würde. »Ich habe alles auf Diskette.«

»Das war es ja«, Lu nimmt ebenfalls ihre Hand wieder zu sich und legt sie einfach auf ihr Knie, als hätte es die kleine Berührung gar nicht gegeben. Es war ja auch nichts Besonderes. Sie hatte mich nur davon abhalten wollen, meinen Rechner auszuschalten. Das war alles. »Die Disketten waren alle … wie nennt man das? Korrupt. Genau wie die, von der du gerade erzählt hast.«

Das macht mich nun doch kribbelig.

Wir testen eine Diskette nach der anderen.

Und irgendetwas stimmt nicht mit ihnen. Manche lassen sich erst gar nicht öffnen.

Vielleicht liegt das aber auch an meiner alten Computer-Möhre, denn die bleibt dummerweise nicht lange genug hochgefahren, um herauszufinden, was da nicht stimmen könnte.

»Tja, da scheinst du dir aber mächtig was eingefangen zu haben«, kommentiert Lu die verfahrene Situation. »Hauptsache, du hast deine dicke Doktorarbeit schön im Aktenordner!«

Sie sieht mich an und runzelt die Stirn, als sie meinen Gesichtsausdruck sieht.

»Du hast doch von allem, was du so verzapft hast, einen Ausdruck gemacht, oder?«

Meine Handflächen sind bereits klitschnass.

»So gut wie«, murmele ich und spüre, wie mir die Hitze ins Gesicht schießt.

»Emma, das glaube ich jetzt nicht!«, sagt Lu und schüttelt den Kopf. »Du bist der schlauste Kopf, den ich kenne. Du schreibst gerade eine Doktorarbeit, was bestimmt nicht jeder kann. Aber du denkst nicht dran, dir nach jedem Arbeitseinheit einen Ausdruck zu machen?«

»Jeder«, brumme ich. »Jeder Arbeitseinheit.«

»Das meine ich!« Lu deutet mit dem Zeigefinger auf

mich, als hätte sie mich gerade dabei erwischt, wie ich eine Packung Kaugummis klaue. »Du bist super nervig, pingelig mit jedem kleinen Fehler, den man beim Sprechen macht. Aber aufpassen, dass du deine wichtige Arbeit nicht verlierst, das geht nicht, hm?!«

Das Schlimmste an ihr ist, dass sie nicht einmal sauer wirkt.

Sie teilt mir einfach so nebenbei mit, dass ich ihr höllisch auf die Nerven falle mit meinen ständigen Verbesserungen, aber wirklich ärgerlich darüber wirkt sie nicht. Vielmehr macht sie den Eindruck, als halte sie meine Besserwisserei für einen wesentlichen Teil meines Charakters, an dem weder etwas zu ändern noch großartig etwas zu beanstanden sei.

Sie schaut sich den Tower genauer an.

»Hast du CD-Rohlinge?«

»Ja, aber …«

»Gib sie mir! Na, mach schon! Und jetzt verkrümel dich mal für ne Weile. Das macht mich nervös, wenn du mich so über die Schulter siehst.«

Ich verkneife mir vorsichtshalber, das *mich* zu korrigieren, schiebe ihr die CDs hin und sehe noch zu, wie sie eine davon ins entsprechende Laufwerk schiebt.

Doch dann wirft sie einen Blick über ihre Schulter, der mehr als eindeutig ist. Und so lasse ich mich aus meinem eigenen Wohnzimmer vertreiben.

Ich gehe in die Küche und spüle ab.

Ich kann ihr sowieso nicht helfen. Mein spärliches Wissen über Computer ist längst ausgeschöpft.

Und es macht mich nervös, ihr zuzusehen, wie sie mit ihren praktisch veranlagten Händen, unter deren Nägeln noch eine Spur von Erde zu entdecken ist, an meinem Rechner herumfuhrwerkt. Währenddessen liegen drei zottelige, stinkende, vor sich hin röchelnde Hunde auf meinem Teppich und werden ihn wahrscheinlich für die nächsten zehn Jahre verseuchen.

Es macht mich nervös, wenn eine, die ich als Chaotin und unbedarfte Naiv-Lebens-Künstlerin einschätze, sich mit Dingen beschäftigt, die für mich existenziell wichtig sind.

Trotzdem widerstehe ich ziemlich lange der Versuchung, nach dem Rechten zu sehen.

Ich spüle ab. Zerdeppere dabei ein Glas. Räume die Scherben auf. Fege einmal den Küchenboden. Poliere den Herd, von außen und von innen. Sortiere die Lebensmittel im Kühlschrank neu, wische währenddessen mal gründlich dort durch.

Irgendwann funktioniert es aber nicht mehr. Ich gehe hinüber, um mit besorgtem Blick in der Tür stehen zu bleiben.

Lu sitzt am Rechner, voll konzentriert.

Sie sitzt auf meinem schönen Drehstuhl mit kerzengeradem Rücken und einem Ausdruck auf dem Gesicht, der mich auf eine Weise beruhigt und auf eine andere beunruhigt.

Ich bin beruhigt, weil sie tatsächlich so aussieht, als wisse sie, was sie da tut.

Und ich bin beunruhigt, weil ihr Anblick mir so vertraut ist. Ich kenne ihr Gesicht und seine unterschiedlichsten Ausdrücke so gut, dass sie mir nicht die Spur fremd vorkommt – trotz der letzten siebzehn Jahre.

Es kommt mir so vor, als hätte sie schon oft an meinem Schreibtisch gesessen, umlagert von drei Fellmonstern.

›Ich wüsste, was zu tun wäre, wenn ich ein paar Jahre jünger wäre …‹, höre ich Hannelores Stimme.

Bevor Lu sich umdrehen kann, verschwinde ich bereits

wieder in der Küche. Dort stelle ich fest, dass meine Tupper-Sammlung dringend eine neue Ordnung benötigt …

Währenddessen denke ich darüber nach, wie verrückt das Leben einem Menschen manchmal mitspielen kann.

Statt jetzt gemeinsam mit einer untröstlichen Frauke auf meinem Sofa zu sitzen, ihre Hand zu halten, alles weitere zum Auffangen von akutem Liebeskummer vorzubereiten und mich dadurch – getreu dem Rat eines guten Freundes – endlich ins richtige Licht zu rücken, fuhrwerke ich zwischen meinem Geschirr herum und höre hin und wieder vom meinem Arbeitsplatz aus Flüche und Verwünschungen.

Schließlich blitzt meine Küche nur so vor Sauberkeit.

Und da erscheint Lu in der Tür, neben ihr Kasper, der locker an ihr vorbei trabt und sich wie selbstverständlich an der Wasserschüssel bedient, die ich vorsorglich dorthin gestellt hatte. Immerhin weiß ich spätestens, seit ich Loulou kenne, wie man Gasthunde richtig bewirtet.

»So. Mehr kann ich auch nicht tun«, sagt Lu und gähnt herzhaft.

»Und was heißt das?«, frage ich.

»Dass du warten musst, bis dein Computer-Feuerwehrmann übermorgen kommt«, erwidert sie. »Der kann dir dann sagen, ob ich jetzt Quatsch fabriziert habe oder nicht. Aber sag mal, wofür habe ich mich jetzt eigentlich so abgerackert? Worum geht es in deiner Doktorarbeit?«

»Madelein Chapel und Egon Goldmann«, erwidere ich knapp und wienere noch ein bisschen am Herd herum obwohl der schon blitzt, als müsste er in einem Meister-Propper-Werbespot auftreten.

Irgendwie ertrage ich es nicht, sie anzusehen. Und weiß nicht, warum das so ist.

Sie ist erhitzt, ihre Wangen sind gerötet. Sie sieht verwirrend vertraut und fremd zugleich aus.

Dann besinne ich mich eines Besseren. Schließlich hat Lu gerade drei Stunden lang versucht, meine Arbeit zu retten.

»Sie waren beide Literaten und haben sich zwischen 1915 und 1939 ganz wunderschöne Briefe geschrieben. Ihre Liebesgeschichte ist wirklich eine ganz besondere.«

»Ist das nicht jede Liebesgeschichte?«

Wir sehen uns einen Moment lang an.

»Keine Ahnung«, seufze ich dann. »Ehrlich gesagt, habe ich von Liebesgeschichten ungefähr so viel Ahnung wie von Computern. Und soll ich dir mal was sagen? Ich will auch gar nicht mehr Ahnung davon haben. Wenn ich mir anschaue, welche Scherereien solche Dinge machen … da sollte man doch lieber gleich darauf verzichten.«

Lu blinzelt. »Auf Computer oder auf Liebesgeschichten?«

Ich winke ab. »Auf beides.«

Sie betrachtet einen Moment ihre eigenen Hände, als müsse sie meine Antwort sorgfältig abwägen und den Zustand meines Verstandes überprüfen.

»Und was wirst du machen, wenn du ein Doktor bist?«

»Na ja, ich bekomme automatisch ein höheres Gehalt.«

»Du wolltest also einfach nur mehr Geld verdienen?« Sie klingt irgendwie enttäuscht. Wie Blitze fliegen plötzlich Erinnerungen herbei. Die Erinnerungen an viele Gespräche und Schwüre, in denen ich beteuerte, nur Anwältin mit hehren Zielen werden zu wollen. Entweder das oder früh als Heldin sterben – so wie Sophie Scholl. Wenn Lu dieses Bild von mir im Kopf hat, dann wird sie mein Ansinnen nach einem höheren Gehalt ganz sicher enttäuschen.

»Nein, natürlich nicht. Ich wollte wissenschaftlich arbeiten. Und stell dir vor, ich finde die Texte der beiden wirklich wunderschön. Ich dachte, ich könnte die Welt bereichern, indem ich sie etwas mehr publik mache, indem ich andere Menschen auf sie hinweise.«

»Das ist doch ein schönes Ziel«, findet Lu, offenbar ohne meinen Sarkasmus beachten zu wollen.

»Ja«, lache ich trocken. »Tatsache ist jedoch, dass kein Mensch sich für meine Dissertation interessiert. Niemand wird auch nur für einen Augenblick innehalten in seinem Leben, um sich die Gedichte und Briefe von XX und XY anzusehen. So ist die Welt eben.«

Lu wiegt den Kopf. »Was eine Doktorarbeit angeht, könntest du wirklich Recht damit haben. Die ist bestimmt nicht einfach zu lesen. Aber du könntest deine Arbeit populär aufarbeiten und dann als Buch verkaufen. Vielleicht will ein Verlag es rausgeben, zusammen mit einem Band der gesammelten Briefe und einem zweiten Band mit einer Auswahl von Texten. Uhh, stell dir das vor: Es wäre wie die Bücher über Virginia Woolf und Vita Sackville-West.«

»Natürlich«, erwidere ich mit einem schiefen Grinsen. »Die Welt wartet nur darauf, dass Emma Rusche beschließt, unter die Biografen zu gehen.«

Lu mustert mich eingehend, dann lässt sie sich auf einen Küchenstuhl plumpsen.

»Was ist eigentlich mit dir passiert, Emma? Wieso bist du so … so … depressiv?«

Eigentlich wollte ich gerade zu meiner Teetasse greifen, aber jetzt erstarre ich in der Bewegung.

»Wie bitte?«

»Guck nicht so geschockt. Ich mein das nicht böse. Vielleicht ist depressiv auch nicht das ganz richtige Wort. Aber du wirkst so … niedergeschlagen. Als wärest du jetzt schon, mit Mitte dreißig, am Ende des Lebens. Ohne Perspektive, ohne Ziele. Ich kenn dich von früher so ganz anders. Du wolltest doch immer so viel. Lieber nach den

Sterne greifen, als sich mit zu wenig zufrieden geben, weißt du noch?«

Ich weiß es noch.

Ich kann mich an diesen Spruch noch gut erinnern.

Aber eigentlich wollte ich gar nicht mehr an ihn denken. Vor allem nicht jetzt. Nicht heute Abend. Eigentlich nie wieder.

»Wir waren Kinder, Lu«, sage ich beherrscht. »Es ist unsinnig, Vergleiche zu den Träumen einer Vierzehnjährigen anzustellen. Ich frage dich ja auch nicht, was aus deinem großen Wunsch der Schauspielerei geworden ist. Wieso du nicht gemacht hast, wofür du damals gestorben wärest, sondern stattdessen in einer Gärtnerin herumwuselst und Keramiken für die Terrassen fremder Leute herstellst.«

»Vielleicht solltest du das mal!«, erwiderte Lu, plötzlich ruppig. »Vielleicht solltest du deine coole Art mal einfach fahren lassen und mich mal ganz neugierig fragen: ›Sag mal, Lu, wieso bist du eigentlich nicht Schauspielerin geworden, wie du es früher vorhattest?‹ Dann könnte ich dir sagen: ›Ich habe an zwei Theatern gearbeitet. Ich habe kennen gelernt, wie Schauspieler leben. Wie hart sie arbeiten, um sich jedes Mal aufs Neue wieder verbiegen zu lassen. Wie sie alle miteinander was haben, fast jeder mit jedem. Wie sie keine Freunde mehr haben außer anderen Schauspielern, die genauso leben wie sie. Ich habe erfahren, wie einsam dieser Beruf machen kann. Deswegen bin ich keine Schauspielerin geworden.‹ Und schon würdest du mich verstehen. Aber wenn du einfach nur da sitzt und mich groß anschaust und dir deinen Teil denkst, dann passiert kein Verstehen, dann passieren nur Fragezeichen! Ach, ja … und zufällig *wusele ich nicht in einer Gärtnerei herum*, sondern ich arbeite dort. Ich mag meine Arbeit, und ich liebe es, Keramiken herzustellen – besonders wenn die dann anderen Menschen auch Freude machen. *Ich* bin nämlich zufrieden mit meinem Leben, Emma! *Ich* bin glücklich!«

In meinen Kopf herrscht eine bleierne Stille.

Hier sitze ich, meine Tasse fest umklammert, und denke, dass ich das verdient habe. Dass sie auf meine betonte Gelassenheit mit einem brasilianischen Temperamentsausbruch reagiert.

Das habe ich davon.

Nicht zu zeigen, dass ich verletzt bin, macht die Verletzung nicht ungeschehen.

Vielleicht sogar im Gegenteil.

Aber ich kann nicht. Ich kann ihr doch nicht sagen …

Ich sehe auf die Uhr. Es ist bereits nach Mitternacht. Es ist viel zu spät, um solche Gespräche zu führen.

Ich bin nicht darauf vorbereitet.

Ich …

»Warum sagst du denn jetzt nichts?«, will Lu wissen. Sie klingt verdächtig ruhig. Sie klingt, als schwele auch bei ihr etwas unter der Oberfläche. Und ich habe keinen blassen Schimmer, was das sein könnte.

»Na ja, im Grunde hast du ja Recht. Ich meine, ich kann schon verstehen, wieso du das sagst«, beginne ich etwas ratlos. Es ist spät. Lus Anblick verwirrt mich zusehends. Ich habe keine Ahnung, wie ich hier wieder rauskomme.

»Wieso willst du eigentlich immer, dass alle dich lieben?«, faucht sie mich da plötzlich an.

»Was? Also, Lu, ich finde jetzt gehst du aber …«

»Ist doch wahr! Du kannst gar nicht schnell genug sein bei der Erfüllung sämtlicher Erwartungen, die wer-auch-immer an dich stellt. Egal ob deine Eltern, deine Freunde, irgendeine Frau, die eine Wohnung vermieten will, jeder Popanz kann von dir etwas erwarten, und du rackerst dich ab, um dem auch bloß zu entsprechen. Sogar jetzt, hier, in deiner eigenen Wohnung. Ich pupse dich an, und du senkst einfach nur die Augenlider und sagst, dass du mich verstehen kannst. Lässt dir das einfach gefallen. Und dabei bin ich nicht mal irgendjemand Wichtiges. Ich bin doch nur ich, die nervige, seltsame, alte Klamotten sammelnde Lu. Vor der du abgehauen bist, sobald du die erste Gelegenheit dazu hattest. Sogar mir gegenüber warst du schon immer zu höflich, um mal zu sagen: ›Verpiss dich Lu! Du kekst mich an!‹ Meinst du, ich hab das nicht gemerkt, dass du mich manchmal lieber losgeworden wärest? Meinst du, es ist mir nicht aufgefallen, dass du hinter meinem Rücken mit deinen Freundinnen über mich gelästert hast, dass du es warst, die mir die Krabbeltiere in den Schlafsack gesteckt hat und die sauer war als ich dir zu deinem Einser in der Abi-Klausur verholfen habe, weil du die ganze Zeit kotzend auf dem Klo hingst? Meinst du, ich bin so unsensibel, dass ich das alles nicht mitbekommen habe, hä? Aber du hast nie was gesagt. Du sitzt nur da und lässt es über dich geschehen. Du denkst hundert Verwünschungen und Flüche, aber du lächelst. Du träumst dich an einen vollkommen anderen Ort, aber du bleibst. Und warum? Nur, weil du süchtig danach bist, dass alle dich lieben. Dabei musst du gar nichts dafür tun. Du bist schön, Emma. Alle lieben dich automatisch. Du musst sie dafür nicht anlügen.«

Als sie geendet hat, kann ich eine Weile lang gar nichts sagen.

Noch nie habe ich sie so erlebt.

Ehrlich gesagt, habe ich noch nie irgendjemanden so erlebt.

Ich habe das Gefühl, ich sitze nackt und entblößt vor ihr, und sie beschmeißt mich mit Schmutz. Ein grässliches Gefühl ist das. Aber noch schlimmer als dieses Gefühl ist das Wissen darum, dass es stimmt, was sie sagt. Ich habe den Dreck verdient, mit dem sie mich bewirft.

Sie hat es genau auf den Punkt gebracht. Ich bin so. Ich will es allen recht machen. Und zwar so sehr, dass ich lieber falsch und höflich bin, als ernsthaft meine Meinung zu vertreten, wenn mir jemand auf den Nerv geht.

Das ist eine feige, verräterische Haltung. Und ich schäme mich schlagartig so sehr, dass ich kaum wage, sie anzusehen.

Ich schäme mich, dass ich damals die anderen angestiftet habe, Spinnen und Kellerasseln zu sammeln. Ich schäme mich, dass ich meinen Eltern manchmal Lügen über Lu erzählt habe, nur damit sie nicht mehr in diesem wunderbaren Licht der springlebendigen, offenen, alle Herzen erobernden Freundin dastehen konnte. Ich schäme mich dafür, dass ich mir so sehnlich wünschte, sein zu können, wie sie war.

Und wie sie ist. Denn sie ist mir doch auch heute noch haushoch überlegen.

Sie ist diejenige, die lächelnd jede kleine Boshaftigkeit von mir erträgt. Eine gemeine Spitze kontert sie mit einem Grinsen. Ignoranz beantwortet sie mit Freundlichkeit. Und durch all diese Sachen ist sie hundertmal großherziger, ehrlicher und liebenswerter, als ich es je sein könnte. Ich kann meiner Teenagerfeindin Lucimar auch heute noch nicht das Wasser reichen.

Und das Allerfurchtbarste ist: Ich würde es so gern.

»Wenn du das alles wusstest«, höre ich mich da sagen. »Wenn dir das alles klar war, wieso hast du dann nie was gesagt?«

»Und dich damit endgültig vertrieben? Dich zu meiner offenen Feindin gemacht?«, erwidert Lu.

Ich verknote nervös die Hände. »Was hätte es dich gestört? Gut, wir wohnten direkt Tür an Tür, aber du brauchtest mich doch nicht. Du hast dich nie darum gekümmert, was andere denken. Wieso also hast du das alles ertragen?«

Ich hebe den Blick und sehe sie an. Sehe ihr mitten ins dunkelhäutige Gesicht. In ihre schwarzen Augen hinein, die meinen Blick erwidern. Und da weiß ich es.

Ich weiß mit einem Schlag, was sie sagen wird.

Der Schreck fährt mir so sehr in alle Glieder, dass er körperlich zu spüren ist.

Ich fühle ihn im Magen, der sich krampfartig zusammenzieht, im Rücken, der mir brechen will, in der ganzen Brust, die brennt, als stünde ich mit einem einzigen raschen Atemzug lichterloh in Flammen.

›Oh nein!‹, denke ich und will fast abwehrend die Hände heben. ›Oh nein, sag jetzt bloß nicht so was!‹

Ich will aufspringen und rufen: ›Sag es nicht! Los, lass uns ganz schnell über etwas andres reden und nie wieder daran denken!‹

Ich will die Hände fest über die Ohren legen und laut singen, damit ich keine Silbe verstehen kann.

Ich will auch ganz sicher nie wieder so eine dumme Frage stellen, die eine so verrückte Antwort zur Folge haben könnte.

Doch ich hocke einfach nur hier. Ich tue nichts. Ich halte sie nicht auf.

»Ach, Emma«, sagt sie da leise. »Ich war doch so verliebt in dich.«

Ihre Worte hängen zwischen uns wie eine schillernde Seifenblase, der wir beide fassungslos dabei zusehen, wie sie höher und höher steigt.

Lu sieht mich über dieses Flirren und Glimmern hinweg

an, und ihr Blick ist der einer Vierzehn-, Fünfzehn-, Neunzehnjährigen, ihr Blick ist der einer Frau Mitte dreißig.

Was soll ich bloß tun? Mit so einem Blick?

Irgendwann haben wir so lange nichts gesagt, dass das nächste Wort, das gesprochen wird, wie eine Bombe in meiner Küche explodiert. »Das kann nicht sein«, sage ich fest.

»Was kann nicht sein?«, fragt Lu. Ich sehe, dass ihre Hände zittern. Ich will es nicht sehen, aber dafür ist es bereits zu spät.

»Dass du in mich … Das hätte ich gemerkt. Ich weiß nicht, wieso du dir jetzt so etwas ausdenkst, aber falls du es tust, um mich völlig aus dem Konzept zu bringen, dann hast du damit erreicht, was du wolltest. Leider keine besonders gute Grundlage für den Neuanfang einer lange unterbrochenen Freundschaft.«

Lu blinzelt.

»Wie kommst du nur darauf, dass ich mir das ausdenke, Emma? Ich kann ja verstehen, dass es dich überrascht oder sogar schockt. Aber wieso sollte ich das erfinden? Das war nicht so witzig damals, weißt du.«

Als sie das sagt, sehe ich gerade auf ihre Lippen. Mir fällt auf, dass ich auf ihre Lippen sehe, weil ich genau erkennen kann, wie sie das du mit ihnen überdeutlich formt.

Ich sehe rasch wieder fort, auf den Tisch, auf meine Tasse, die dort steht.

Erhebe dich, du schwacher Geist!, lese ich darauf.

»Aber du warst immer so zielstrebig. Du wusstest doch genau, was du wolltest.«

»Und ich war nicht so dumm, um Dinge zu kämpfen, die ich nie bekommen hätte«, wirft Lu ein.

»Du hast es nicht einmal versucht«, kontere ich.

Lu sieht mich an. Das kann ich aus dem Augenwinkel erkennen. Aber ich erwidere ihren Blick nicht.

»Willst du sagen, es hätte etwas geändert, wenn du es damals gewusst hättest?«, fragt sie mit leiser Stimme.

»Quatsch!«, sage ich entschieden. »Oder glaubst du etwa, ich hätte etwas mit einer angefangen, die *mir* und *mich* nicht unterscheiden kann?«

Lu zuckt leicht zusammen. Ich sehe sie erschrocken an. Wie konnte mir so was rausrutschen? Ihre schwarzen Augen unter den beiden Halbmonden werden noch ein bisschen dunkler.

»Weißt du was, Emma? Solange du derartige Minderwertigkeitskomplexe hast, wirst du nie diejenige finden, die du suchst.«

Ich lache auf. Es ist ein hohes, falsches Lachen, das in die Seifenblase sticht und sie dröhnend zerspringen lässt. »Was haben meine Minderwertigkeitskomplexe mit deinen Sprachproblemen zu tun?«

Lu zuckt die Achseln. »Das kannst du ja mal herausfinden.«

Dann steht sie auf.

Mein Herz, das sowieso schon wesentlich schneller schlägt als gewöhnlich, beginnt zu rasen.

›Sie wird mich küssen!‹, denke ich und weiß eigentlich gar nicht, wieso ich mir da so sicher bin. ›Was mach ich jetzt? Sie wird mich küssen!‹

Doch Lu kommt gar nicht auf mich zu.

Sie wendet sich um und geht hinaus.

Im Flur stößt sie einen leisen Pfiff aus, der mich zusammenfahren lässt.

Aus dem Wohnzimmer kommen Belle und Jojo getrottet.

Sie alle gehen zur Tür.

»Hey!«, rufe ich da, springe auf und renne in den Flur. »Wo willst du denn jetzt plötzlich hin?«

Lu, die Hand schon auf der Klinke, schüttelt den Kopf, als hätte ich sie aufgefordert zu bleiben. Dabei habe ich das gar nicht. Kein Wort habe ich davon gesagt, dass sie bleiben soll.

»Es macht echt keinen Spaß, mit dir zu reden, wenn du nicht einmal bereit bist, zu dir selbst ehrlich zu sein, weißt du«, sagt sie. Dann öffnet sie die Tür.

»Ja, glaubst du denn, du kannst hier einfach so reinspazieren nach siebzehn Jahren, mir irgendwelche Liebeserklärungen um die Ohren pfeffern, die dir sowieso kein Mensch abnimmt und schon ist alles in Butter?«, schmettere ich ihr entgegen. »Du machst es dir ja mächtig leicht. Meinetwegen kannst du gehen, wohin du willst.«

Lu nickt. »Tschüss, Emma«, sagt sie.

Dann fällt die Tür ins Schloss.

10. Kapitel

»Sie haben gestern mal wieder zu lange und zu heftig gefeiert, und jetzt hilft nicht einmal eine Dröhnung mit Aspirin? Probieren Sie doch einmal unsere Ganzkörper-Energiemassage! Wir bringen Ihre angestauten Kraftreserven wieder zum Fließen. Kopfschmerz, Übelkeit und Schwäche verschwinden im Handumdrehen. Sonntags auch kurzfristige Hausbesuche.«

Frau Rusche?«, fragt meine Kollegin in der Uni irgendwann am nächsten Morgen. »Ist alles in Ordnung?«

»Ja«, antworte ich verwirrt. »Wieso?«

Sie deutet stumm auf einen Ordner, in den ich gerade Folien vom letzten Seminartermin einsortiere.

»Das sind die Akten von Professor Wettich.«

»Oh …« Ich schlucke und werfe einen Blick auf den Aktendeckel. Was eigentlich nicht notwendig ist. Denn um keine Unterlagen zu vertauschen, haben die Professoren unterschiedliche Farben in ihrem Sortiersystem. »Wo bin ich nur mit meinen Gedanken?«

Ich lächele meine Kollegin an, stelle den Ordner wieder zurück und greife zum richtigen.

Das ist nicht das erste Mal, dass mir heute so etwas passiert.

Zuerst hatte ich den Schlüssel fürs Büro zu Hause vergessen und musste mithilfe von mehreren vorbeikommenden Studenten den zuständigen Hausmeister suchen, damit er mir und meiner Kollegin aufschloss.

Dann habe ich vergeblich versucht, eine Unterrichtsvorbereitung auszudrucken und fluchte schon über alle Computer dieser Welt, als meine Kollegin mich darauf hinwies, dass ich den Drucker nicht eingeschaltet hatte.

Schließlich meldete ich mich am Telefon mit »Chapel?« und trank vor lauter Schreck über diesen Fauxpas aus der falschen Kaffeetasse.

Dass heute nicht mein Tag werden würde, war mir gestern Abend schon klar, als Lu meine Wohnung verlassen hatte.

Mir war allerdings nicht bewusst gewesen, dass es so schlimm werden würde.

Ich konnte die halbe Nacht nicht schlafen. Ständig fielen mir Situationen ein, in denen ich hätte darauf kommen müssen.

Tage und Stunden, an die ich schon seit Jahren nicht gedacht hatte.

Mir wurde heiß und kalt bei der Erinnerung an gegenseitige Massagen auf unseren Teenagerbetten, an enges Aneinandergeschmiegtsitzen beim Campen am Lagerfeuer, an das Gefühl ihrer Finger in meinen Haaren, um mir eine komplizierte Frisur zu flechten, ihren Stolz über ein von mir ausgeliehenes T-Shirt. Es hatte so viele Hinweise gegeben, dass ich mir jetzt wirklich vorwerfen muss, total blind gewesen zu sein.

Andererseits, überlege ich, als ich schließlich am Nachmittag auf dem Heimweg bin, andererseits sollte man die Vergangenheit aber auch ruhen lassen können.

Was ändert ihr gestriges Geständnis an unserem heutigen Verhältnis? Es schafft doch nur ein Ungleichgewicht, einen Vorwurf auf der einen, ein schlechtes Gewissen auf der anderen Seite. Es schafft peinliches Schweigen und Unsicherheiten. Ich finde, sie hätte es sich lieber verkneifen sollen. Wenn sie so lange geschwiegen hat – all die Jahre damals und dann die siebzehn, in denen wir uns nicht sahen – dann wäre es besser gewesen, es jetzt auch nicht mehr auszusprechen.

Finde ich. Ganz entschieden.

Trotzdem interessiert es mich, wie andere darüber denken.

Deswegen passt es ganz gut, dass Armin schon zu Hause ist, als ich auf dem Heimweg bei ihm schelle.

»Wo brennt's denn?«, grinst er, als ich die Treppe heraufkomme.

»Du glaubst nicht, was gestern passiert ist!«, sage ich und weiß, dass ich nach so einer Ankündigung seine volle Aufmerksamkeit habe.

Deswegen erzähle ich ihm rasch den Ablauf des gestrigen Abends.

Doch anstelle in meine Theorie zum ehrenhaften Schweigen einzustimmen, grinst Armin nur breit.

»Das ist ja ein Ding! Du hast wirklich zu ihr gesagt, dass du nichts anfangen würdest mit einer, die *mir* von *mich* nicht unterscheiden kann?«

»Ja.« Ich klinge dabei ziemlich kläglich. Denn das ist die Stelle in dem Gespräch, die mir selbst bereits gestern Leid tat. »Was glaubst du, was hat sie gemeint mit diesem Spruch, dass es keinen Spaß macht, mit mir zu reden, solange ich nicht bereit bin, zu mir selbst ehrlich zu sein?«

Armin zuckt lächelnd die Achseln. »Wahrscheinlich hat sie gedacht, du verarschst sie. Schließlich glaubt niemand, der dich sieht, dass du voller Komplexe steckst.«

»Danke für deine werte Meinung«, brumme ich. »Du

bist also der Ansicht, dass sie trotz ihres verspäteten Geständnisses durchaus salonfähig geblieben ist?«

Mein bester Freund hebt die Hände gen Himmel und lacht.

»Du bist ja so vergnügt«, stelle ich fest. Das ist eigentlich gar nicht zu übersehen. Seltsam, dass ich es nicht sofort in der ersten Sekunde bemerkt habe. Wahrscheinlich bin ich doch ein wenig arg mit den momentanen Ereignissen in meinem Leben beschäftigt.

Armin strahlt. »Rolf und ich fahren zusammen in Urlaub!« Passend zu dieser Ankündigung tänzelt er aus dem Zimmer und kommt mit einem quietschgrünen Hemd wieder herein. »Was hältst du davon? Hab ich grad bei H & M gekauft.«

»Chic«, sage ich und wiederhole langsam: »Ihr fahrt zusammen in Urlaub?«

»Du sagst es! Du hast mich gerade beim Packen erwischt.« Armin winkt mich heran. Und tatsächlich liegt auf seinem breiten Bett ein aufgeklappter Koffer, um den herum sich Unmengen an T-Shirts, kurzen und langen Hosen, Hemden, Kappen, leichten Jacken und Unterwäsche türmen.

Während ich staunend dort stehe, schwebt Armin durchs Zimmer, reißt hier und da Sachen aus dem Schrank, den Schubladen und der Kommode, um sie mehr oder weniger fahrlässig in dem riesigen Koffer zu verstauen oder einen der Berge auf dem Bett zu ergänzen.

Ich bin platt.

»Wie jetzt? Du und er? Urlaub? Wie lange?«

»Eine Woche!«, flötet Armin und wirbelt um mich herum. »Ist zwar nur Mallorca, also nicht gerade mein Traumreiseziel. Aber egal! Hauptsache wir sind zusammen!«

»Wie kommt das denn? Macht er offiziell eine Geschäftsreise oder was?«

Armin grinst. »Das wäre auch eine Möglichkeit. Aber nein. Es ist sein ganz normaler Urlaub. Der war eigentlich für die ganze Familie gebucht. Aber der kleine Schatz …«, er macht eine Pause, um einem imaginären Kind direkt vor ihm über den Kopf zu streichen, »hat sich leider im Kindergarten die Windpocken geholt. Jetzt kann Mutti nicht mit. Tja. Pech für Mutti!« Er lacht laut und zieht einen Pyjama aus der Schublade, betrachtet ihn einen Augenblick, murmelt: »Ach, brauch ich eh nicht in dieser Woche.« Und legt ihn wieder zurück.

Irgendwie habe ich plötzlich einen sehr bitteren Geschmack auf der Zunge.

Ich schlucke und schlucke, aber es ändert nichts.

»Was guckst du denn so verdattert?«, grinst Armin und wirft mir ein ungebügeltes, aber hoffentlich sauberes Hemd über den Kopf.

Ich ziehe den Stoff von meinem Gesicht und lächele etwas schief.

»Das freut mich für dich«, sage ich etwas lahm.

»Du brauchst keine Purzelbäume zu schlagen«, meint Armin vergnügt. »Das mache ich schon.«

Das sehe ich.

Und ich weiß nicht wieso, aber irgendwie fühle ich mich dabei plötzlich ganz jämmerlich.

Wir wissen doch beide, dass der Absturz nach der Woche Mallorca furchtbar sein wird. Wir wissen doch beide, dass Rolf auch nach sieben Tagen in den schwulen Flitterwochen seine Frau und Tochter nicht verlassen wird. Wir wissen beide, dass es im Grunde aussichtslos ist.

Das weiß Armin doch sicher auch, nicht wahr?

»Sag mal, kann es nicht sein, dass du auch in sie verliebt

gewesen bist?«, fragt Armin da plötzlich, und ich verschlucke mich an meiner eigenen Spucke.

»Wie?«, bringe ich schließlich raus. »Ich? In Lu?«

Armin ist stehen geblieben und verknotet jetzt seine schlanken Finger ineinander. Die Aussicht auf die gemeinsame Woche mit Rolf lässt seinen ganzen Körper elastisch und biegsam werden.

»Der Gedanke ist mir schon öfter gekommen. Wenn man mal bedenkt, wie schwer dir das Coming-Out vor deinen Eltern gefallen ist, obwohl die doch total nett sind, und obwohl doch abzusehen war, dass sie prima reagieren würden. Trotzdem hast du dich ohne Ende gequält und …«

»Ja, schon gut!«, wehre ich ab. An diese unrühmliche Zeit werde ich nur ungern erinnert. Ich habe mich damals benommen wie eine verschreckte Sechsjährige. Aber ich hatte einfach furchtbare Angst. Dass ich den Erwartungen meiner Eltern nicht mehr entsprechen würde. Ich wusste, dass sie mich nicht aus dem Haus werfen oder verstoßen würden. Aber in mir zitterte und bangte dennoch alles, weil ich mir nächtelang ausmalte, wie sie mich mit distanzierten Blicken forschend betrachten würden, mich nur noch kühl und mit spürbarem Argwohn umarmen und alle Themen des privaten Lebens in unseren Gesprächen krampfhaft vermeiden würden.

Damals war ich immerhin schon Anfang zwanzig und hatte gerade Armin in der Coming-Out-Gruppe der Queer-Organisation der Stadt kennen gelernt. Wenn ich ihn und seinen Zuspruch nicht gehabt hätte, hätte ich es meinen Eltern wahrscheinlich heute noch nicht gesagt.

»Vorausgesetzt du wärst in sie verliebt gewesen«, sagt Armin mit erhobenem Zeigefinger, mit dem er mich daran hindern will, ihn wieder zu unterbrechen. »Wäre es dann nicht total logisch gewesen, wenn du aus lauter Panik vor einer Offenbarung vor deinen Eltern und Freundinnen und überhaupt der ganzen Welt … also, wenn du dann – anstatt mit Lu eine wunderbare Teenagerromanze zu erleben – aus ihr eine Art Feindin gemacht hättest?«

»Weißt du was, Armin?«, sage ich und wende mich zur Tür. »Die Aussicht auf eine Woche Rolf hat dir den Verstand vernebelt. Du spinnst!«

* * *

Ich muss unbedingt mit jemandem reden, der sein Hirn nicht hormonell bedingt vorübergehend abgeschaltet hat!

Im *Yellow* treffe ich wie erwartet Hannelore, die an der Theke auf einem Barhocker sitzt und mit Natascha flirtet.

Neben ihr thront eine der drei Frauen, die neulich schon ihr Misstrauen gegen mich gerichtet hatten. Doch mittlerweile scheint sie ihrem Ziel näher gekommen zu sein, denn Natascha bezieht sie gerade auf sehr reizende Weise in ihr Gespräch mit Hannelore ein, als ich dazustoße.

Ich lächele sie alle drei unverbindlich an und lege Hannelore eine Hand auf die Schulter.

»Kann ich dich mal kurz sprechen?«

Meine Freundin genießt offensichtlich, mitten in diesen Strudel von Flirtereien und Neckereien geraten zu sein und möchte sich daraus nicht so gern entfernen. Sie wirft einen bedauernden Blick zu Natascha, die ihr zublinzelt. »Ich kann ja Dana währenddessen mal zum Musikprogramm des Abends befragen. Dana, hast du Lust, rumzukommen und dir mal anzusehen, was wir hier alles im Angebot haben?«

Dana huscht geschwind von ihrem Hocker und verschwindet nur zu gern mit Natascha in der Musikanlagen-Ecke.

»Was gibt es denn?«, wendet Hannelore sich an mich und nimmt sich eine Salzstange.

»Ich war gerade bei Armin und hab ihm das alles auch schon erzählt. Aber er konnte mir nicht helfen, ist sozusagen – und hoffentlich nur vorübergehend – unzurechnungsfähig …«, beginne ich.

»Warum ist er nicht mit hier?«, will sie wissen.

»Er packt. Er fliegt morgen mit Rolf in den Familienurlaub nach Mallorca. Rolfs Frau muss bei dem kranken Kind bleiben, und der Urlaub kann nicht mehr storniert werden. Offiziell ist Armin ein Arbeitskollege. Aber darum geht's jetzt doch gar nicht … es geht um Lu…«

Auch Hannelore bekommt nun also en detail geschildert, wie die gestrige Begegnung zwischen Lu und mir verlaufen ist.

Ich lasse wirklich nichts aus. Es ist mir wichtig, was meine älteste und weiseste Freundin zu diesem Dilemma meint.

»… und deswegen glaube ich, dass ich im Grund doch jetzt nur noch den Kontakt zu ihr meiden kann. Wie soll denn eine wie auch immer zu definierende Freundschaft oder Bekanntschaft laufen, wenn eine jahrelange, unerwiderte und unausgesprochene Liebe im Raum steht«, schließe ich letztendlich und klinge derart überzeugend, dass ich selbst zu meinen Worten nicke.

Hannelore hat meinen Worten die ganze Zeit gelauscht, ohne mich ein einziges Mal zu unterbrechen.

Jetzt bewegt sie ihre dezent geschminkten Lippen wie bei einer Anti-Falten-Gymnastikübung und blickt sinnierend vor sich hin.

Dieses Gesicht kenne ich. Sie denkt angestrengt nach. Ich bin wirklich gespannt, was sie sagen wird.

»Sie wird ihn kennen lernen wollen«, murmelt sie schließlich.

»Wie?« Ich lege eine Hand hinters Ohr. Die Musik ist offenbar zu laut, ich habe sie wohl nicht richtig verstanden.

»Sie wird wissen wollen, wer er ist. Schließlich ist es schon merkwürdig, dass irgendein Arbeitskollege, von dem sie noch nie gehört hat, mit ihrem Mann in Urlaub fliegen will, oder? Also, ich an ihrer Stelle würde mich da sehr wundern.«

Ich brauche einen Moment, um zu begreifen, dass sie von Armin, Rolf und dessen Ehefrau Karin spricht.

»Und vielleicht kommt ihr auch ein Verdacht. Der wird sich aber natürlich erst mal auf eine andere Frau beziehen. Doch genau deswegen wird sie diesen vermeintlichen Arbeitskollegen kennen lernen wollen. Und dann wird's eng. Kannst du dir unseren Armin vorstellen, wie er ein nettes kleines Abendessen bei Rolf und seiner Frau durchhält? Außerdem wird sie spätestens dann Lunte riechen, wenn Armin den Mund aufmacht. Nicht schwul aussehen, das geht ja noch. Aber nicht schwul sprechen … das wird er nicht packen.«

»Hannelore«, sage ich zaghaft. »Es ist nicht so, dass mir Armin egal wäre. Die ganze Geschichte macht mir auch ziemliche Sorgen. Aber ehrlich gesagt, hatte ich gehofft, dass du mir einen Rat geben könntest in Bezug auf Lu. Ich weiß nämlich nicht, was ich jetzt machen soll mit ihr.«

»Mit ihr?«, grinst Hannelore. Falls irgendjemand der Meinung ist, eine Frau über siebzig könne nicht mehr lüstern aussehen, muss ich ihm scharf widersprechen. »Ich wüsste schon …«

»Hannelore!«, flehe ich.

Sie räuspert sich. »Was soll ich dir denn sagen, Emma, was du nicht sowieso schon selbst weißt? Du wolltest lange nicht sehen, was offensichtlich war. Jetzt kannst du nicht mehr dran vorbeigucken. Und nun musst du – und zwar ganz allein – herausfinden, was du machen willst. Ich brauche es ja nicht zu wiederholen: Wenn ich ein paar Jahre jünger wäre …«

»Aber Frauke«, beginne ich, doch sie fällt mir ins Wort: »Für Frauke und dich gilt genau dasselbe. Das sieht doch jede halbwegs sensible Frau, dass sie auch nicht ganz cool bleibt, was dich angeht. Aber bevor du dich um so etwas kümmerst, musst du dir erst mal klar werden, ob du überhaupt bereit wärest, dich in eine Beziehung zu mischen. Obwohl sich das ja vielleicht auch in Kürze erledigt haben könnte …«

»Was?«, horche ich auf.

Hannelore zupft sich einen imaginären Fussel von der Bluse. »Kurz bevor du gekommen bist, sind deine Lu und Antonie wieder abgezwitschert. Sie waren vorhin hier als ich kam. Und ich hatte den Eindruck, dass sie sich ziemlich gut … amüsieren.«

Hannelores Blick huscht zu Natascha und ihrer Flamme hinüber, die sich über den CDs viel sagende Blicke zuwerfen.

»Willst du mir damit sagen, dass Lu und Antonie geflirtet haben?«

»Sah so aus, ja.«

In meiner Magengegend beginnt etwas aufgeregt zu flattern.

Wenn Lu mit Antonie flirtet und Antonie mit Lu flirtet und die beiden nun schon wieder miteinander unterwegs sind … was bedeutet das dann?

»Frag mich bloß nicht, was das bedeutet«, winkt Hannelore ab. »Ich bin eine alte Frau, die nur noch am Rande am Leben teilnimmt. Derartige Verwicklungen gab es früher zwar auch, aber das ist so lange her … ich weiß nicht mehr, woran man erkennt, wann es wirklich ernst wird.«

* * *

Mein Heimweg ist viel länger als sonst.

Vielleicht kommt mir das ja auch nur deswegen so vor, weil ich an jeder Schaufensterauslage stehen bleibe und lange hineinstarre.

Erst als ein paar Jugendliche kichernd an mir vorbeistreifen und mir bewusst wird, dass ich gerade intensiv die Auslage eines Sanitätshauses begutachte, klemme ich meine Tasche energisch unter den Arm und beeile mich, nach Hause zu kommen.

Vielleicht hatten sie sich nur auf einen kleinen Schluck Kaffee im *Yellow* verabredet oder sich sogar zufällig getroffen. Vielleicht ist Antonie längst wieder bei Frauke, und die beiden liegen bereits kuschelig unter einer Decke. An was anderes will ich erst gar nicht denken.

Ich laufe durch meine Wohnung. Vom Wohnzimmer in die Küche, ins Schlafzimmer, ins Wohnzimmer und in die Küche. Der Blick zur Uhr sagt, dass es schon spät ist. Eigentlich Zeit, schlafen zu gehen. Zeit, endlich auszuruhen und die Gedanken …

Die Gedanken zum Schweigen zu bringen.

Hannelore ist eine ignorante, aber weise alte Frau. Und Armin ist ein Spinner.

Ich greife zum Telefon und wähle.

»Hallo?«, meldet sich die mir sehr vertraute Stimme.

»Hallo. Ich bin's, Emma. Ich hoffe, ich habe dich nicht geweckt?«

»Oh, nein, ich sitz hier allein auf dem Sofa rum und lese ein bisschen. Da kommt mir ein Anruf von dir gerade recht«, sagt Frauke.

* * *

Karl Hannemann ist ganz anders, als ich erwartet habe. Er ist kein postpubertärer Craig, der Kaugummi kauend und mit Baseballmütze hereinscharwenzelt. Nein, er ist etwa Mitte Vierzig, trägt ein ordentlich gebügeltes Hemd, dem jedoch der oberste Knopf fehlt, und auf dem Kopf trägt er nichts, nicht einmal Haare.

Ich erkläre ihm, welche Symptome mein Rechner gezeigt hat und was ich unternommen habe.

Er nickt fachmännisch, setzt sich an meinen Schreibtisch und tippt drauflos. Der Computer gibt Geräusche von sich, die ich ihm noch nie entlocken konnte. Auf dem Bildschirm erscheinen Oberflächen, die mir vollkommen unbekannt sind. Karl Hannemann begleitet sein geheimnisvolles Tun mit einem hin und wieder herausgepressten »Aha!« oder »Ach?« oder »Au, weia!«, was meine Nervosität nicht gerade lindert.

»Eine Frage«, sagt er nach etwa zwanzig Minuten, als ich schon mit den Nerven ziemlich am Ende bin. »Nachdem Sie gemerkt haben, dass Ihre Disketten fehlerhaft waren, haben Sie Ihre Daten da irgendwo anders gesichert?«

Ich halte ihm stumm die CDs hin, die Lu auf dem Schreibtisch hatte liegen lassen.

Karl Hannemann packt aus seinem großen Computer-Fritzen-Koffer ein kleines Notebook, das ich dort niemals vermutet hätte.

Dann legt er nacheinander jede der CDs ein und kontrolliert sie. Wahrscheinlich darauf, ob sie mit Flöhen und Läusen infiziert sind. Oder ob ich mich an die neue Rechtschreibung gehalten habe.

Wenn er nicht bald sagt, was mit meinen kostbaren Unterlagen passiert ist, werde ich mir die Haare einzeln rausreißen und am Ende so aussehen wie er selbst – zumindest auf dem Kopf.

»Haben Sie diese Rettungsaktion gestartet?«, will er wissen, während sein Blick angestrengt an dem Monitor seines taschenrechnergroßen Computers klebt. Ich habe schweißnasse Hände.

»Nein«, antworte ich. »Eine … Bekannte.« Fast hätte ich Freundin gesagt. Aber irgendwie dann doch nicht. Sind Lu und ich Freundinnen? Rechtfertigen neun Jahre Nachbarschaft, ein paar Wochen Wiederbegegnung und ein nachträgliches Liebesgeständnis diesen Begriff?

»Hat sie 'n Job?«, nuschelt der Herr Hannemann und nimmt auch die letzte CD heraus.

»Bitte?«

»Ihre Bekannte, hat die 'ne Arbeit?«

Ich blinzele verwirrt. »Ja. Ja, sicher.« Und vergesse ›Wieso?‹ zu fragen. Aber er antwortet trotzdem. »Schade«, sagt er. »Ich würd' sie einstellen. Solche Köpfchen kann ich brauchen. Ohne diese Sicherung hier, also, da wär' nicht mehr viel übrig von ihrer Arbeit, das kann ich Ihnen aber sagen.«

Mir wird heiß und kalt zugleich.

»Sie meinen, mein Rechner kann die Dateien, meine Doktorarbeit und die ganzen Massen von Recherche-Unterlagen nicht mehr komplett anzeigen? Meinen Sie das?«

Karl Hannemann gluckst vergnügt. »Ne, das mein ich nicht. Ich mein, dass von Ihrem Rechner nichts mehr übrig ist, gute Frau. Der ist leer.«

»Leer?«

»Ja, da ist nicht mal mehr das simpelste Programm drauf. Geschweige denn ein Dokument.«

Oh, Gott!

»Und Sie denken, wenn meine Freundin … ehm, meine Bekannte, also, wenn die nicht noch rechtzeitig diese CDs gezogen hätte, dann wäre es zu spät gewesen?«

»Tja, wie heißt es doch immer so schön in den Krimis, die meine Frau ständig liest: Sie war wohl die Letzte, die das Opfer lebend gesehen hat.«

Die restliche Zeit seines Besuches verbringe ich in einer Art Schockzustand.

Fortwährend frage ich mich immer wieder die gleichen Dinge. Erstens: Wie konnte ich so taktlos und mies sein, ihr diesen Spruch mit dem *mir* und dem *mich* reinzudrücken? Zweitens: Wieso habe ich mich nicht einmal richtig bei ihr bedankt? Drittens: Aus welchem Grund habe ich sie schließlich dann regelrecht hinausgeworfen? Viertens und Wichtigstens: Wie kann ich das alles je wieder gutmachen?

Wie soll ich Lu jemals wieder unter die Augen treten können?

Als Karl Hannemann gegangen ist, mit dem Auftrag zu einer komplett neuen Installation des Rechners für kommenden Dienstag in der Tasche, ist mir sonnenklar: Ich muss mich bei Lu entschuldigen!

Und zwar rasend schnell!

Ich muss ihr sagen, wie Leid es mir tut, dass ich mich benommen habe wie die Axt im Walde.

Also rufe ich sie an.

Aber sie ist nicht daheim. Obwohl es Freitag ist und bereits kurz nach drei, ist sie nicht zu Hause.

Wahrscheinlich sieht ihre Arbeitszeit in der Gärtnerei –

sei die Arbeit dort noch so erfüllend – doch ein bisschen anders aus als meine an der Uni.

Zumindest ein klitzekleines, selbstgefälliges Grinsen kann ich an dieser Stelle nicht unterdrücken.

Ich spreche ein paar unverfängliche Grüße an Jojo, Kasper und Belle aufs Band und lege wieder auf.

Dann versuche ich es eben in zwei Stunden noch mal.

* * *

Wie lang zwei Stunden werden können, war mir vor diesem Nachmittag auch noch nicht wirklich klar.

Sie sind so lang, dass ich in ihnen dreimal die Version meiner Entschuldigung umwerfe. Und sie erstrecken sich plötzlich in Richtung Unendlichkeit, als ich erfahre, dass Lu auch um fünf noch nicht zu Hause ist.

Vielleicht erst um sieben?

Ach, nein, um sieben offenbar auch noch nicht. Sie ist wahrscheinlich noch mit den Hunden unterwegs.

Aber um halb acht, da müsste sie doch …

Fehlanzeige.

Um kurz vor acht bin ich ein derart runtergekommenes, nervliches Wrack, dass ich zum letzten aller Mittel zu greifen bereit bin: das Handy!

Ich hasse es eigentlich, Leute auf dem Handy anzurufen. Schließlich weißt du nie, wobei du diesen Menschen gerade störst. Vielleicht lässt du sein mobiles Telefon mitten in einer langen Kassenschlange bei Aldi bimmeln oder beim Bestellen in der Dönerbude oder beim Friseur oder in der Arztpraxis.

Es kommt mir immer so unangebracht vor, mitten in das Leben eines Menschen hinein zu klingeln und meine persönlichen Belange vorzutragen, während Dauerwellen gelegt, Salami abgewogen oder Schuhe anprobiert werden.

Aber hier handelt es sich ja quasi um einen Notfall. Schlimm genug, dass ich zwei Tage habe verstreichen lassen.

Wenn ich noch länger warte, wird Lu mir wahrscheinlich überhaupt nie wieder verzeihen und dann …

Ich halte einen Moment inne, während ich in der einen Hand das Telefon, in der anderen Hand den Zettel mit der Handynummer balanciere.

Was wäre, wenn Lu mir überhaupt nie wieder verzeihen würde?

Was wäre so schlimm daran?

Schließlich habe ich sie siebzehn Jahre lang nicht vermisst.

Anfangs dachte ich natürlich noch oft, später dann hin und wieder an sie. Aber in der letzten Zeit? Nein, ich habe nicht das Gefühl gehabt, dass meinem Leben etwas Entscheidendes fehlt.

Ist es nicht vielmehr so, dass ich Lus Kritik an meinem Duckmäusertum mit einer kläglichen Entschuldigung noch rechtfertigen würde?

Die Hand mit dem Zettel sinkt ein wenig tiefer.

Wahrscheinlich ist es so.

Höchstwahrscheinlich wird Lu es also ziemlich Banane und völlig unangebracht finden, wenn ich sie jetzt anrufe wie die Feuerwehr, um sie in so einer Lappalie – wie sie sehr wahrscheinlich meinen wird – um Absolution zu bitten.

Damit hätte ich sie voll und ganz bestätigt. Dass ich nämlich ständig und überall und mit allen Lieb-Kind sein will. Dass ich es einfach nicht ertrage, wenn jemand böse mit mir ist.

Vielleicht wird Lu es sogar gleich zur Sprache bringen. So nach dem Motto: ›Das war ja zu erwarten, dass du nach ein paar Tagen angekrochen kommst, um dich wortreich zu entschuldigen!‹

Ehrlich gesagt möchte ich ihr diesen Triumph gar nicht gönnen.

Hin und her gerissen starre ich auf das Telefon.

Es ist schon fast acht.

Verdammt. Ich werde mir doch von einer dahergelaufenen brasilianischen Göre nicht erzählen lassen, bei wem und wofür ich mich zu entschuldigen oder nicht zu entschuldigen habe!

Entschlossen tippe ich die Zahlenfolge ein und lausche angespannt auf das Tuten im Hörer.

»Ja?«, meldet Lu sich nach einer – subjektiv empfunden – viel zu langen Zeit.

»Hi, Lu. Hier ist Emma.«

»Oh, hallo …« Meine ich das nur oder klingt sie überrascht?

»Du brauchst gar nicht so zu tun. Wahrscheinlich hast du dir schon gedacht, dass ich anrufen werde«, sage ich laut und deutlich.

»Äh … wieso?«, macht Lu.

»Na, weil du doch genau das gemeint hast, oder? Dass ich die Dinge nicht auf sich beruhen lassen kann, wenn die Gefahr besteht, dass ich in einem schlechten Licht dastehe. Das hast du doch genau so gemeint, oder?«

Lu räuspert sich. »Ehrlich gesagt, weiß ich jetzt gerade nicht, wovon du sprichst. Aber vielleicht können wir ja später noch einmal telefonieren? Ich bin nämlich gerade unterwegs, weißt du … ich steh hier vorm Kino.«

Ach du Schreck! Und das passiert mir! Wie kann eine, die sich immer so viele Gedanken über die Schwierigkeiten beim Telefonieren mit dem Handy macht, so blöd sein und vergessen, danach zu fragen, ob es gerade passt?

»Oh … O. k., klar, natürlich.«

»Gut. Kann ich dir dann später zurückrufen?«

Dich. Aber egal! »Ja, ja, sicher. Wann wird das sein?«

»Ich weiß nicht … was meinst du, wann wir wieder zu Hause sein werden?«, fragt sie nicht mich, sondern ihre Begleitung.

Ich höre eine Stimme sagen: »Ach, der Film hat normale Länge. Und wenn wir dann noch was trinken gehen … Ich schätze mal so um zwölf.«

»Um zwölf ist zu spät, oder?«, fragt Lu nun mich.

Ich antworte nicht.

»Emma?«

»Ja.«

»Ist zwölf zu spät oder kann ich dann noch anrufen?«

»Zwölf geht noch. Ich bin sowieso lange auf«, sage ich lahm.

»Gut, bis später dann.«

Sie legt auf.

Ich starre vor mich hin.

Es ist unmöglich, das ich mich irre.

Ganz sicher irre ich mich nicht. Natürlich verzerrt das Handy eine Stimme ein wenig, aber ich bin mir ganz sicher: Es war Antonie, die neben ihr stand und die sie gefragt hat, wann sie wieder zu Hause sein werden.

Antonie, die heute Mittag zu ihrer Tante nach Marburg gefahren ist. Das weiß ich nämlich von Frauke. Denn Frauke klang in unserem Telefonat gestern tatsächlich ein wenig traurig, als sie erzählte, dass Antonie ausgerechnet am Abend vor einem Wochenende, das sie sowieso schon nicht gemeinsam verbringen, noch mit Lu herumziehen muss.

Das war gestern. Gestern sind Antonie und Lu zusammen herumgezogen. Aber heute, jetzt, müsste die kleine, blonde, angehende Tierärztin längst bei ihrer Tante angekommen sein.

Ich starre auf meine lackierten Zehennägel, die auf dem hellen Teppich blutrot aussehen. Alarmierend.

Na ja, Frauke hat nicht ›herumziehen‹ gesagt.

Sie hat ›etwas unternehmen‹ gesagt. Sie hat gesagt, dass Lu und Antonie gemeinsam ›etwas unternehmen‹.

Und wenn ich so recht überlege, hat sie auch nicht explizit erwähnt, dass dieses Wochenende eines sein wird, das sie nicht gemeinsam verbringen werden.

Aber das konnte ich mir schließlich aus den Tatsachen selbst zusammenreimen.

Und dass sie traurig geklungen hat, das habe ich mir ganz sicher nicht eingebildet.

Ohne lange nachzudenken, wähle ich Fraukes Nummer.

Ich werde sie einfach fragen, wie es ihr geht und ein bisschen mit ihr plauschen. So wie gestern.

Vielleicht erzählt sie dann von sich aus, dass Antonie doch nicht nach Marburg gereist ist, sondern gerade im Begriff ist, mit Lu ins Kino zu gehen – natürlich weil Frauke keine Lust dazu hat und lieber ein Buch über die Liebe lesen möchte, allein, versteht sich, und weil das mit Antonie zusammen nicht möglich ist.

Falls Frauke das nicht von allein erwähnen sollte, werde ich ganz nebenbei danach fragen, ob Antonie gut angekommen ist. Es waren ja so viel Staus, habe ich am Radio gehört.

Und falls Frauke dann sagt, ja, danke, ist sie …

Ich finde, es ist meine Pflicht als Freundin, sie darauf hinzuweisen, dass das nicht der Wahrheit entsprechen kann.

Aber aus meinem hehren Vorsatz wird so oder so nichts. Denn Frauke geht nicht ans Telefon.

Ich stammele etwas Sinnloses auf ihren Anrufbeantworter und lege dann abrupt auf.

So, und jetzt setze ich mich hier auf mein Sofa, werfe die Glotze an und warte darauf, dass Lu anruft.

* * *

Egal, welche Serie ich gucke, völlig wurscht, ob Krimi, Schnulze oder Talkshow, nichts lenkt mich wirklich ab.

Was läuft eigentlich aktuell im Kino?

Mir fällt als erstes dieser neue Lesben-Liebesfilm ein. *The Message.* Den hab ich auch noch nicht gesehen, aber er soll toll sein. Sensibel erzählt. Mit schönen Bildern. Poetisch. Romantisch, aber nicht zu dick aufgetragen. Ein Film eben, bei dem du selbst so richtig in Stimmung kommen kannst, dich zu verlieben.

Das würde natürlich noch viel schneller und leichter gehen, wenn die Person, mit der du im Kino sitzt, fröhlich und lebendig ist, über leuchtende Augen und eine kleine Zahnlücke verfügt, die du selbst *ziemlich sexy* findest.

Ja, wenn ich ein gemeinsames Wochenende stimmungsmäßig gleich richtig einläuten wollte, würde ich mich auch für *The Message* entscheiden.

Wohnungsbesichtigungen und Waldspaziergänge sehen dagegen selbstverständlich reichlich blass aus.

Ich weiß nur leider nicht, wo genau der Film jetzt gerade gespielt wird. Armin weiß das bestimmt. Aber als ich ihn anrufen will, fällt mir ein, dass mein Bester wahrscheinlich momentan auf Mallorca seinen ersten Drink an der Hotelbar nimmt, während Rolf neben ihm eine *Bin-gut-angekommen-meld-mich-morgen-per-Telefon-*

vermiss-euch-dein-Bussibär-SMS an seine Ehefrau Karin tippt.

Dieser Gedanke trägt nicht dazu bei, meine Stimmung zu heben.

Irgendwann ist es viertel nach elf, und ich kann deutlich sehen, wie der Zeiger meiner Armbanduhr mich zum Narren hält.

Er tut so, als würde er weiterwandern. Ja, aus dem Augenwinkel sieht es manchmal sogar so aus, als würde er mächtige Sprünge machen. Doch wenn ich dann genau hinsehe, erkenne ich, dass er sich kaum vom Fleck bewegt hat.

Soll ich Lu darauf ansprechen?

Eigentlich will ich ja aus einem ganz anderen Grund mit ihr reden. Ich will mich entschuldigen.

Aber ich könnte auch ganz nebenbei fallen lassen, wie traurig Frauke gestern am Telefon klang. Eben weil Antonie gestern schon – am letzten Abend vor einem nicht gemeinsam verbrachten Wochenende – zusammen mit Lu herumgezogen ist. Was würde Frauke jetzt wohl sagen, wenn sie wüsste, dass Antonie gar nicht zu ihrer Tante in Marburg gefahren ist, sondern sich mit Frauen, die sie erst vor Kurzem kennen gelernt hat, in Lesbenfilmen rumtreibt?

Ich glaube zwar, Lu von früher noch recht gut zu kennen, aber eins weiß ich gar nicht einzuschätzen: Wie steht sie eigentlich dazu, sich in bestehende Beziehungen einzumischen und mindestens eine der beiden ehemaligen Partnerinnen kreuzunglücklich zu machen?

Es macht mich nervös, so ruhig hier zu sitzen und darüber nachzudenken. Also stehe ich auf und laufe ein bisschen in der Wohnung herum – so wie ich es heute Nachmittag auch schon getan habe.

Die arme Frauke. Meine Güte, sie tut mir wirklich Leid. Sie liebt Antonie aufrichtig und ehrlich und dauerhaft, davon bin ich überzeugt.

Ich weiß, ich selbst hätte es mir noch vor kurzem anders gewünscht. Ja, vor kurzem hätte ich eine Situation wie diese begrüßt und hätte mir wieder Hoffnungen gemacht, ob ich nicht vielleicht doch noch das Herz dieser wunderbarsten Frau von allen erobern könnte.

Doch jetzt ist mir klar, dass ich das sowieso nicht könnte. Ich bin nicht die richtige Frau für Frauke. Wir sind beide so schwer und so pathetisch und dramatisch ... ja, Lu hat es genau auf den Punkt gebracht, als sie sagte, dass ich viel zu dramatisch sei.

Sie kennt mich. Sie kennt mich schon so viele Jahre und deswegen vielleicht besser als jeder andere Mensch in meinem Leben.

Um ein Uhr bin ich völlig fertig mit den Nerven.

Sie ruft nicht an.

Wir hatten doch ganz fest verabredet, dass sie anrufen wird. Wieso ruft sie nicht an?

Ich könnte ... Nein, ich werde nicht noch einmal anrufen! Wir haben klar abgemacht, dass sie mich anruft, wenn sie wieder daheim ist.

Sie! Ruft mich an! Nicht ich sie!

Vielleicht hat sie es vergessen?

Sie war mit Antonie im Kino, hat sich einen wunderbaren, romantischen, anregenden Film über zwei sich liebende Frauen angesehen und ist dann zu Hause einfach in die Kissen gefallen, ohne auch nur noch einmal an mich zu denken.

Ja, so kann es gewesen sein.

Wahrscheinlich ist es so.

Um kurz vor zwei Uhr, also mitten in der Nacht, sitze

ich am Küchentisch und beschließe, es wäre besser, selbst auch ins Bett zu gehen.

Stattdessen denke ich intensiv über Hannelore nach.

Ich wette, ihr wäre das nicht passiert.

Ich wette, Hannelore wäre sich gleich klar darüber gewesen, falls sie Gefühle entwickelt hätte für eine Gleichaltrige, die zufällig im selben Haus wohnt und offensichtlich total verschossen ist in sie.

Hannelore hätte wahrscheinlich keine Angst und keine Hemmungen gehabt und hätte sich voll darauf eingelassen. Vorausgesetzt, sie wäre wirklich verliebt gewesen, natürlich. Das immer vorausgesetzt.

Und wenn eben jene Gleichaltrige nach zig Jahren durch puren Zufall – oder Schicksal, was auch der Fall sein könnte – wieder in ihr Leben getreten wäre, dann hätte Hannelore ganz sicher zugegriffen. Sie hätte nicht gewartet, bis diese Frau sich nach allen Seiten umsieht und feststellt, dass auch andere Mütter sexy Töchter haben.

Diese Warterei scheint sowieso mein Schicksal zu sein. Andererseits. Sollte besagte, gleichaltrige Frau mir oder mich (in dem Fall ist es jetzt echt egal!) einen telefonischen Rückruf versprochen haben, dann sollte sie das auch einhalten.

Und zwar um zwölf, wie verabredet. Und nicht um halb drei. Denn so spät ist es, als ich schließlich zum Telefonhörer greife.

Aber bevor ich Lus Nummer wählen kann, klingelt es an der Tür.

Ich stürze hin und drücke auf.

Auf dem Treppenabsatz erscheint: Natascha aus dem *Yellow.*

Ich gucke wie ein Uhu. Daher räuspert sie sich schnell und sagt: »Sorry für die späte Störung. So was mache ich normalerweise nicht, solltest du wissen. Es ist nur … Armin sitzt seit Stunden an der Theke und lässt sich voll laufen. Ich hab jetzt Schicht, und als ich hier vorbeikam, hab ich bei dir Licht gesehen. Da dachte ich, ich sag mal besser Bescheid.«

Armin? Lässt sich voll laufen?

Ich habe eine dumpfe Ahnung und greife rasch nach meiner leichten Jacke.

»Lieb von dir«, sage ich, während ich in meine Schuhe schlüpfe. »Ich werd gleich mal vorbei gehen.«

Natascha hebt die Hand zum Gruß und ist schon verschwunden. Und ich jogge über die Straße, um meinem besten Freund zur Rettung zu eilen.

Ich habe da so einen Verdacht, was passiert sein könnte.

Und wenn das tatsächlich zutrifft, dann werde ich Armin erst mal gehörig auszählen, weil er nicht sofort zu mir gekommen ist, sondern sich lieber in eine Menge fremder Menschen setzt und sich die Birne zusäuft.

Erst einmal überkommt mich eine riesige Welle Mitleid, als ich schon vom Eingang des *Yellow* aus die vertraute Gestalt vorn an der Bar hängen sehe.

Hinter der Theke winkt Marcus mir zu und deutet mit einem schiefen Grinsen auf meinen Freund.

Ich setze mich auf den Barhocker neben Armin.

»Hey, was machst du denn hier?«, sage ich freundlich.

Er schaut mich nur kurz an und dann wieder auf den Tresen.

»Ich trinke«, lallt er.

»Das sehe ich. Aber wieso bist du nicht im Flieger nach Mallorca? Oder betrinkst dich dort an der Hotelbar? Was ist mit Rolf?«

»Der ha' d'n Arsch offen!« Offenbar hat der Alkohol bereits seine Zunge gelähmt, aber nicht seinen Verstand.

»Das ist mir nicht neu«, entgegne ich sanft und greife nach dem weiteren Glas, das Marcus gerade über die Theke schieben will.

Mit einem Ruck stürze ich es hinunter. Und sehe Sternchen …

»Was um Himmels willen ist denn das?«, keuche ich schließlich mit hochrotem Kopf.

»Whischki«, antwortet mein Freund. Dann schaut er mich genauer an und brummt: »Wo issi hin?«

»Bitte?«

»Wo issi hin? Deine … kleine …«

Ich versuche, aus seinem Gestammel schlau zu werden und in seinem Gesicht zu lesen.

»Wen meinst du denn damit?«, frage ich, so wie ich ein Kind fragen würde, das sich bei Karstadt verlaufen hat.

»Ich glaub, er meint mich«, ertönt hinter mir eine Stimme.

Ich fahre herum.

»Lu!«

»Jau«, lacht sie laut auf und lässt sich schwankend auf dem Barhocker an Armins Seite nieder.

»Deine …«, beginnt Armin wieder und beendet endlich seinen Satz: »Freundin? Ach, da isse ja.«

An mich gewandt erklärt er: »Die Lu isn dufter Kumpel, Emma. Muss ich getz echt ma sagn.«

»Lu, was ist passiert?«, will ich wissen.

Wenn mich der Eindruck nicht täuscht, ist auch Lu nicht mehr ganz alkoholfrei.

Aber wenigstens kann sie noch deutlich sprechen: »Rolfs Frau ist auf die glorreiche Idee gekommen, die Windpocken bei ihrer Freundin unterzubringen. Die hat selbst ein kleines Mädchen krank im Bett liegen und kümmert sich die Woche um die beiden.«

»Raaaaabnmudda!«, kommentiert Armin diese Erklärung mit erhobenem Zeigefinger. »Läss ihr Kinn einfach allaaa … alleine inner Fremde!«

»Und jetzt sitzt Rolf mit Karin auf Mallorca, und du guckst in die Wäsche?!«, ziehe ich das Fazit, das sich mir aufdrängt.

»Gnau. Der ha' d'n Arsch offen!«

»Das sagtest du bereits.«

»Is doch wahhhh! Maaacus? Noch n Drink!«

»Nix da!«, entscheide ich und winke Marcus ab, der sowieso schon recht skeptisch dreinschaut. »Wir gehen jetzt nach Hause. Du schläfst deinen Rausch aus, und morgen sehen wir weiter.«

»Ich will abba nich nach Hause!«, jammert Armin sofort los. Er hat auch eine weinerliche Seite, die in betrunkenem Zustand leicht durchschlägt. »Da bin ich so allaaaa … allein!«

»Ich komm ja mit«, beteuere ich. Ich kann mir zwar Schöneres vorstellen, als die Nacht auf Armins unbequemer Couch zu verbringen, aber was tut man nicht alles für gute Freunde.

»Nein!« Armin haut mit der Hand auf den Tresen. »Ich will zu Lu. Ich will mit den Hunn im Körbchn schlafen.«

Ich sehe Lu an. »Hast du ihm den Floh ins Ohr gesetzt?« Alle Gedanken an Entschuldigungen und Vergebungsrituale sind wie weggewischt. Zumal Lu sich auch nichts dabei zu denken scheint, mir nach unserer letzten Verabschiedung ganz unverkrampft zu begegnen.

Jetzt hebt sie nur die Schultern und grinst. Sieht ihr ähnlich, die Verantwortung abzugeben und nur dabeizusitzen und nichts zu tun.

»O. k., dann machen wir uns jetzt auf den Weg. Marcus,

muss noch was bezahlt werden?« Ich begleiche rasch die Rechnung, und dann hake ich Armin ein.

»Komm, mein Alterchen. Ich bring dich heim.«

»Neeeeeee!«, wehrt Armin sich, der auch im Vollrausch noch erstaunliche Kräfte entwickeln kann, wie ich feststellen muss.

»Quatsch!«, sagt Lu. »Zu mir nach Hause. Ist doch gleich hier um die Ecke. Nur eine Treppe rauf …«

»Gnau!«, nickt Armin und steigt umständlich von seinem Hocker.

Ich resigniere seufzend. »In Ordnung, dann eben zu Lu. He, Vorsicht, Kleiner, ich bin zwar stark, aber du hast ein paar Kilo mehr Lebendgewicht, die du hier zum Einsatz bringst. Lu, hallo? Kommst du nicht mit?«

Lu hatte mir von ihrer erhöhten Sitzposition aus interessiert zugesehen, wie ich Armin durch den schmalen Gang zur Tür zu bugsieren versuche.

Ihr Blick ist verklärt und für einen kurzen Moment sehe ich sie im Wald vor mir, wie sie sich vorbeugte, mich ansah und sagte: ›Und wie viel sagt ein einziger Blick?‹

Doch dann geht ein Ruck durch sie, sie springt vom Hocker, strauchelt kurz, fängt sich aber beruhigend schnell wieder und greift Armin von der anderen Seite unter dem Arm.

»Pass auf!«, lächelt sie. »Wir machen das zusammen. Du steuerbord, ich backbord!«

Ich lächele flüchtig, und gemeinsam manövrieren wir den torkelnden Armin zum Ausgang.

Plötzlich kommt es mir derartig absurd vor, dass ich den ganzen Abend in meiner Wohnung gehockt und auf ihren Anruf gewartet habe, dass ich mir schon bombensicher war, dass sie gemeinsam mit Antonie gerade meine liebe Frauke ins Unglück stürzt, meine Gedanken und Überlegungen sind derart zum Brüllen, dass ich einfach laut herausplatze.

»Habbich auch zuerst gemacht!«, meint Armin dazu und konzentriert sich dann wieder auf den nächsten Schritt.

Lu stößt die Tür auf, und wir taumeln zu dritt in die kühle Nachtluft.

»Aaaahhh!«, stöhnt Armin und geht ein wenig in die Knie.

»Rechts ist es kürzer.« Lu schiebt uns in die entsprechende Richtung.

Jetzt, wo wir nicht mehr Gefahr laufen, zu beiden Seiten Tische umzureißen, geht es sogar ganz flott voran.

»Wemma eima so in Gannng ist, gehts ja«, brummelt Armin.

Lu bekommt einen Schluckauf.

Ich versuche, an dem Koloss von betrunkenem Mann vorbeizusehen. »Lu, mir ist ja klar, wieso Armin sich so betrinken muss, aber kannst du mir mal sagen, wieso du ihn nicht davon abgehalten hast, sich halb besinnungslos zu saufen, sondern auch noch mitmachst?«

Lu wendet den Kopf und sieht mich mit weit aufgerissenen Augen an.

»Das weißt du nicht, Miss Oberschlau? Miss Allesschongewusst? Weißt du wirklich nicht? – Hicks.« Letzterer hallt laut durch die nächtliche Straße.

»Wenn du auf unseren kleine Disput von vorgestern Abend anspielst, also, da lehne ich jede Verantwortung ab. Klar, ich habe mich nicht nett benommen, ich war nicht unbedingt fair …«

»Nicht fair?«, heult Lu auf, und Armin zuckt zusammen. »Heeee hoooo! Immer lannnsam mitn jungn Pferdnnn«, nuschelt er.

»Du warst richtig scheiße!«, stellt Lu entschieden klar

und hickst dann wieder so laut, dass ich schon befürchte, irgendwo über uns wird gleich ein Fenster aufgerissen und ein Eimer Wasser runtergeschüttet.

»Ich denke, darüber können wir noch mal in Ruhe sprechen, wenn du wieder nüchtern bist«, schlage ich vor.

»Emma, die Coole!«, kommentiert Lu das. »Emma, die sich nicht aus der Ruhe bringen lässt. Außer man sagt ihr, dass man sie liebt.«

Armins Kopf fliegt herum. Erst zu Lu, dann zu mir.

»Was?«, blafft er.

»Sssscht!«, machen Lu und ich gleichzeitig.

Außer man sagt ihr, dass man sie liebt?

»Was solln das heißn? Wer liebtn Emma?«, hakt Armin nach. Ich wünschte wirklich, der Alkohol würde bei ihm auch den Teil vom Verstand benebeln, der für Klatsch und Tratsch zuständig ist.

»Niemand!«, versuche ich ihn rasch wieder zu beruhigen. »Niemand liebt mich.«

»Das ist genau dein Problem!«, schaltet Lu sich von der anderen Seite ein.

Ich weiß, ich sollte besser gar nicht darauf eingehen, aber das interessiert mich jetzt doch brennend.

»Was ist mein Problem? Dass mich niemand liebt?«

»Nein, dass du denkst, dass dich keiner liebt. Du kannst es nicht glauben, dass es Menschen gibt, die dich lieben. Das ist dein Problem«, erklärt Lu, als läge das schon seit Jahrzehnten auf der Hand.

»Unsinn!«, erwidere ich, auch wenn es besser wäre, dazu weise zu schweigen. »Meine Mutter, mein Vater, meine Freunde, sie alle lieben mich. Und es macht mir gar nichts aus, das zu sagen.«

»Richtich!«, stimmt Armin mir engagiert zu. »Ich liebe dich auch!«

»Danke, Armin. Aber bitte nicht so laut.« Ich sehe zu den Häusern hinauf, an denen wir vorbeischwanken.

»Das mein ich nicht«, erläutert Lu weiter, obwohl ich gehofft hatte, das Thema sei nun erledigt. »Ich meine die andere Liebe. Die in Liebesbeziehungen, weißt du. Die gibt es nämlich auch. Auch wenn du ihr schon dein Leben lang ausweichst.«

»Ich?«, quietsche ich auf, auch etwas zu laut, das muss ich zugeben, aber das ist doch auch wirklich ein Unding. »Ich weiche Liebesbeziehungen aus?«

»Sicher! Oder wieso läufst du jetzt schon sieben Monaten Frauke hinterher, die sich ganz sicher nicht von ihrer Antonie trennen wird?«

»Ha! Da klingt ja einige Bitterkeit in deinen Worten!«, stelle ich befriedigt fest. Hatte ich also Recht! »Hast du keinen Erfolg gehabt mit deiner Abschleppe?«

»Was?«, macht Lu.

»Kannst es ruhig zugeben. Wenn ihr gestern und heute zusammen unterwegs ward, dann hat das doch was zu bedeuten, oder? Hast du dich deswegen betrunken, weil du bei der sexy Tierärztin nicht landen konntest?«

Lu sieht mich, an Armin vorbei, kurz und konzentriert an und schüttelt dann den Kopf. »Emma, du spinnst!«

Ich schnaube.

»Du brauchst jetzt gar keine Ausflüchte zu suchen. Wenn du mir sagen darfst, dass ich angeblich Liebesbeziehungen fürchte, dann darf ich dir ja wohl auch die Wahrheit sagen, oder? Im Übrigen …« Ich werde noch etwas lauter, weil Lu bereits den Mund öffnet, um etwas zu erwidern. »Im Übrigen habe ich jahrelang eine gut funktionierende Beziehung mit Ramona geführt. Während du lediglich eine Scheinehe mit einer blonden Brasilianerin auf die Reihe bekommen hast.«

Lu grunzt, was unschön klingt, ihr Missfallen aber ausgesprochen deutlich zum Ausdruck bringt. »Ja, sicher. Ramona hat dich so geliebt, dass sie nicht mal bereit war, ihren popeligen Job in Köln aufzugeben und mit dir eine richtige Beziehung zu führen anstelle dieses Wochenendgeschangels, was ihr jahrelang hattet. Wenn es euch ernst gewesen wäre, dann hättet ihr diesen Zustand doch gar nicht ertragen. Stattdessen habt ihr euch gut damit abgefunden und so gelebt bis irgendwann alles im Sande verlaufen war.«

Ich muss schlucken.

Die Wut steigt mir den Nacken herauf und sammelt sich dort. Ein brennendes, brodelndes Zentrum, das Widerspruch findet in dem plötzlichen Schmerz in meiner Körpermitte. Ich lege die freie Hand dorthin. Mein Magen tut weh. Die Worte tun weh.

So sehr, dass ich nichts erwidern kann.

Ich sage nichts. Ich sehe nicht zu ihr hin. Wann ist denn endlich ihre Tür erreicht? Dann werde ich Armin hochbringen, ihn irgendwo ablegen, wo er bis morgen früh liegen bleiben kann – meinetwegen tatsächlich zu Jojo ins Körbchen – und dann werde ich heimgehen, ohne ein weiteres Wort.

»Froooiiiiii …!«, beginnt Armin da gerade in unser Schweigen hinein extrem laut und mit erhobenem Zeigefinger.

»Ssssscht!«, kommt es wieder von uns, und er senkt seine Stimme: »Frooinde sin doch dazu da, eim ma die Meinung zu sagn. Das mussu abba auch ertragn, Emma.«

»Lu ist nicht meine Freundin!«, versetze ich scharf.

»Nein«, stimmt Lu zu, indem sie betont mit dem Kopf schüttelt. »Nein, wir sind keine Freunde und auch nie gewesen. Wir haben nur unsere halbe Jugend miteinander verbracht, in der Schule nebeneinander gesessen, zusammen Gitarrenunterricht genommen, waren miteinander tausend Mal im Kino, in Konzerten, auf Partys, Schützenfesten und Beerdigungen, haben beide Diarys geführt, uns aus unseren Tagebüchern vorgelesen, für Boy George und Brook Shields geschwärmt, hatten das gleiche Leibgericht und eine Vorliebe für die Farbe Rot. Aber befreundet waren wir auf keinen Fall.«

Als sie ihre alberne Rede beendet hat, sind wir gerade an ihrer Haustür angekommen.

Ich muss also nichts antworten, weil Lu mit Schlüsselsuchen beschäftigt ist und Armin gerade beginnt, an die Hauswand gelehnt einzuschlafen.

Was sind wir nur für ein jämmerlicher Haufen. Ein unglücklich liebender Mann. Eine grundlos grausame Frau. Und ich, die hier eigentlich gar nichts verloren hat. Ich hoffe nur, dass niemand uns beobachtet.

Endlich hat Lu den Schlüssel in einer ihrer vielen Hosentaschen gefunden und schließt auf.

Armin die Treppe hinaufzubringen kostet uns einiges an Kraft.

Oben öffnet Lu rasch die Wohnungstür, und wir stolpern über die Schwelle, wo uns drei Hunde aufgeregt empfangen.

»Sekunde«, sagt Lu, huscht voraus ins Wohnzimmer, wo ich sie kurz rumpeln höre. Dann ist sie wieder zurück, greift sich erneut ihren Teil von Armin und wir schleppen ihn gemeinsam auf die rote Ausziehcouch, auf der er zusammenbricht wie ein gefällter Baum.

Er bleibt auf dem Rücken liegen und seine Füße baumeln von der Couch, als ich ihm die Schuhe ausgezogen habe.

»Du kanns bei mi schlafen!«, lallt mein bester Freund

und umarmt mich innig. »Nich dass ihr zwei Mädels noch im selbm Bett lannet …«

»Schon gut«, beschwichtige ich ihn und löse mich mühsam aus seiner Umklammerung. Seine Fahne ist unerträglich. »Wir passen schon auf.«

Im nächsten Moment ist er eingeschlafen.

Lu und ich stehen einen Augenblick vor ihm und betrachten ihn.

Dann wendet Lu sich rasch ab und murmelt: »Die Hunde müssen noch mal Pippi«, und ist verschwunden.

Ich setze mich zu Armin auf die Couch und starre vor mich hin.

Jetzt wäre eine gute Gelegenheit abzuhauen. Vielleicht ist Lu mit den Hunden so weit die Straße hinuntergegangen, dass ich ihr nicht einmal mehr begegnen müsste.

Unverschämtheit, was sie mir da gerade alles an den Kopf geworfen hat.

Einfach grässlich dieses Bild, das sie von mir hat.

Als ob Ramona und ich nur aneinander vorbeigelebt hätten!

Als ob ich bei Frauke gerade deswegen so lange gezögert hätte, weil ich gar keine enge Beziehung eingehen wollte.

Als ob es symptomatisch wäre, dass ich diese wundervollste Frau von allen auch jetzt noch nicht vergessen kann. Auch wenn ich weiß, dass ich nicht die Richtige für sie bin. Und sie wahrscheinlich auch nicht die Richtige für mich.

Aber wie müsste sie sein, meine Richtige?

Neben mir beginn Armin leise zu schnarchen.

Ich seufze und strecke mich auf dem kleinen Stückchen Sofa aus, das er noch frei lässt.

In den Regalen, die durch das schwache Licht, das durch die Fenster hereinfällt, scheinbar blau beleuchtet werden, werfen Lus Sammlerstücke die bizarrsten Schatten an die Wände.

Da sind die alten Musikinstrumente, eine Klarinette, zwei verschieden große Geigen, mehrere Flöten und Tamburine. Direkt daneben eine ganze Armee von Spieluhren. Die Stofftiere dort in der Nachbarschaft scheinen zum Leben zu erwachen. Sie starren mich verwundert an und flüstern miteinander. *Wieso ist sie noch hier? Warum verschwindet sie nicht endlich, so wie sie es vorhatte?*

Ich bleibe liegen.

Bis ich etwas Kaltes an meiner Hand spüre und mich erschrocken aufsetze.

Es ist Kasper, der meine Finger beschnuppern wollte und jetzt, verwundert über meine unangemessene Reaktion, vor mir steht. Da er nicht weiß, was er tun soll, kratzt er sich erst einmal hinter dem Ohr.

»Lu?«, flüstere ich, um Armin nicht zu wecken. Obwohl den bestimmt auch eine Bombendetonation nicht aus seinem Rausch holen könnte. Irgendwie beneidenswert, dieser momentane Zustand der Bewusstlosigkeit, in den keine schreckliche Erkenntnis, kein Kummer und keine Trauer dringen kann. Auch wenn ich morgen früh ganz sicher nicht seinen Kopf haben möchte.

»Wo ist denn dein Frauchen?«, wispere ich Kasper zu. Doch der legt nur den Kopf schief und sieht mich weiterhin an.

Ganz seltsam wird mir unter seinem Blick zu Mute.

Es berührt mich, wie er sich so ganz auf mich konzentriert und sich vielleicht fragt, was ich hier tue und welche Funktion ich in seinem in engen Bahnen verlaufenden Hundeleben wohl übernehmen könnte.

Wie wir uns so ansehen, spüre ich plötzlich seine Seele.

Ich schwöre, mich hat noch nie jemand so angesehen.

Kinder kamen für mich nicht infrage, weil die passende Beziehung dazu fehlte, und für Tiere war irgendwie auch nie Platz in meinem Leben.

Erwachsene Menschen aber, die sehen dich nicht so an. So ernst und so tief. Dass du ihre Seele schwingen spürst und dich erkannt fühlst bis in dein Innerstes.

Wie gebannt sehen wir uns an.

Schließlich wendet Kasper langsam den Kopf zur Seite, tritt einen Schritt näher und leckt mir die Hand.

Ich kenne mich nicht aus mit Hunden, aber ich glaube, dass es genau das zu bedeuten hat, was ich glaube: ein Freundschaftsangebot. Das Zeichen, dass er mich respektiert.

Gerührt lasse ich ihn schlecken und sehe ihm dann nach, wie er langsam aus dem Raum hinausschlurft, um die Ecke biegt und verschwindet.

»Lu?« Diesmal ein bisschen lauter.

Vorsichtig stehe ich auf und gehe leise durch den Raum in den Flur.

Alle Türen stehen offen.

Nirgends ist Licht.

»Lu, wo bist du denn?«

»Hier.« Ihre Stimme kommt von rechts, aus dem Schlafzimmer.

Ich taste mich langsam hinein und bleibe in der Tür stehen.

Mitten im Raum erhebt sich ein mächtiger, schwarzer Schatten, dreht sich einmal um sich selbst und sinkt wieder schnaufend zusammen. Jojo. Kasper trampelt gerade eine Decke in der Ecke nieder. Belle sehe ich nicht.

Aber Lu.

Sie liegt angezogen auf dem Bett, mit dem Rücken zur Tür.

»Alles o. k.?«, frage ich.

Meine kämpferische Stimmung von vorhin ist verweht. Ich fühle mich ziemlich kleinlaut bei der Erinnerung an unser Wortgefecht auf der Straße.

»Sicher«, sagt Lu. »War ein anstrengender Abend.«

»Ja«, lache ich leise. »Ich glaube nicht, dass eine von uns das so schnell wiederholen möchte, oder?«

Lu antwortet nicht.

Das ist ungewöhnlich.

Normalerweise antwortet sie doch immer, wenn jemand etwas zu ihr sagt.

Zuerst überlege ich, ob sie vielleicht eingeschlafen ist.

Doch dann höre ich ein Geräusch, das mir in alle Glieder fährt, und mir wird klar, dass sie weint.

Vorsichtig mache ich einen Bogen um Jojo und trete ans Bett.

»Hey«, sage ich leise. »Was ist denn? Geht's dir nicht gut?«

Sie weint nicht laut, sondern sehr still in sich hinein. Aber wo ich jetzt so nah bei ihr stehe, kann ich sehen, wie ihre Schultern beben.

»Lu«, flüstere ich. »Lu, wein doch nicht.«

Doch ihre leisen Töne nehmen nicht ab.

Ich setze mich auf die Kante des Bettes und berühre sie zaghaft an der Schulter.

»Ist es wegen Antonie? Weinst du wegen ihr?«

Lus leises Schluchzen stockt für einen Augenblick, dann atmet sie tief ein und wieder aus.

»Nein«, sagt sie. »Es ist nicht wegen Antonie, Emma.«

»Ich meine, es geht mich ja eigentlich nichts an, aber ich hatte einfach den Eindruck, dass da zwischen euch etwas ist. Und da dachte ich … Wieso erzählt sie Frauke, dass sie zu ihrer Tante nach Marburg fährt und geht stattdessen mit dir ins Kino?«, will ich wissen.

Lu zieht die Nase hoch.

»Emma, hör auf damit. Wenn du dir Gedanken um deine Frauke machst, dann sprich mit ihr darüber und nicht mit mir, bitte.«

Das ist nun eine mehr als schwammige Antwort. Aber ich gebe mich damit zufrieden.

Ist ja auch verständlich, dass sie nicht mit mir darüber reden will. Schließlich habe ich mich die letzten Tage nicht gerade vertrauenswürdig ihr gegenüber verhalten.

Meine Hand liegt auf ihrer Schulter, merke ich gerade. Unter dem T-Shirt ist sie warm und samtig.

Ich ziehe meine Hand zurück.

»Es war so verrückt«, beginnt sie da. »Als ich dich wiedersah, da habe ich mich zuerst einfach nur gefreut. Du warst noch so wie früher, und doch hatte sich so viel verändert. Ich war einfach nur happy, dich getroffen zu haben. Ich dachte, alles sei anders. Schließlich hatte ich mein eigenes Leben, meinen Beruf, meine Freunde, meine Familie … ich dachte, du würdest nie wieder eine so wichtige Rolle spielen können wie früher. Aber dann … dann war ganz schnell klar, dass ich mich selbst belogen habe. Ich dachte wieder an dich.«

Sie verstummt und spricht nicht weiter.

»Du dachtest an mich?«, hake ich nach. Mein Herz galoppiert. Mitten in der Nacht galoppiert mein Herz wie ein verschrecktes Pferd in Panik.

»Ja. Mehr als mir lieb war. Viel. Und dann musste ich mich entscheiden, ob ich es will. Ob ich das wieder will. Schließlich war spätestens seit dem Schwoof klar, wem dein Herz gehört, oder? Wieder nicht mir. Wieder hatte ich keine Chance. Es ist nicht gut, zu sehr an eine zu denken, bei der du keine Chance hast …«

Ich muss schlucken.

Sie hat an mich gedacht.

Während ich noch fest überzeugt war, sie nie wieder sehen zu wollen, hat sie an mich gedacht.

Sie hat mehr an mich gedacht, als ihr lieb war und viel zu viel, während ich unsere Freundschaft überall verleugnete und nur grammatikalische Probleme und zu große Hilfsbereitschaft sah.

Während ich auch an sie dachte.

»Und wie hast du dich entschieden?«

Schweigen.

Es dauert lange. Viel zu lange für meine Nerven, bis Lu sich schließlich langsam auf der Matratze herumdreht und mich mit in die Hand gestütztem Kopf ansieht.

»Früher«, raunt sie. Ich muss mich ein bisschen näher zu ihr beugen, um sie zu verstehen. »Früher, da dachte ich oft: ›Nur ein einziger Kuss! Bitte nur einen einzigen Kuss!‹«

Ihre Augen liegen ganz im Dunkeln.

Aber ihren Mund, den kann ich sehen.

Ihre schön geschwungenen Lippen, die ganz ernst und gerade liegen jetzt.

Wahrscheinlich ist das falsch. Wahrscheinlich ist es das Dümmste, das ich je getan habe. Aber ich beuge mich langsam vor und küsse sie.

Ich, Emma, küsse Lucimar Streubel.

Und es ist ein weiches, warmes Gefühl. Verwirrend, weil darin so viel Vertrautheit und Fremdheit zugleich liegt.

Lu erwidert meinen Kuss sehr sanft.

Nur ein kleines bisschen streckt sie mir ihr Gesicht entgegen und lässt mich den ganzen restlichen Weg zu ihr kommen.

Ich spüre ihren tiefen Atem an meiner Wange, während unsere Lippen sich berühren.

Es ist ein zarter Kuss. Ein poetischer Kuss. Wie ein Gedicht oder eine schöne Melodie.

Als ich mich wieder zurückziehe, spüre ich ein Lächeln auf meinem Gesicht.

Nie hätte ich gedacht, dass Lu derart zart küssen kann. Dass sie so sanft und zärtlich etwas geschehen lässt. Ich finde, in diesem Kuss lag mehr Dramatik, als ich sie je in Worte fassen könnte. Auch ich atme tief.

»Ein Kuss«, sage ich dann leise, immer noch das Samtweiche auf meinen Lippen. »Und was jetzt?«

Ehe ich noch einen weiteren Gedanken fassen kann, richtet Lu sich steil im Bett auf und greift nach meiner Schulter. Sie zieht mich so rasch an sich, dass wir heftig gegeneinander prallen. Ihre Arme schlingen sich um mich. Und dann küsst sie mich noch einmal.

Von Poesie und Sanftheit nicht die Spur.

Sie küsst mich mit allem, was ich in ihr jemals gesehen habe. Da sind ihre Wildheit, ihr unzerstörbarer Wille, ihre Sehnsucht und Träume genauso wie ihr freies lautes Lachen.

Ich bin erschrocken, als wäre ich plötzlich von eiskaltem Wasser überschüttet worden, ringe um Luft und fasse in ihre Haare, um mich zu befreien.

Ihre kurzen, weichen, dichten Haare, die schwarz um meine Finger fließen. Die ich festhalte. Während ich ihren Kopf nach hinten biege, während ich sie küsse. Mit allem, was ich bin und sein könnte.

Ich lasse Lu meine Zunge erproben. Ich spüre ihre Zähne, ihren Gaumen. Ich höre ihr Seufzen, das auch ein Stöhnen sein könnte, das auch meines sein könnte. Ich halte sie. Sie hält mich. Es ist ein einziger Kuss und hunderte. In denen wir versinken. Mit unseren Lippen, unseren Zungen, unseren Händen.

Wir fliegen auf den Schaukeln um die Wette, ohne ein Wort. Wir schwimmen nebeneinander im Freibad und tauchen nach einem verlorenen Ring. Unter Wasser, tief unten, berühren sich unsere Finger, als wir gleichzeitig danach greifen. Wir lauschen unserer Musik und rauschen gemeinsam durch die Dunkelheit.

Die Haut auf ihrem Bauch ist übersät mit einem weichen Flaum von kleinsten Haaren, so weich wie Seide, nur viel schöner.

Unter der Haut ihres Rückens bewegen sich die Muskeln unter meinen Händen, als spielten sie mit ihnen *Fass mich!*

Wir liegen aneinander, aufeinander, untereinander, beieinander. Nach langer Zeit auch beieinander.

»Das ist noch längst nicht alles«, flüstert Lu in meinen Arm.

Ich weiß, was sie meint. Und doch ist alles in mir voller Fragen.

Ich kann lange nicht schlafen.

Liege ganz ruhig und still neben ihr und höre ihr zu.

Im Schlaf sind da so viele Geräusche. Mehr, viel mehr als nur Atem. Es ist das Geräusch des sanften Hebens und Senkens des Brustkorbes. Es ist ein kleines Naserümpfen oder gar ein Schnarcher, der sie kurz zusammenzucken lässt, aber nicht erwachen. Es ist ein Seufzer, tief und ahnungsvoll. Ein grollendes Protestieren, als ich mich hier, so dicht neben ihr, zurechtlege.

Ich wage es kaum, mich zu bewegen.

Ich warte ab.

Ich will das Kribbeln spüren. Ich will, dass meine ganze linke Seite einschläft, weil sie halb auf mir liegt im Schlaf. Und will sie murren hören, weil ich ihr die bequeme Lage nehme.

Erst als meine Hand beginnt, eiskalt zu werden, ziehe ich den Arm unter ihrem Kopf hervor.

Als ich mich auf die andere Seite drehe, rückt sie nach und legt von hinten den Arm um mich.

Ich öffne die Augen.

Belle liegt an der Tür und bewacht uns alle. Das finde ich sehr beruhigend. Jojo hat sich direkt vor dem Bett niedergelassen. Und ich wette, wenn Belle knurren würde, wäre ihre große Schwester in Nullkommanichts auf den Beinen, und das ist immerhin eine beachtliche Strecke.

Es ist sicher hier.

Aus irgendeinem Grund ist dies der sicherste Raum, in dem ich seit langem gewesen bin. Vielleicht der sicherste, in dem ich je schlafen werde.

Der Raum, in dem ich neben Lu liege.

11. Kapitel

»Möchten Sie stilvoll wohnen? Alte, kernsanierte Jugendstilvilla mitten in der Stadt bietet Raum für ruhige Mieter ohne Haustier. Gutes muss nicht teuer sein.«

Wie gut ich geschlafen habe.

Langsam werde ich wach und strecke mich.

Meine Arme und Beine fühlen sich noch schläfrig an, aber wohlig und warm ist mir.

Und geträumt habe ich.

Ich habe geträumt, dass …

Ruckartig setze ich mich im Bett auf und sehe mich blinzelnd um.

Der Platz neben mir ist leer. Das Zimmer ist leer. Keine Lu. Keine Hunde. Keine Nacht und Dunkelheit mehr, die alles verhüllen könnte, was passiert ist.

Oh Gott, was ist nur passiert!

Oh, nein! Was habe ich getan!

In meinem Mund fühlt sich die Zunge dick und pelzig an. Wenn ich mich schon nach einem einzigen Whisky so fühle, wie muss es dann erst Armin gehen?

Ich tapse barfuß – keine Ahnung, wo meine Socken sind, ich kann sie nirgends entdecken – aus dem Zimmer und hinüber ins Wohnzimmer.

Hier steht die Junisonne voll im Raum und blendet mich zuerst so sehr, dass ich kaum etwas erkennen kann.

Doch schließlich habe ich es bis zur Ausziehcouch geschafft und sehe, dass mein bester Freund immer noch in seinen Klamotten dort liegt und mit seligem Gesichtsausdruck schläft.

»Armin!«, spreche ich ihn laut an und greife nach seinem Arm.

Er stößt einmal die Luft aus wie ein gestrandeter Wal und schläft dann einfach weiter.

»Armin«, wiederhole ich ohne Mitgefühl und rüttele an seiner Schulter. »Mensch, hör doch mal! Wach auf! Komm schon!«

Es braucht eine ganze Weile, bis ich ihn so weit wach habe, dass er gerade gucken kann.

Das tut er dann aber nur mit der Hand über den Augen.

»Mach doch das Licht wieder aus!«, wimmert er.

»Das ist die Sonne, du Säufer«, antworte ich ungerührt. »Werd endlich richtig wach. Wir müssen hier weg.«

»Weg?«, wiederholt er lahm. »Aber wo sind wir denn?«

Ich schüttele den Kopf. »Das darf nicht wahr sein. Du weißt nicht mal, wo du mich in deinem Vollrausch hin verschleppt hast? Wir sind in Lus Wohnung. Sie scheint mit den Hunden unterwegs zu sein, obwohl mich das wundert, denn sie hatte auch etwas mehr geladen gestern Abend – aber sie ist offenbar in der Lage, trotzdem früh aufstehen. Wir müssen weg sein, bevor sie heimkommt. Also mach schon!« Ich zerre an seinen Beinen, aber mein Freund murrt mich nur an.

»Wieso denn? Wenn sie schon so nett ist und uns Gastfreundschaft gewährt, dann können wir doch zumindest so höflich sein und uns bei ihr bedanken … au, weia, mir fällt ein … ich hab ihr gestern meine halbe Lebensgeschichte erzählt. Weißt du noch, diese Geschichte mit Henning damals in der Coming-Out-Gruppe?« Er schlägt sich die Hand vors Gesicht und lässt sich wieder zurückplumpsen.

»Die Geschichte ist noch nichts dagegen, was letzte Nacht zwischen Lu und mir passiert ist«, brumme ich.

Armin zieht die Hand vom Gesicht und blinzelt mich ahnungsvoll an.

»Du hast sie doch nicht verprügelt?«

»Natürlich nicht!«, schnaube ich.

»Ich dachte nur … weil ihr euch doch gestern ständig in der Wolle hattet, als wir vom *Yellow* aufgebrochen sind.«

»Ach, so viel hast du dann doch noch mitbekommen?«

»Fragmentarisch.«

Wir schweigen beide.

Armin mustert mich nachdenklich. In seinem Gesicht zeichnet sich zunehmend Sorge ab.

»Habt ihr es etwa getrieben?«

»Armin!«

»Jetzt mal im Ernst. Ihr habt doch nicht …? Während ich hier nebenan lag und friedlich geschlafen habe?«

»Natürlich nicht!«, antworte ich wieder. Allerdings mit sehr viel weniger Überzeugungskraft. Das merkt Armin auch. Er sieht mich fragend an.

»Wir haben uns lediglich geküsst«, sage ich.

Armins Augen werden so groß, wie es bei der Kombination heller Raum und Whisky-Kater nur irgend möglich ist.

»Geküsst?«, wiederholt er. Dann breitet sich ein Strahlen auf seinem Gesicht aus. »Aber das ist doch … wunderbar!«

In diesem Moment wird ein Schlüssel im Schloss der Wohnungstür rumgedreht.

Ich erstarre.

»Aber wieso willst du denn dann abhauen?«, wispert Armin.

Na, super! Das ist ja mal wieder typisch Mann! Die denken doch sofort: Es wurde geküsst, also ist sowieso schon alles geritzt.

Dabei ist die ganze Sache doch viel komplizierter. Schließlich kennen Lu und ich uns seit etwa 24 Jahren. Sie war meine Feindin – jedenfalls habe ich das bisher immer gedacht. Und ich wäre nie auf die Idee gekommen, mich mit ihr innig umschlungen über eine Matratze zu wälzen, so wie es letzte Nacht passiert ist. Geschweige denn, dass ich an so etwas Absurdes wie Beziehung und Partnerschaft gedacht hätte. Das ist geradezu lachhaft. Und weil es so verrückt ist, wäre es das Allerbeste, erst mal den Rückzug anzutreten.

Aber der ist mir jetzt versperrt, denn Jojo kommt in ihrer majestätischen Größe hereingeschlendert und schaut, wer denn heute Morgen so in ihre Wohnung gestolpert ist.

Hinter ihr erscheinen zuerst Kasper, dann Belle und dann Lu.

Ich muss tief Luft holen.

Lu sieht vollkommen anders aus.

Anders als sonst, anders als früher, anders als gestern.

Sie sieht so aus, wie sie sich heute Nacht angefühlt hat. Und bisher hatte ich keine Ahnung davon, dass jemand so weich und gleichzeitig stark aussehen kann.

Ihre schwarzen Haare stehen wirr vom Kopf ab. Sie ist vollkommen ungeschminkt, hat vom Schlaf noch ganz kleine Augen. Und ihre Lippen sind noch voller und roter, als sie sowieso schon immer waren.

Ich sehe rasch zur Seite.

Aber sie strahlt mich derart an, dass ich das Nichthinschauen nicht lange aushalte und vorsichtig zurücklächele.

»Guten Morgen, ihr zwei. Habt ihr Appetit auf frische Brötchen und einen starken Kaffee? Ich kann jedenfalls einen vertragen.« Sie schwenkt eine pralle Brötchentüte, die sie unter den Arm geklemmt hatte.

Armin stöhnt verhalten.

»Für mich nur den Kaffee, bitte.«

»Quatsch!«, lacht Lu. »Ein trockenes Brötchen bringt dich wieder auf die Beine. Wirst schon sehen.«

Armin sieht mehr als nur zweifelnd aus und bewegt die erwähnten Beine erst einmal testweise aus dem Notbett hinaus.

Als er sich in dieser Position etwas gefestigt hat, steht er behutsam auf und macht dabei den Eindruck, als sei sein Kopf etwas zur Seite verrutscht.

Er geht zwei Schritte und friert dann wieder in der Bewegung ein.

»Ich bleibe am besten einfach so stehen, okay?«

Lu, die ihn genauso gebannt beobachtet hat wie ich, zuckt die Achseln. »Wenn du willst, kann ich dir den Kaffee auch bringen.«

Armin gibt einen leisen Jammerton von sich, der mir wirklich ans Herz greifen würde, wenn ich nicht wüsste, dass er sein Elend vollkommen selbstbestimmt herbeigeführt hat.

»Ich glaub, ich müsste erst mal was gegen meine volle Blase tun, bevor ich da noch einen Kaffee draufschütte.«

In Lu kommt Bewegung. »Das kannst du aber unmöglich da tun, wo du gerade stehst. Komm, ich zeig dir das Klo.«

Nur mühsam setzt Armin seinen Weg fort.

Ich höre, wie Lu ihn vorsichtig ins Bad manövriert und die Tür hinter ihm schließt.

Dann erscheint ihr weiches Gesicht wieder in der Tür.

»Selig sind die, denen der Schädel platzt, denn sie können nicht an ihren Kummer denken«, sage ich, um irgendetwas zu sagen.

Sie sieht mich so an, dass mir ganz schwindelig wird.

Wie kann es sein, dass sie so anders aussieht? So ganz und gar verändert?

Das war doch nur ein Kuss.

Sicher wird sie gleich etwas sagen.

Vielleicht wird sie zu mir kommen und ihre Arme um mich legen, so wie heute Nacht.

Auf alle Fälle wird sie mich fragen.

Was das sollte.

Was sollte das eigentlich, Emma?

Lu sieht vorsichtig aus.

Dann macht sie ein paar Schritte, und ich halte schon den Atem an, aber sie geht an mir vorbei, ohne mich zu berühren und lässt sich auf die Ausziehcouch fallen.

Wir sagen ziemlich lange beide nichts. Meine Nerven sind zum Zerreißen gespannt. Was wird das erste Wort sein?

Wird sie mir erklären, dass ihre Gefühle für mich längst nicht mehr die alte Tiefe haben? Wird sie mir erzählen, dass alles wieder so ist wie früher? Was kann ein Kuss – na gut, viele Küsse – schon verändern?

»Wie lange geht die Geschichte zwischen ihm und diesem Mann schon?«, fragt sie schließlich und überrascht mich total damit.

Ich hätte schwören können, dass sie unser Alleinsein nutzt, um mich darauf anzusprechen, was jetzt mit uns sein wird.

Aber gut. Wenn sie lieber über Armin reden will.

Soll mir Recht sein.

»Drei Jahre«, antworte ich also. »Am Anfang hat er

noch nach jedem Date behauptet, er will sich nicht mehr mit Rolf treffen. Aber dann hat der irgendwann mal davon gesprochen, dass er seine Frau verlassen möchte.«

»Echt?«

»Ja. Er wollte ganz offen in einer festen Beziehung mit Armin leben. Hat er jedenfalls gesagt.«

»Und dann?«

»Nichts. Er hat's einfach nicht getan. Es war immer was anderes. Zuerst hat seine Frau, Karin heißt sie, den Job verloren. Dann war die Schwiegermutter krank. Dann hatte das Kind eine Theateraufführung. Und, und, und ...«

Aus dem Bad sind eindeutige Geräusche zu hören, die belegen, dass Armin nicht nur seine Blase erleichtert.

»Der Arme«, sagt Lu mitfühlend.

»Selbst Schuld!«, kommentiere ich gnadenlos.

Lu lächelt. »Warst du noch nie so unglücklich, dass du dich einfach nur noch heillos betrinken wolltest?«

Ich schüttele den Kopf. »Wahrscheinlich gehe ich mit unglücklichen Lieben anders um als der Großteil der Bevölkerung.«

Sie seufzt. »Da kann man ja nur hoffen, dass dieser Typ sich gestern auf Mallorca auch ordentlich betrinken musste. Oder glaubst du, für den ist alles Friede, Freude, Eikuchen?«

»Eier«, sage ich und möchte mir am liebsten sofort auf die Zunge beißen.

»Eier«, wiederholt Lu und schließt kurz die Augen.

Ich weiß nicht, wieso sie das macht. Aber Tatsache ist, dass sie mich damit total aus dem Konzept bringt.

Ich sehe nur für ein paar wenige Sekunden ihre Augenlider, die in einem dunklen Olivton schimmern. Ihre Augenlider mit den langen, dichten, schwarzen Wimpern. Und schon weiß ich nicht mehr, was ich sagen wollte.

Wieso tut sie das?

Wieso sieht sie dabei so aus?

»Tja … ehm … Was … Was hattest du gefragt?«, stottere ich.

Lu grinst.

»Meinst du, der Typ macht auf Mallorca jetzt einen auf heiles Eheleben?«

Ich zucke die Achseln.

»Hab ihn nur einmal getroffen. Und das war noch ganz zu Anfang. Was soll ich sagen? Ich hab damals nichts Komisches an ihm gefunden. Ich dachte, er sei am Ende seiner Ehe und hätte jetzt endlich das Lebensglück mit Armin gefunden. Natürlich hab ich mich gefreut für die beiden. Ich hab ihm geglaubt, dass er es ernst meint.«

Lu macht einen Kussmund.

Wieso macht sie einen Kussmund, wenn sie doch eigentlich nur nachdenken will?

»Vielleicht nutzt er den Urlaub, um mit seiner Frau drüber zu sprechen? Könnte mir vorstellen, dass er ihr reine Weine einschenkt und dann nach Hause kommt und alles regelt. Schließlich ist das Kind jetzt nicht dabei. Da ist es einfacher«, mutmaßt sie und knabbert nachdenklich an ihrer Unterlippe.

Ich lasse die ›reinen Weine‹ wohl besser unter den Tisch fallen.

»Nein«, sage ich fest. »Das tut er ganz sicher nicht. Es gab in den letzten Jahren mehr als eine Gelegenheit, zu der er es ihr hätte sagen können. Ich wette, er kommt wieder zurück, bittet Armin zerknirscht um Verzeihung und alles geht weiter wie bisher.«

Lus Blick wandert zur Zimmerdecke.

»Du meinst, er will sich gar nicht wirklich trennen?«

»Selbstverständlich nicht«, sage ich. »Das ist diese typische Nummer, in der jemand aus welchen Gründen auch immer in der alten Beziehung völlig festhängt und nicht anders kann, als beide an der Nase herumzuführen: die Frau und die Geliebte, oder den Geliebten. Wer weiß, was da alles eine Rolle spielt. Ich weiß, dass Rolf und Karin ein wirklich tolles Haus gekauft haben. Das müssten sie im Fall einer Scheidung doch verkaufen. Rolf müsste für Karin Unterhalt zahlen – so lange sie keine neue Arbeit hat, ganz sicher. Und dann die Alimente für das Kind. Aber es sind ja nicht nur die finanziellen Aspekte. Schließlich hängt doch auch ein Vater an seinem Kind, ist ja klar. Und bei Rolf kommt dazu, dass die Familie seiner Frau auch sehr wichtig für ihn ist. Er hat selbst seine Eltern früh verloren und versteht sich traumhaft mit den Schwiegereltern. Überleg doch mal, was er alles verlieren würde, wenn er sich scheiden lassen würde! Und wieso sollte er das alles aufgeben, wenn er doch beides haben kann? Armin öffnet ihm ja alle Tore, wenn Rolf mal wieder ankommt und einen Tag mit ihm verbringen will. Nein, vergiss es. Das wird nie was.«

Lu sieht mich wieder an. Ihr Blick huscht an mir vorüber.

Ich drehe den Kopf.

Dort in der Tür steht Armin und stützt sich am Rahmen ab.

Ich habe ihn nicht kommen hören.

Sein Anblick erschreckt mich.

Nicht nur, weil er grauenhaft aussieht – in etwa so, als hätte er sich gerade heftig über einer fremden Kloschüssel übergeben – sondern auch weil sein Gesichtsausdruck so hölzern ist.

Er starrt auf einen Punkt irgendwo jenseits der gegenüberliegenden Wand.

»Warum hast du mir nie gesagt, was du wirklich dazu denkst?«, fragt er steif.

Er kommt mir plötzlich älter vor als sonst. Als hätte er in der letzten Nacht ein bisschen was von seinem Jungencharme eingebüßt. Er wirkt erwachsen und reifer. Ich habe immer geglaubt, dass ich es gut finden würde, wenn er einmal so aussähe. Aber jetzt gruselt es mich.

»Weil du selbst es doch gewusst hast, Lieber«, antworte ich leise. »Du wusstest doch, dass es keine Zukunft hat. Du wusstest, dass es irgendwann so enden wird und dass …«

Armin schüttelt den Kopf. Das heißt, er will den Kopf schütteln. Das ist ganz deutlich zu sehen. Aber bereits nach der ersten heftigen Seitwärtsbewegung hält er inne, beißt die Zähne aufeinander und kneift die Augen zusammen. Ich warte geduldig ab, bis er das Karussell in seinem Kopf wieder im Griff hat.

»Kannst du dir vorstellen, dass man manchmal blind vor Liebe sein kann?«, sagt er. »Ich habe mir vorgemacht, dass es eines Tages tatsächlich gut sein wird.«

Dann knickt sein rechtes Bein ein, und er droht am Türrahmen hinunterzurutschen.

Lu und ich springen beide gleichzeitig zu ihm und greifen ihn unter den Armen.

»Komm her, mein Kleiner!«, murmele ich, während wir ihn zur Schlafcouch schleifen und er zu weinen beginnt. »Setz dich einfach wieder hin.«

Armin fällt regelrecht in sich zusammen, wie er da so auf der Sofakante sitzt und seine breiten Schultern hängen lässt. Lu tritt rücksichtsvoll ein paar Schritte zurück und lehnt sich dort an den Türrahmen, wo gerade noch Armin gehangen hat.

Mit verschränkten Armen lehnt sie dort. Ich habe das

Gefühl, dass sie nicht nur Armin mitfühlend betrachtet, sondern dass ihr Blick auch immer wieder zu mir wandert.

Natürlich. Es gäbe viel zu sagen. Viel zu sprechen, in Worten und mit den Augen. Nur muss ich mich jetzt gerade erst einmal um meinen Freund kümmern, dessen Herz in Scherben auf dem Boden vor uns liegt.

Die Tränen laufen ihm in Strömen übers Gesicht.

»Ich hab die Schnauze voll!«, schluchzt er. »Das mach ich nicht mehr mit. Soll er doch sehen, wo er sich den Kick herholt. Von mir jedenfalls nicht mehr.«

So etwas hat er schon öfter gesagt.

Aber diesmal habe ich das Gefühl, dass er es auch wirklich so meint.

Armin greift nach meiner Hand und drückt sie so fest, dass es schon fast weh tut. Aber ich sage nichts, halte es aus.

›Ja, drück fest zu. Tu mir ruhig weh. Wie habe ich das tun können? Wie konnte ich nur? Wie konnte ich nur Lu küssen?‹

»Du hast Recht, Emma, weißt du«, Armin schluckt. »Du hast ja so Recht! Es wird sich nie ändern. Die Kleine und Gerda und das Haus und das ganze Geld und dann sind die ja auch alle katholisch …« Er lässt mich los, vergräbt das Gesicht in den Händen und weint hemmungslos.

Ich weiß nicht, wer Gerda ist – vermutlich die Schwiegermutter – aber im Grunde ist das auch egal. Wichtig ist, dass Armin vielleicht zum ersten Mal ausspricht, was doch schon lange sonnenklar ist: Rolf gehört nicht zu ihm. Nicht auf diese Weise, die Armin gern hätte, die er sich wünscht, die er braucht.

Lu verschwindet für eine Sekunde im Flur und kommt mit einer Packung Taschentüchern zurück. Die reicht sie mir. Unsere Finger berühren sich über dem knautschigen Plastik. Wenn Armins Herz hier in Scheiben zerlegt vor uns liegt, dann steht meins gerade Kopf.

Da ich es nicht gewohnt bin, mit Herzen umzugehen, die aus der Norm geraten sind, wird mir ganz schwindelig davon.

Als Lu zur Tür zurückgeht, vermisse ich sie plötzlich hier neben mir. Was natürlich Unsinn ist, denn sie ist ja noch im Raum. Aber ich weiß einfach nicht, was ich mit Armin anfangen soll. Wie ich ihn trösten soll, ihm beistehen.

Vielleicht wäre es das Beste, wenn ich als Erstes ein Taschentuch rauskrame und es ihm hinhalte.

Das scheint gut zu funktionieren, denn Armin sieht es, nimmt die Hände vom Gesicht, greift nach dem Taschentuch und schnäuzt vorsichtig hinein. Dabei gibt er ein Geräusch von sich, das mich an Katzenjunge erinnert.

»Warum hast du mir nicht die Wahrheit gesagt?«, fragt er dann. Er sieht mich nicht an dabei, aber natürlich meint er mich.

Ich zucke hilflos die Achseln. Kann es selbst plötzlich nicht mehr begründen.

»Ich dachte, du weißt es«, klingt ziemlich schwach, finde ich selbst. Deswegen setze ich hinzu: »Hättest du es denn hören wollen? Schließlich hast du dir die ganze Situation immer wieder schöngeredet. Hättest du mir da überhaupt zugehört?«

Armin schnieft.

»Hätte ich doch gemusst, oder? Und das hätte mich wachgerüttelt. Hätte mich immer wieder mit der Nase drauf gestoßen. Ich hab dir doch auch gesagt, dass du es vermasselt hast mit Frauke und dass du deswegen aufhören sollst, ihr nachzutrauern. Hab ich nicht?«

Ich nicke. »Hast du.«

»Und hat dir das geholfen oder nicht?«

Lu sieht mich wahrscheinlich an.

Sicher kann ich es nicht sagen, denn sie steht genau in meinem Rücken. Aber sie schaut bestimmt zu mir und verfolgt gespannt, wie ich mich jetzt herauszulavieren versuche, was meine Unzulänglichkeiten im Hinblick auf Frauke angeht.

Ich räuspere mich. »Na ja, wahrscheinlich hat es mich vorbereitet. Auf den Moment, in dem es mir selbst klar wurde. Deshalb war es wahrscheinlich nicht so ein Schock für mich.«

»Siehst du!« Armin stöhnt leise. »Das hätte ich auch gebraucht. Vielleicht hätte ich mir dann die Zeche von heut Nacht sparen können. Du hättest es mir sagen müssen, was du gesehen hast. Denn du hattest doch Recht.«

Ich spüre Lus Blick in meinem Rücken brennen.

Mein schlechtes Gewissen brennt überall.

»Das stimmt«, lenke ich ein und lege eine Hand auf Armins Schulter. »Ich fürchte, deine dumme Freundin hat sich einfach nicht getraut. Ich hatte Angst, dass du mich dann zum Teufel jagst, wenn ich dir so etwas sage.«

»So' n Quatsch!«, sagt Armin.

Mehr nicht.

Lu sieht mich an, das fühle ich ganz deutlich. Sie sieht mich an und denkt an all die Dinge, die ich ihr auch nie gesagt habe, weil ich so eine feige Socke war.

Die ich hätte sagen sollen. Weil man das einfach so tut, wenn man befreundet ist. Weil man nur dann wirklich befreundet ist.

Diese letzte Nacht muss irgendwie eine ganz besondere gewesen sein.

Auch wenn gestern Abend noch nichts danach aussah,

muss diese Nacht etwas bewirkt haben. Maßgebliche Veränderungen.

Denn Lu sieht so anders aus.

Armin scheint endlich etwas begriffen zu haben.

Und ich. Mit mir ist auch etwas geschehen. Das würde ich ihnen gern sagen.

»Manchmal braucht man offenbar einen Anstoß von jemandem, dem wirklich etwas an einem liegt, um endlich den richtigen Weg einzuschlagen«, sage ich und wende mich um. »Nicht, Lu?«

Erwarte, sie dort im Türrahmen stehen und mich anlächeln zu sehen.

Doch da ist niemand.

Im nächsten Augenblick höre ich, wie im Bad die Dusche aufgedreht wird und Lu unter dem Wasserstrahl laut zu pfeifen beginnt.

»Tja«, macht Armin und hält sich den Kopf. »Manchmal ist es dann aber schon zu spät.«

* * *

Es ist eine Farce.

Nachdem Lu geduscht hat, sitzen wir zu dritt am Frühstückstisch. Armin stützt seinen Kopf in die Hände und trinkt Kräutertee. Ab und zu huschen seine Augen von Lu zu mir, von mir zu Lu. Er kann es sich Gott sei Dank verkneifen, etwas zu fragen oder dumme Kommentare abzugeben. Vielleicht hält ihn auch einfach sein Kopf in Schach.

Lu bietet mir Marmelade und Käse an, mampft selbst mit aller Selbstverständlichkeit drei Brötchen und erzählt lustige Anekdoten, die sich alle ums Thema Betrinken und Kater drehen.

Wenn ich nicht selbst dabei gewesen wäre letzte Nacht, würde ich vermuten, dass zwischen ihr und mir nie mehr gewesen ist, als es gestern Abend noch der Fall war.

Als Armin seine Tasse geleert hat und ich gerade vorschlagen will, ein Taxi für uns zu rufen, klopft es an der Tür.

Jojo macht »Blaff, blaff«, was recht pflichtbewusst, ansonsten aber eher desinteressiert klingt.

Kasper rennt noch vor Lu zur Tür.

Schon im Wohnungsflur erkenne ich die tiefe, sonore Stimme wieder. Daniel.

Armin zieht kaum sichtbar den Kopf ein. Mir entgeht aber nicht, dass er sich ein paar Mal fahrig durch seine schlafzerknautschten Haare streicht.

»Na, das ist ja eine hübsche Frühstücksversammlung!« Daniel kommt herein und klopft einmal auf den Tisch, worauf Armin leicht zusammenzuckt.

»Oh, tschuldigung. Zu heftig gefeiert?«, grinst Daniel.

»Zu viel Liebeskummer«, antwortet Lu an Armins Stelle, bevor er den Mund aufbekommt.

Daniels Grinsen verschwindet sofort, und er sieht Armin intensiv an. »Das tut mir Leid.«

»Mitleid hilft!«, versucht Armin einen Scherz, aber ich sehe trotzdem, dass er unter Daniels prüfendem Blick leicht errötet.

Die fröhliche Guten-Morgen-Stimmung, die gerade mit dem Besuch hereingeweht ist, wird deutlich gedämpft. Offenbar nimmt Daniel Liebeskummer ernst.

Er legt die Zeitung, die er unterm Arm getragen hat, auf dem Tisch ab und sagt: »Ich hab gestern mit Herrn Bräuer gesprochen. Hast du es schon gehört?«

Lu schüttelt mit fragender Miene den Kopf.

»Er hat das Haus verkauft. War ja abzusehen. Er hat

ja schon seit einem Jahr davon gesprochen. Das wirklich Blöde daran ist nur: Der neue Besitzer hat sich gleich die notwendigen Genehmigungen eingeholt, um aus dem ganzen Laden hier Eigentumswohnungen zu machen.«

»Was?«, macht Lu entsetzt.

»Wir erhalten ein Vorkaufsrecht«, ergänzt Daniel mit ironischem Lächeln.

»Jetzt weißt du also auch Bescheid. Ich dachte, es sei angebracht, sich schleunigst nach einer neuen Bleibe umzusehen.« Er klopft auf die Zeitung und wendet sich an Armin. »Selbst wenn du das Zimmer haben wolltest, könnten wir es dir jetzt nicht mehr anbieten. Vielleicht sollte ich dich stattdessen bitten, mich für eine Weile bei dir wohnen zu lassen?!«

Armin blinzelt verlegen und greift Hilfe suchend zu dem nach Druckerschwärze riechenden Blatt.

»Die können euch nicht einfach so an die Luft setzen«, versuche ich zu trösten. »Ihr habt Kündigungsschutz. Mindestens drei Monate habt ihr Zeit, um was Neues zu finden. Ich glaube, sogar noch viel länger.«

Daniel nickt. »Klar. Aber es lebt sich nicht mehr so unbeschwert, wenn man weiß, dass da draußen jemand mit einem kompletten Renovierungsteam inklusive Presslufthammer und schicken Designerfliesen wartet, um sofort loszulegen, sobald du die Wohnungstür hinter dir zugezogen hast.«

Lu sitzt wie betäubt.

Ihr Anblick berührt mich sonderbar.

Ich denke an ihre Tränen letzte Nacht. Und dass ich sie nicht einmal gefragt habe, wieso sie geweint hat.

Ich denke an ihr Geständnis, dass sie mich liebte, damals, und wie ihr Gesicht dabei aussah.

Vielleicht denke ich auch an unsere Küsse. Den einen,

sanften, ruhigen, poetischen. Und die vielen tiefen, wilden, mächtigen.

Immer sah ich in ihr nur die Laute, oft auch Vorlaute, optimistisch Fröhliche, übertrieben Extrovertierte.

Ihre Tränen, ihre Worte und wie sie nun hier sitzt, das ist eine andere Lu. Die ich früher doch nie gesehen habe. Die ich vielleicht nicht sehen wollte.

Weil sie mir so ans Herz greift.

»Guck mal«, sagt Armin und deutet auf eine Anzeige unter Immobilien. »Wie wäre es damit für heute?«

Ich werfe einen Blick darauf.

»Nein«, sage ich. »Der Text gefällt mir nicht.«

»Gefällt dir nicht?«, wiederholt Armin. Leider etwas zu laut. Er dämpft sofort die Stimme und hält sich den Kopf. »Wieso gefällt die dir nicht? Hast du auch richtig gelesen? Ich meine die hier: Jugendstilvilla. Kernsaniert. Stilvoll. Ruhig. Die gefällt dir nicht?«

»Nein«, erwidere ich. »Sind keine Haustiere erlaubt.«

Lu hebt den Blick.

»Außerdem bist du nun echt nicht in der Verfassung, dir eine Wohnung anzuschauen«, fahre ich, an Armin gewandt, fort. »Oder glaubst du, der Vermieter würde sich freuen, wenn du stilvoll auf sein frisch gelegtes und siebenmal versiegeltes Stäbchenparkett kotzt?«

»Ich dachte doch auch eher als Alternative für dieses hier«, brummelt er und schielt zu Daniel.

»Armin«, sage ich. »Ich glaube, es gibt immer noch einen Unterschied zwischen einer Wohnung, die wir uns zum Zeitvertreib ansehen und einer, in die du wirklich einziehen willst. Oder? Würdest du etwa in so was wohnen wollen?« Ich tippe auf die Anzeige.

»Ach, ist mir doch egal«, murmelt er und lässt seinen Kopf auf die Hände sinken, die auf der Tischplatte liegen.

Offenbar hat eine erneute Katerwelle seine Fähigkeit zur Anteilnahme an den ins Haus stehenden Kündigungen abrupt und vehement beendet.

»Weißt du schon, wie du nach Hause kommst?«, fragt Daniel ihn.

Armin grunzt nur.

»Vermutlich schläft er gleich hier am Tisch wieder ein«, mutmaße ich skeptisch.

»Das ist wahrscheinlich. Ich kenne dieses Stadium«, grinst Daniel. »Hey, komm schon, Armin. Ich bring dich fix heim. Da kannst du dich dann richtig ausschlafen. Das ist immer noch die beste Medizin gegen deine Krankheit.«

Da Armin keinerlei Gegenwehr erkennen lässt, beschließen Daniel und ich, das als Zustimmung zu deuten.

Was Lu dazu denkt, ist nicht rauszufinden. Sie wirkt immer noch wie unter Schock.

Daniel hilft Armin vom Stuhl, indem er ihn unterhakt, und schmunzelt über dessen vergebliche Bemühung, eine möglichst gute Figur zu machen.

»Willst du auch mit? Oder bleibst du noch hier?« Denkt Daniel, dass ich den winzigen Seitenblick zu Lu nicht bemerkt habe?

Ich sehe in meine Tasse. »Ich muss meinen Kaffee noch austrinken.«

Daniel nickt ernsthaft und wankt gemeinsam mit Armin zur Tür.

Ich spring dazu, um die Wohnungstür aufzuhalten.

»Schaffst du das allein?«

»So ein Fliegengewicht macht mir keine Angst.« Daniel zwinkert mir zu, und Stufe für Stufe verschwindet er mit meinem lieben Freund nach unten.

Lu sitzt immer noch am Küchentisch. Vor ihr der letzte Rest ihres dritten Brötchens.

Sie räuspert sich, als ich wieder hereinkomme.

»Das war ein ganz schöner Schrecken, wie?«, sage ich leichthin und lege meine Hand auf ihre Schulter.

In dieser Berührung scheinen wir beide zu erstarren.

Ihre warme Haut unter dem T-Shirt. Ich kann sie atmen spüren.

»Ich meine die Sache mit der Wohnung«, setze ich hinzu.

Sie wendet den Kopf. Ihre Haare im Bubikopf sind gerade so lang, dass sie meinen Arm sanft streifen.

»Bist du sicher?«, fragt sie und lächelt mich an.

Lus Lächeln, das war früher auch schon so, ist etwas, dem du dich nur schwer entziehen kannst.

Es ist für ihr Gegenüber wie an einen Zwang gekoppelt, zurückzulächeln.

Wie oft habe ich in meinem Leben Lucimar Streubel zugelächelt.

Noch nie habe ich es so bewusst getan wie jetzt gerade.

Langsam löse ich meine Hand von ihrer Schulter und gehe die zwei Schritte zu meinem Stuhl, auf dem ich mich niederlasse.

»Und was machen wir jetzt, du und ich?«, fragt Lu leise.

Ich schaue zur Seite.

»Ich weiß nicht. Das, was letzte Nacht passiert ist, das … kam so überraschend«, formuliere ich vorsichtig.

»Für mich nicht«, lächelt Lu.

»Aber für mich, Lu, für mich kam es verdammt überraschend … ich meine, ich bin nicht so wie du. Und ich war nie so wie du. Du hast alles klar gehabt in deinem Kopf, von Anfang an. Aber mir war doch gar nicht klar, was zwischen uns war … was hätte sein können … was …« Hilflos breche ich ab.

Lu steht auf, geht zum Fenster, schaut kurz hinaus, kommt wieder zurück.

»Du bist echt kein einfacher Mensch«, lautet ihr Fazit.

»Danke!«, sage ich und stehe auch wieder auf. »Das wurde mir schon mehr als einmal versichert, kann ich dir sagen.«

Lu tritt mir in den Weg, als ich auf dem Weg zur Tür bin.

»Und gerade derwegen so liebenswert«, sagt sie.

»Deswegen«, sage ich, gehe um sie herum und weiter zur Tür.

Dort komme ich erst einmal nicht weiter, weil Kasper direkt davor liegt. Er sieht aus wie einer diese Stoffhunde, die du im Winter unten vor den Türritz legst, damit es nicht zieht.

Ich muss ihn anstupsen und bedeuten, dass er gefälligst aufstehen und den Weg frei machen soll. Während er sich erhebt wie ein rheumakranker Opa, sehe ich über die Schulter zu Lu, die im Türrahmen der Küche lehnt.

»Ich muss jetzt erst mal zur Ruhe kommen. Armin hat seinen Kater, ich habe meinen. Momentan weiß ich gar nicht, wo mir der Kopf steht. Nein! Sag jetzt nichts. Ich weiß, du willst wahrscheinlich sagen, dass ich sowieso viel zu kopflastig bin und dass ich lieber meinem Bauchgefühl folgen soll. Dass ich mal alle Überlegungen zur Seite schieben und nur fühlen sollte. Bestimmt meinst du, dass ich mein komplettes Leben viel zu sehr über den Verstand regele. Vielleicht denkst du auch, dass ich gerade im Begriff bin, wieder einer Beziehung … wie hast du es genannt? Auszuweichen? Das alles wolltest du doch sagen, nicht?« Ich schaue sie provozierend an.

»Deswegen«, sagt Lu.

* * *

Die Tage vergehen, werden zu einer, dann zu zwei Wochen.

Ich hocke wie ein verschrecktes Kaninchen in meiner Wohnung und hetze nur panisch von dort zu meinem Büro an der Uni oder zu Armins Wohnung und wieder zurück.

Ans *Yellow* denke ich nicht einmal. Ich halte mich selbst im Supermarkt nicht länger auf als notwendig. Irgendwie habe ich Angst, dass mich jemand sieht.

Wer dieser, nein, diese jemand ist, dürfte ja wohl klar sein.

Ich will sie nicht sehen.

Und kann nicht mal sagen, wieso.

Es ist besser so.

Sage ich mir.

Nur weil Emma Lucimar Streubel geküsst hat, heißt das noch lange nicht, dass die beiden ein Paar sein könnten.

Sie passen nicht zueinander.

Lu passt vielleicht zu Emma. Aber Emma nicht zu Lu. Weil Emma im Grunde zu niemandem passt.

Armins Worte gehen mir nicht aus dem Kopf.

Manchmal ist es dann aber schon zu spät, hat er gesagt.

Und ich weiß, dass er Recht hat.

Für manche Dinge ist es einfach zu spät.

Nach fünf Jahren Wochenend-Beziehung war es für Ramona und mich zu spät.

Als Antonie auftauchte, war es für Frauke und mich zu spät.

Für manche Dinge ist es erst nach vielen, vielen Jahren zu spät. Dann aber umso gründlicher.

Ich glaube, dass ich ein Mensch bin, für den es in vielerlei Hinsicht oft zu spät sein wird im Leben.

»Emma, du gehst mir auf den Sack mit deiner selbstmitleidigen Tour«, erklärt Armin offensiv, als wir mal wieder telefonieren.

Seit er sich von Rolf getrennt hat, ist er ziemlich auf Krawall gebürstet. Da vergisst er manchmal seine gute Kinderstube und sagt solche Dinge zu seiner besten Freundin.

Er hat es durchgezogen.

Nachdem Rolf mit seiner Karin wieder auf heimatlichem Boden gelandet war, war Armin erst einmal nicht zu erreichen für ihn.

Ein Schachzug, den ausnahmsweise einmal ich zu dramatisch fand.

Denn als Rolf Armin dann endlich ans Telefon bekam, war der Gute mit den Nerven ziemlich am Ende.

Armin gibt einen kleinen selbstzufriedenen Schmatzer von sich. »Eigentlich hätte Rolf es verdient, dass ich zu ihm nach Hause fahre und seine Frau … Karin, meine ich, darüber aufkläre, wie treu und ergeben ihr Ehemann die letzten drei Jahre war. Und vielleicht nicht erst die letzten drei Jahre. Wer weiß denn schon, ob es vor mir nicht schon irgendwen gab? Irgendwie muss er ja mal in den Sub geraten sein, nicht?«

»Warum hast du's dann nicht getan?«

»Ich hatte Mitleid.«

Ich nicke. »Stimmt. Ich finde, ein zerstörtes Leben reicht.«

»Was für ein zerstörtes Leben?«

Ich zögere. »Na, deins.«

Armin lacht leise. »Mensch Emma, manchmal ist deine Theatralik sogar mir zu viel. Mein Leben ist nicht zerstört. Das ist vielleicht das Gute daran, dass unsere Beziehung im Grunde nur eine Affäre war: Rolf hatte zwar einen großen Platz in meinen Gedanken, aber nicht in meinem realen Leben. Und deswegen hinterlässt er da jetzt auch nicht die Lücke, die in anderen, normalen Beziehungen automatisch entsteht, wenn sich zwei trennen.«

Es klingelt an meiner Wohnungstür.

Ich schaue wie elektrisiert hin.

»Hat es geschellt?«, fragt Armin verwundert.

»Ja«, sage ich.

»Erwartest du jemanden?«

»Nein.«

»Vielleicht die Zeugen Jehovas«, schätzt mein Freund. »Die sind auch oft schon so früh unterwegs.« Es ist Samstag, halb zehn.

›Lu würde nicht noch einmal unangekündigt zu mir kommen‹, denke ich. ›Nicht, nachdem sie beim ersten Mal so damit hereingefallen ist.‹

Andererseits wäre es nicht das erste Mal, dass Lu Dinge wiederholt, die sie schon beim ersten Versuch besser hätte lassen sollen.

»Willst du nicht mal hören, wer es ist?«, fragt Armin.

Erst jetzt löst sich meine Erstarrung. »Ja. Ich geh mal gucken. Ich ruf dich später wieder zurück.«

»Falls ich nicht hier bin, erreichst du mich bei Hannelore. Sie will die Story mit Rolf live hören, hat sie gesagt.«

›Bestimmt hat sie das nur gesagt, weil sie denkt, Armin würde beim Erzählen zusammenbrechen‹, überlege ich, als ich zur Tür hinübergehe.

Für diesen Fall wäre Hannelore dann da, um Erste-Hilfe-Trost zu spenden.

Sie weiß wahrscheinlich noch nicht, dass in den letzten zwei Wochen viel geschehen ist. Mit Armin.

Er hat geheult und geflucht und mit den Fäusten gegen die Wand geschlagen. Ich war dabei, als er den Tag verdammt hat, an dem er Rolf getroffen hat. Und ich habe ihn im Arm gehalten, als er sich an die schönen Stunden erinnerte. Als er die Fotos ein letztes Mal ansah und dann in den Müll warf. Als er das gemeinsame Lied unbedingt auf *repeat* stellen wollte.

Armin ist wirklich durch das tiefe Tal gewandert, das wir alle fürchten, wenn wir an Liebesbeziehungen denken. Weil Liebesbeziehungen oft auch wieder enden.

Aber Armin ist nicht ausgewichen. Er hat sich dem gestellt, was unausweichlich war: der Trennung.

Aus welchem Grund kommt Lu an einem Samstagvormittag zu mir? Muss sie nicht arbeiten?

Vielleicht will sie mir sagen, dass sie eine Frau, die sich wochenlang nicht meldet, total krank findet und dass sie mich deswegen (›Derwegen!‹, denke ich) ganz sicher nie wiedersehen will.

Vielleicht will sie auch sagen, dass unsere Küsse von neulich Nacht ein Fehler waren.

Vielleicht wird sie mir Vorwürfe machen, weil ich damit angefangen habe. Gerechtfertigte Vorwürfe, gegen die ich nicht einmal etwas einzuwenden wüsste.

Du solltest nie eine auf diese Art und Weise berühren, von der du weißt, dass sie sich mal nach einem einzigen Kuss verzehrt hat. Von der du ahnst, dass sie es vielleicht wieder tut.

Wenn sie mir das vorwerfen würde, ja, das könnte ich verstehen.

Ich drücke nicht gleich auf, sondern hebe den Hörer der Gegensprechanlage ab. Nur für den Fall, dass es doch die Zeugen Jehovas sind.

»Hallo?«, sage ich hinein.

Zuerst denke ich, sie ist schon wieder fort, weil es so lange dauert. Sie ist ein ungeduldiger Mensch. Jedenfalls war sie ein ungeduldiger Teenager. Jeder Knoten war für sie eine persönliche Herausforderung, die sie in wenigen Sekunden auf die Palme bringen konnte. Doch dann knackst es doch in der Leitung.

»Hallo?«, lautet die Antwort von unten. »Ich hoffe, ich störe nicht?! Kann ich raufkommen?«

»Klar!«, sage ich und drücke auf den Türöffner.

Es dauert nur eine halbe Minute, dann betritt Frauke meine Wohnung.

Ich wundere mich.

Wie konnte ich das nur vergessen. Fraukes unerwartete Besuche am Morgen, wenn sie einen Spaziergang mit Loulou hinter sich hat.

Noch etwas erscheint mir sonderbar. Aber ich komm nicht drauf, was es ist.

Wir umarmen uns kurz. Wie immer.

Aber irgendwas ist anders. Aber ich komme nicht dazu, genau hinzufühlen, so schnell ist unsere Umarmung beendet. Wie immer.

Wie immer gehen wir in die Küche, während Loulou meine Wohnung abtrabt, um herauszufinden, ob irgendwo Kekse oder auch ein Apfelbutzen liegen geblieben sind.

Als wir über die Schwelle treten, wird mir plötzlich klar, was mich so irritiert: Ich bin verwundert über das Ausbleiben meines Herzrasens.

»Hast du einen Saft für mich? Ich bin völlig unten. Dieser Hund schafft mich einfach!« Frauke lässt sich seufzend auf einem Stuhl nieder.

Ich öffne den Kühlschrank und greife hinein. Aber anstatt die Bananensaftflasche herauszunehmen, halte ich eine Milchtüte in der Hand.

Verstört starre ich sie einen Moment lang an, blicke dann ratlos in den Kühlschrank und schließlich zu Frauke.

»Kein Bananensaft«, teile ich ihr mit. In meiner Stimme schwingt ein Unterton, der besagt, dass diese schlichte Tatsache mehr als nur eine schlichte Tatsache ist.

»Ich würde auch was anderes nehmen«, versichert Frauke rasch.

Ich mache uns Tee.

Tee mit Honig ist fast so gut wie Bananensaft, meint Frauke. Doch ich weiß genau, dass Tee mit Honig etwas ganz anderes ist als Bananensaft. Etwas völlig anderes.

Ich habe keinen Bananensaft gekauft. Nicht diese Woche, nicht letzte Woche. Seit wann habe ich keinen Bananensaft mehr im Haus?

Als der Tee durchgezogen ist, stelle ich Tassen auf den Tisch, nehme das Honigglas und den Löffel. Wir bedienen uns. Beide sind wir schweigsam.

»Was ist mit dir, Emma?«, fragt Frauke schließlich.

Jetzt bekomme ich doch noch Herzklopfen. Ganz plötzlich.

»Mit mir? Was soll denn sein?«, frage ich zurück.

Doch als ich Fraukes entlarvenden Blick sehe, seufze ich und stelle meine Tasse wieder ab.

»Könnte sein, dass ich mein Bild, das ich mir über viele Jahre von einer bestimmten Person gemacht habe, ein wenig revidieren musste. Könnte sein, dass ich deswegen etwas … durcheinander wirke.«

»Du meinst, dass du endlich begriffen hast, dass Lu ein toller Mensch ist?«, hakt sie nach, als sei sie nicht ganz sicher, mich richtig verstanden zu haben.

»Du findest sie genauso klasse wie alle anderen, wie?«, frage ich zaghaft.

Frauke zuckt die Achseln. »Ich hab dir ja gleich gesagt, dass sie mich ein bisschen an Antonie erinnert. Und wenn ich sie da nicht nett finden würde, wäre ich ja schön blöd.« Sie schmunzelt.

»Es stört dich auch gar nicht, dass Antonie sie auch sehr mag?«

»Nö. Weißt du, ich glaube, dass ich Antonie einfach vertrauen kann. Nein, anders: Ich vertraue ihr einfach. Vielleicht hat es mal einen Moment der Irritation gegeben. Aber als wir neulich gemeinsam bei ihrer Tante zu Besuch waren, da hat es wieder so viele tolle Momente und Situationen gegeben …« Sie schüttelt lächelnd den Kopf.

Ihre Worte prallen in meinem Kopf als Echo von der einen Schädelwand vor die andere.

»Antonie macht aber viele Tantenbesuche«, bemerke ich dumpf.

Frauke schaut kariert.

»Na, vor zwei Wochen etwa war sie doch auch eine Tante in Marburg besuchen. Weißt du noch? Davon hast du mir erzählt.«

Sie nickt. »Ja, sicher. Und die Tante mein ich auch. Mechthild. Eine echt tolle Frau, muss ich sagen. Die hat wirklich gar nichts Tantenhaftes an sich. Wieso guckst du denn so?«

Ich wende rasch den Blick ab, um sie nicht noch weiter anzustarren. Sie waren gemeinsam bei Antonies Tante? Die Person, die mit Lu am schicksalhaften Freitagabend ins Kino gegangen ist, um einen lastervollen Lesbenfilm zu sehen, war gar nicht Antonie?

»Findest du auch, dass ich Beziehungen ausweiche?«, rutscht es mir heraus.

»Wie bitte?«

»Ach, nichts …«

Eine kleine Weile nippen wir nur an unseren Tassen.

»Ich denke, wir werden uns jetzt wieder auf den Weg machen. Wenn du mal ausgehen möchtest oder auch sonst etwas Gesellschaft brauchst, dann meld dich doch einfach.« Frauke erhebt sich und Loulou trabt eifrig zur Tür.

»Tschö dann, bis bald!«, verabschiedet Frauke sich und streckt mir ihren Arm entgegen.

»Tschüß!«, sage ich und umarme sie. Umarme sie lange.

Als wir uns endlich loslassen, lächeln wir beide.

»Freut mich, dass ...«, beginnt Frauke, bricht etwas verlegen ab und wischt dann mit einer Handbewegung weg, was sie noch sagen wollte. »Schönen Sonntag noch!«

Damit ist sie zur Tür hinaus.

Ich kann der Versuchung nicht widerstehen. Armin würde mich bestimmt wieder ›theatralisch‹ nennen. Aber ich muss ihr einfach hinterhersehen.

Etliche Monate hat mein Herz einen Trommelwirbel veranstaltet, wenn ich sie getroffen habe.

Heute Morgen blieb es ganz ruhig.

Vielleicht ist eine bestimmte Zeit damit beendet. Und das muss doch zelebriert werden. Also stehe ich oben am Fenster, als Frauke unten aus der Haustür tritt. Loulou schießt sofort an ihr vorbei, um an der Platane vor dem Haus ausgiebig zu schnüffeln. Dann setzen die beiden sich Richtung Süden in Bewegung. In dieser Richtung liegt Antonies Wohnung.

Ich schaue ihnen nach.

Fraukes große, schlanke Gestalt, die in einem forschen Gang die Straße hinuntergeht. Neben ihr die wippende, hüpfende Loulou, deren helles Hinterteil im Rhythmus hin und her schwingt.

Sie hebt den Kopf und sieht zu Frauke hinauf, die ihrerseits hinabsieht zu ihrer Hündin und wahrscheinlich irgendetwas zu ihr sagt.

Loulou jedenfalls lacht.

Dann verschwinden sie um die nächste Häuserecke.

›Hunde sind schon tolle Tiere‹, denke ich.

Ich glaube, es ist dieser Moment.

* * *

Als ich zehn Minuten später selbst auf der Straße unterwegs bin, bin ich wirklich nicht sicher, ob ich das Richtige tue.

Aber in meinem Leben steht einfach viel zu vieles starr auf der Stelle. Angefangen bei meinem tristen Liebesleben des letzten Jahres bis hin zu meiner stagnierenden Doktorarbeit.

Es wird Zeit, dass ich selbst etwas ins Rollen bringe.

Im Hausflur auf der untersten Stufe liegt ein kleiner Stapel Zeitungen. Stadtanzeiger. Ich greife einen und steige die Treppe hinauf, den Stadtanzeiger vor der Brust wie einen Strauß rasch gepflückter Feldblumen. Oder wie ein Schild.

»Hallo«, sagt Lu und sieht mich unverwandt an.

Ich wette, so habe ich bisher immer Frauke angeschaut, wenn sie zu einem unerwarteten Besuch vorbeigekommen ist. Voller Anspannung, was dieses spontane Aufsuchen wohl bedeuten könnte.

»Hi«, antworte ich, möglichst locker, obwohl alles in mir flattert wie die Flügel eines kleinen Vogels, den du in der hohlen Hand hältst. »Kann ich einen Augenblick reinkommen?«

Lu schaut zögernd hinter sich. Ich nehme mal an, dass sie das nicht wegen der Hunde tut.

»Oder hast du Besuch?«

»Ja, Gabriella ist hier …«

»Oh, na dann …« Ich wende mich schon halb um und hebe die Hand.

»Nein. Nein, komm doch rein!«, sagt Lu entschlossen und winkt mich zu sich heran.

Als ich an ihr vorübergehe, kann ich sie ganz deutlich riechen. Ich habe ihren Duft all die Jahre nicht vergessen.

Aus dem Wohnzimmer kommt Kasper gerannt, und was er bei meinem Anblick mit seinen Ohren und seinem Schwanz veranstaltet, sieht verdammt nach Wiedererkennen und Freude aus.

Ich gehe kurz in die Hocke, um ihn zu streicheln.

Als ich mich wieder aufrichte, stelle ich fest, dass Lu immer noch an der gleichen Stelle steht und mich anstarrt.

»Frauke hat mich gerade besucht«, fallen mir die Worte aus dem Mund, ohne dass ich sie aufhalten kann. »Und ich hab erfahren, dass es gar nicht Antonie war, mit der du neulich im Kino warst. Das konnte sie gar nicht sein, weil sie mit Frauke zusammen bei ihrer Tante zu Besuch war. In Marburg, weißt du. Sie waren zusammen in Marburg. Ich dachte, ich sollte mich bei dir entschuldigen. Dafür dass ich dachte, du wolltest dich in eine Beziehung einmischen.«

Lu staunt mich mit offenem Mund dann.

Dann lacht sie und streckt die Hand aus. »Entschuldigung angenommen. Und jetzt komm endlich rein. Dann kannst du meine Frau kennen lernen.« Dazu grinst sie so breit, dass es schon fast obszön wirkt. Wer denkt, dass Julia Roberts einen großen Mund hat, der sollte Lu mal sehen.

Also folge ich ihr und den Hunden ins Wohnzimmer, wo auf dem Sofa, das heute aber nicht ausgeklappt ist, die blonde Frau von der Party neulich sitzt.

Wir geben uns artig die Hand, und Lu stellt ein Glas mit Saft für mich auf den niedrigen Tisch.

»Gabriella hat mir gerade angeboten, dass ich bei ihr einziehen kann, wenn es so weit ist. Ihre Wohnung ist recht klein, aber als Übergang wäre es in Ordnung. Bis ich mit den Hunden etwas Schönes gefunden habe. Ist nicht so einfach mit drei Viechern, weißt du. Die meisten wollen noch nicht mal einen Hund. Aber dann gleich drei und dann auch noch meine riesige Jojo. Da winken sie nur ab. Tja, und bei Gabriella würde es übergangsweise gehen.« Lu schmunzelt. »Dann würden wir wenigstens zum ersten Mal in unserer Ehe zusammenwohnen. Das wäre doch auch was.«

Sie klopfte Gabriella aufs Knie, die diese kumpelhafte Geste mit einem freundlichen Lächeln kommentiert.

Ich lächele auch. Ich lächele wie unter Zwang. Irgendwie gefällt mir die Vorstellung nicht, Lu und Gabriella könnten nicht nur einen legalen Verpartnerungsschein, sondern auch eine gemeinsame Wohnung teilen.

Daher halte ich den City-Anzeiger hoch, den ich immer noch fest umklammere.

»Wir können ja schauen, ob es noch eine Alternative gibt.«

Lu nimmt das Blatt aus meiner Hand und schlägt es auf der Seite mit den Immobilienangeboten auf.

»Ich habe Lu auch gesagt, ist noch genug Zeit«, sagt Gabriella da mit leicht heiserer Stimme zu mir. »Aber wenn sie beruhigt, kann sie sicher sein: Bei mir ist Platz! Auch für die Koloss da!« Sie deutet lächelnd auf Jojo.

Könnte sein, dass ihre Stimme, verfremdet durch das Rauschen in einem Handy und durch die Distanz so klingen könnte wie Antonies Stimme. Ja, könnte sein.

Könnte auch sein, dass eine Frau sich mächtig blamiert hat mit solch einer Verwechslung und der anschließenden Unterstellung von Betrug bis Untreue. Könnte sein, dass dieselbe Frau sich noch viel schlimmer zu blamieren droht, weil sie unangemeldet dort auftaucht, wo sie gerade am allerwenigsten zu sagen hat.

Ich schweige also.

Lu liest die Anzeigen.

Kasper gähnt quietschend.

»Ich gehe dann mal«, murmelt Gabriella und lächelt schüchtern.

Ich finde, sie ist gar keine richtige Brasilianerin. Eine Brasilianerin muss Pfeffer im Hintern haben, sie muss laut und extrovertiert sein. Sie muss offen lachen und etwas Lebendiges, Lebensbejahendes versprühen. Sie muss eben so sein wie Lu.

Wir verabschieden uns brav, und Lu bringt sie zur Tür.

Ich stelle meine Ohren auf. Aber es ist nur ein leises Flüstern zu hören.

»Ihr versteht euch wohl gut?«, frage ich, als Lu wieder neben mir Platz nimmt.

»Ach, sie ist eine ganz Liebe«, sagt Lu. »Eigentlich zu lieb für diese Welt. Verstehst du, was ich meine?«

»Vielleicht ist das so was Brasilianisches?«, vermute ich. »Ich finde, du lässt dich auch viel zu leicht ausnutzen.«

»Oh, wirklich?« Lu macht große Augen. »Von wem?«

»Von … von Gabriella zum Beispiel. Du hast ihr zu einem angenehmen Leben hier verholfen ohne eine einzige Gegenleistung und …«

»Emma?«

»Ja?«

»Hast du gerade zugehört? Gabriella will mich bei sich wohnen lassen. Einfach so. Wir sind Freundinnen geworden. So was gibt's. Mal hilft die eine, mal hilft die andere. So ist das nun mal. Sie hat gemerkt, dass es mir wirklich sehr, sehr schlecht ging mit dieser Wohnungssache. Weißt du, das hier ist doch unser Zuhause. Sieh doch!« Sie deutet auf die Regale, die sich rund um den Raum ziehen, mit all ihren verrückten Sammlerstücken darin. »Ein Zuhause findet man nicht so schnell. Und erst recht nicht, wenn man aus dem alten rausgeworfen wird. Ich habe sogar daran gedacht, nach Brasilien zu gehen …« Ihre Stimme klingt so leicht und unbeschwert. Aber mir bleibt fast das Herz stehen. Brasilien. »Einfach, weil da alles viel leichter genommen wird. Weißt du, da wo ich herkomme, da ist alles aus Sonne gemacht und aus dem Geschmack von Meersalz und Musik. Wäre bestimmt toll, so zu leben.«

Sie hängt eine Weile diesen schwärmerischen Träumen hinterher.

Dieser gewisse Ausdruck auf ihrem Gesicht macht, dass ich mich auch auf eine ganz bestimmte Art und Weise anders fühle. Ich weiß nicht, was genau es ist. Aber es fühlt sich an, als wühle sich eine kalte, eiserne Hand durch meine inneren Organe.

»Aber natürlich geht das nicht«, sagt Lu dann. Und in mir bricht alles vor Erleichterung zusammen. »Wegen der Hunde.«

»Sicher«, höre ich mich sagen, mit einer Stimme, die von weit her kommt. »Wegen der Hunde.«

Lu nickt. »Aber ich bin vom Thema weggekommen. Wir waren beim Ausnutzen, nicht? Wer nutzt mich denn noch aus?« Auffordernd blickt sie mich an.

Ich denke krampfhaft nach. Aber so sehr ich mich auch anstrenge, mir fällt kein anderes Beispiel ein. Ich bin entsetzt, weil ich so wenig von ihr weiß. Ich habe keine Ahnung, ob sie außer Gabriella noch andere Freundinnen oder Freunde hat.

»Ich!«, platze ich heraus, als ich sehe, dass sich gleich ihre Mundwinkel nach oben ziehen werden. »Ich habe dich doch früher nur ausgenutzt … Du musstest mir immer in Englisch helfen. Und ohne dich hätte meine Mutter mich nie auf all die Partys gelassen. Und dein Vater hat uns immer zu den Konzerten gefahren und brav im Auto gewartet, bis wir wieder rauskamen. Ich habe deine Gutmütigkeit genauso ausgenutzt wie all die anderen Freaks, mit denen du so rumgehangen hast.«

Diesmal dauert es lange, bis Lu antwortet.

Sie betrachtet ihre Hände, die auf der aufgeschlagenen Zeitung liegen. Vielleicht denkt sie an früher.

Erinnert sich an die vielen Situationen, in denen ich von ihr profitiert habe.

»Du warst meine erste Freundin in Deutschland«, sagt sie dann endlich. »Und du hast mich mit zu deinen Freundinnen genommen. Du hast mir alles gezeigt, was du kanntest. Ich war bei euch fast wie zu Hause. Du hast mir dein Brook-Shields-Poster geschenkt.«

»Ja«, sage ich und setze mich für die Gegenargumente etwas zurecht. »Ich habe dich mit zu meinen Freundinnen genommen, weil ich mit dir angeben wollte. Du warst so exotisch und hast so anders gesprochen. Und dann wollte ich vor dir angeben mit allem, was ich konnte und wusste. Deshalb habe ich dir alles gezeigt. Was mein Zuhause anging, hatte ich grässliche Angst, dass meine Eltern dich lieber zur Tochter hätten als mich. Und das Poster habe ich dir nur geschenkt, weil Cornelia Pöten behauptet hat, sie sei das einzige Mädchen, das noch schöner sei als ich.«

Lu lacht auf. Doch sie wird sofort wieder ernst.

»Cornelia Pöten hatte sowieso nicht alle Tassen im Schrank«, erwidert sie.

Ich sehe auf ihren Mund.

Sie verzieht ihn zu einem typischen Lu-Lächeln. »Weißt du eigentlich gar nicht, was du zurückgibst?«, fragt sie. Einfach so. Ganz selbstverständlich.

Aber mir treibt sie mit dieser Frage die Tränen in die Augen.

»Was denn?«, schlucke ich. »Was kann ich denn schon zurückgeben außer einfach nur schön zu sein?«

Lu schnalzt mit der Zunge. »Dein Selbstmitleid gehört allerdings nicht zu deiner Stärke.«

»Deinen Stärken«, korrigiere ich automatisch.

Wir sehen uns an und müssen beide zum ersten Mal seit ich hier bin gleichzeitig lachen.

»Deine deutsche Grammatik dagegen ist eins a«, meint Lu und deutet dann auf eine der Wohnungsanzeigen. »Hör mal. Die klingt wirklich interessant: *Gemütliche WHG in ruhigem Altbau am Wald, 4 ½ hoher Raum, sonnig, Wohnküche, in Klammern: keine Einbauküche. Großer Garten eingezäunt. Hunde erlaubt.* Hey, Hunde erlaubt, find ich ja echt scharf. So was steht sonst nie in Anzeigen, oder?«

Ohne nachzudenken, greife ich nach der Zeitung und rupfe sie ihr unsanft unter den Händen weg.

Plötzlich bin ich so aufgeregt wie damals, als wir zum ersten Mal auf ein Teens-Konzert gefahren sind. Ich dachte, der smarte Alexander würde von der Bühne herunterschauen, mich dort unten stehen sehen und sich vom Fleck weg in mich verlieben. Denn schon damals wusste ich um meine Wirkung. Doch dann standen wir so weit hinten, dass ich nur seinen Scheitel sehen konnte. Aber das war egal. Es war trotzdem das Aufregendste, was ich bis dahin erlebt hatte.

»Die Wohnung kenn ich«, sage ich tonlos. »Die haben

Armin und ich uns schon mal angesehen vor ein paar Wochen.«

Lu sieht mich aufmerksam an. »Das ist aber nicht das Haus, das dich ruft, oder?«

Ich nicke langsam.

Sie liest abermals die Anzeige.

»Wir haben sie genau an dem Tag angesehen, als du mir dann später im Hausflur über die Füße gestolpert bist«, sage ich. »Und als ich dort war … es war ganz anders als bei allen anderen Besichtigungen. Es war wie ein *Willkommen.*«

Lu lauscht verzückt. »Das hast du jetzt schön gesagt«, stellt sie fest.

»Nicht zu pathetisch?«, frage ich.

Sie schüttelt lächelnd den Kopf. »Diesmal nicht.«

»Wer entscheidet, ob es zu pathetisch ist oder nicht?«, will ich neugierig wissen. Denn ich kann zwischen dieser letzten Aussage über die schöne Wohnung und vielen anderen, die ich so von mir gebe, keinen Unterschied ausmachen.

»Ich!«, erklärt Lu mir.

Ach so. Na, dann ist ja alles geklärt.

»Wenn sie jetzt noch mal inseriert, ist sie die Wohnung wohl nicht losgeworden«, meint Lu und presst die Lippen aufeinander, während sie die Worte zum wiederholten Male liest.

Ich starre sie an.

›Ich hab's gewusst! Ich hab's gewusst!‹, jubelt es in mir. Aber im Grunde kann das doch gar nicht sein. Ein Haus entscheidet doch nicht, wen es in sich wohnen lassen will. Es belegt diese Menschen nicht bei der ersten Begegnung mit einem Zauber, damit sie es nicht vergessen können.

›Und wenn doch?‹

»Oder sie wartet einfach auf die richtigen Menschen, die dort wohnen wollen«, murmele ich.

»*Altbau* klingt toll«, meint Lu vorsichtig.

»*Hunde erlaubt* auch«, lächele ich.

»Wie ist die Wohnung denn so?«, fragt sie.

»Geil!«, antworte ich, obwohl ich so was sonst natürlich nicht ausspreche.

»Sie wird viel zu teuer für mich sein«, überlegt Lu und starrt auf die Druckerschwärze.

»Vielleicht will ja Daniel mit dir dort einziehen. Oder vielleicht findest du eine andere, die …«, stammele ich.

Lu greift nach dem Telefonhörer, der auf dem Sofatisch liegt.

Ich kann sehen, dass ihre Hände ein wenig zittern, als sie die angegebene Nummer wählt.

Ich weiß, dass Frau Beckmann sich meldet und höre gebannt zu, wie Lu sich kurz nach der Wohnung erkundigt und sich vorstellt.

»Ich habe drei Hunde«, flötet sie und strahlt dann. »Ja, sicher. Sicher kann ich die mitbringen, wenn sie sie gern kennen lernen möchten. Die sind ganz brav, nur leider den meisten Vermietern zu viele. Ja? Wie Sie wollen. Ich habe heute frei.« Sie sieht auf die Uhr. »Das wäre toll. Ich mag spontane Menschen. Sie auch?«

Sie leuchtet immer noch, als sie bereits das Gespräch beendet hat und vom Sofa aufspringt.

»In einer Stunde!«, ruft sie und rennt aus dem Raum ins Schlafzimmer.

Dort höre ich sie am Kleiderschrank herumfuhrwerken.

Sie ist in Blitzgeschwindigkeit wieder da, trägt immer noch ihre lässige Jeans von gerade, aber dazu eine blau karierte Bluse. Ein mexikanisches Cowgirl.

»Wir nehmen am besten meinen Wagen, wegen der

Hunde«, sagt sie und bezieht mich somit wie selbstverständlich in den Aufbruch zur Besichtigung mit ein.

»Lu, ich weiß nicht. Ich war doch schon mal da. Wie wirkt das denn, wenn ich jetzt wieder dort auflaufe. Sie wollte mir die Wohnung geben, und ich habe sie nicht zurückgerufen. Ich glaube …«

»Ist doch wunderbar!«, ruft Lu entzückt. »Dann fahren wir jetzt hin. Du sagst, du nimmst die Wohnung jetzt, wir unterschreiben den Vertrag, und alles ist in Butter. Und Hunde bekommt die nette Frau auch, darauf kann sie sich verlassen.«

›Moment mal!‹, denke ich. ›*Ich nehme die Wohnung? Wir unterschreiben den Vertrag?* Das geht natürlich nicht! Das kommt natürlich überhaupt gar nicht infrage!‹

Ich sollte ihr widersprechen!

Ich sollte sofort vehement widersprechen und ihr diesen Zahn direkt ziehen. Denn selbstverständlich kommt so was überhaupt gar nicht infrage.

Nach den richtigen, fest klingenden Worten suchend, sehe ich Lu an.

›Ich möchte sie küssen‹, denke ich.

Vollkommen überrascht erstarre ich.

»Was denn?«, fragt Lu und sieht mich verwundert an.

»Nichts!«, sage ich und will mich schon abwenden, doch da streckt sie den Arm aus und hält meine Schulter fest.

»Komm her«, sagt sie. »Komm zu mich!«

Ich öffne den Mund, aber sie zieht mich bereits lachend in ihre Arme. »Mir, mir, mir!«, ruft sie und dann ganz leise: »Komm zu *mir!* Und küss *mich*!«

Was soll ich sagen?

Wenn eine endlich gelernt hat, *mir* und *mich* zu unterscheiden, dann muss das doch belohnt werden.

Manchmal müssen wir Dinge einfach tun.

Wir müssen aufbrechen, neuen Zielen entgegenrennen, mal allein, mal Hand in Hand.

Wir müssen uns nur beizeiten ein Zuhause suchen. In das wir zurückkehren können. Jederzeit. Immer.

Ein eindringlicher Roman um Frauenfreundschaft und -liebe

Die Szene-Lesbe Frederike, Schöngeist und Träumernatur, trifft die ernsthafte Karolin – und ist fasziniert. Prompt beginnt Frederikes Clique zu meutern, denn Karolin paßt nicht in die eingescheworene Gemeinschaft. Frederikes Ex-Geliebte Pe wittert Konkurrenz und greift zu unfairen Mitteln. Und auch Ilona, ihre beste Freundin, verhält sich mit einemmal merkwürdig, als gehe es um etwas sehr Wichtiges – etwa eine unerklärte Liebe ...

ISBN 3-404-12878-8

BASTEI LÜBBE